紅樓夢

校注

卷4

第四六回至第六〇回

曹雪芹
高鶚

紅樓夢

編者序

人人出版公司推出《人人文庫》系列，第一套就是中國古典長篇章回小說《紅樓夢》。書內提及的書名，還有《情僧錄》、《風月寶鑑》、《金陵十二釵》，乾隆四十九年甲辰（一七八四年）夢覺主人序本題為《紅樓夢》（甲辰夢序抄本）。一七九一年在第一次活字印刷後（程甲本），《紅樓夢》便取代《石頭記》而成為通行的書名。本書前八十回以庚辰本為底本，後四十回以程甲本為底本。

《紅樓夢》原本共一百二十回，但後四十回失傳。紅學家周汝昌先生則認為《紅樓夢》原著共一〇八回，現存八十回，後二十八回迷失。現今學界普遍認為通行本前八十回為曹雪芹所作，後四十回不知為何人所作。但民間普遍認為為高鶚所作，另有一說為高鶚、程偉元二人合作著續。

關於作者曹雪芹，從其生卒年、字號到祖籍為何，已爭論數十年。曹雪芹姓曹名霑，字夢阮，號芹溪居士。但有的研究者認為他的字是「芹圃」，號雪芹。關於他的生卒年，一般認為約在一七一五年（康熙五十四年乙未）到一七六三年（乾隆二十八年癸未除夕）之間。

關於曹雪芹的籍貫，也有兩種說法，主要以祖籍遼陽，後遷瀋陽，上祖曹振彥原是明代駐守遼東的下級軍官，後隨清兵入關，歸入多爾袞屬下的滿洲正白旗，當了佐領。此後，曹振彥之媳，即曹璽之妻孫氏當了康熙的保母。曹璽曾任江寧織造，病故後由其子曹寅任蘇州織造、江寧織造、兩淮巡鹽御使等職，康熙並命纂刻《全唐詩》、《佩文韻府》等書於揚州。曹寅病故後，康熙特命其胞弟曹荃之子曹頫過繼給曹寅，並繼任織造之職，直至雍正五年，曹頫被抄家敗落，曹家在江南祖孫三代共歷六十餘年。

曹雪芹出生於南京，六歲時曹家抄沒後才全家遷回北京。據紅學家的考證，他後來落魄住到西郊，晚年窮困，《紅樓夢》前八十回在他去世前已傳抄行世，書的後半部分應已完成，不知何故未能問世，始終是個謎。

《紅樓夢》描寫宮廷與官場的黑暗，貴族與世家的腐朽，也讓讀者看見當時的科舉制度、婚姻制度。《紅樓夢》人物形象獨特鮮明，故事情節結構也有別於以往小說單線發展的傳統，創造出一個宏大完整的篇幅。《紅樓夢》的語言藝術成就，更攀向我國古典小說的高峰。

書中有關典章制度名物典故及難解之語詞，我們將盡力作成注釋。段落排法也有別於一般，期使讀者能輕鬆閱讀，輕鬆品味。

紅樓夢

第四六回至第六〇回

卷 4

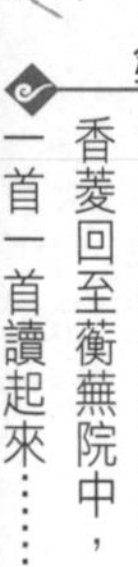

◎第四六回◎

尷尬人難免尷尬事
鴛鴦女誓絕鴛鴦偶

⋯話說林黛玉直到四更將闌，方漸漸的睡去，暫且無話。

⋯如今且說鳳姐兒因見邢夫人叫她，不知何事，忙另穿戴了一番，坐車過來。邢夫人將房內人遣出，悄向鳳姐兒道：「叫妳來不為別事，有一件為難的事，老爺托我，我不得主意，先和妳商議。老爺因看上了老太太的鴛鴦，要她在房裡，叫我和老太太討去。我想這倒平常有的事，只是怕老太太不給，妳可有法子？」

⋯鳳姐兒聽了，忙道：「依我說，竟別碰

這個釘子去。老太太離了鴛鴦，飯也吃不下去的，那裡就捨得了？況且平日說起閒話來，老太太常說，老爺如今上了年紀，作什麼左一個小老婆右一個小老婆放在屋裡，沒的耽誤了人家。放著身子不保養，官兒也不好生作去，成日家和小老婆喝酒。太太聽這話，很喜歡老爺麼？這會子迴避還恐迴避不及，倒拿草棍兒戳老虎的鼻子眼兒去了！

「太太別惱，我是不敢去的。明放著不中用，而且反招出沒意思來。老爺如今上了年紀，行事不妥，太太該勸才是。比不得年輕，作這些事無礙。如今兄弟、姪兒、兒子、孫子一大群，還這麼鬧起來，怎樣見人呢？」

……邢夫人冷笑道：「大家子三房四妾的也多，偏咱們就使不得？我勸了也未必依。就是老太太心愛的丫頭，這麼鬍子蒼白了又作了官的一個大兒子，要了作房裡人，也未必好駁回的。

「我叫了妳來，不過商議商議，妳先派上了一篇不是。也有叫妳要去的理？自然是我說去。妳倒說我不勸，妳還不知道那性子的，勸不成，先和我惱了。」

：鳳姐兒知道邢夫人稟性[1]愚強，只知承順賈赦以自保，次則婪取財貨為自得，家下一應大小事務俱由賈赦擺佈。凡出入銀錢事務，一經她手，便克嗇[2]異常，以賈赦浪費為名，「須得我就中儉省，方可償補」，兒女奴僕，一人不靠，一言不聽的。

如今又聽邢夫人如此的話，便知她又弄左性[3]，勸了不中用，連忙陪笑說道：「太太這話說的極是。我能活了多大，知道什麼輕重？想來父母跟前，別說一個丫頭，就是那麼大的活寶貝，不給老爺給誰？背地裡的話那裡信得？

1. 稟性——猶天性。指天賦的品性資質。
2. 克嗇——刻薄、吝嗇。
3. 左性——性情固執，遇事不知變通。

「我竟是個呆子。璉二爺或有日得了不是，老爺太太恨得那樣，恨不得立刻拿來一下子打死；及至見了面，也罷了，依舊拿著老爺太太心愛的東西賞他。如今老太太待老爺，自然也是那樣了。

「依我說，老太太今兒喜歡，要討今兒就討去。我先過去哄著老太太發笑，等太太過去了，我搭訕著走開，把屋子裡的人我也帶開，太太好和老太太說的。給了更好，不給也沒妨礙，眾人也不知道。」

……邢夫人見她這般說，便又喜歡起來，又告訴她道：「我的主意先不和老太太要。老太太要說不給，這事便死了。我心裡想著，先悄悄的和鴛鴦說。她雖害臊，我細細的告訴了她，她自然不言語，就妥了。那時再和老太太說，老太太雖不依，擱不住她願意，常言『人去不中留』，自然這就妥了。」

鳳姐兒笑道：「到底是太太有智謀，這是千妥萬妥的。別說是鴛鴦，憑她是誰，那一個不想巴高望上、不想出頭的？這半個主子不做，倒願意做個丫頭，將來配個小子就完了。」

邢夫人笑道：「正是這個話了。別說鴛鴦，就是那些執事的大丫頭，誰不願意這樣呢。妳先過去，別露一點風聲，我吃了晚飯就過來。」

……鳳姐兒暗想：「鴛鴦素習是個可惡的，雖如此說，保不嚴她就願意。我先過去了，太太後過去，若她依了，便沒話說，倘或不依，太太是多疑的人，只怕就疑我走了風聲，使她拿腔作勢的。那時太太又見應了我的話，羞惱變成怒，拿我出起氣來，倒沒意思。不如同著一齊過去了，她依也罷，不依也罷，就疑不到我身上了。」

……想畢，因笑道：「方才臨來，舅母那邊送了兩籠子鵪鶉，我吩咐她們炸了，原要趕太太晚飯上送過來的。我才進大門時，見小子們抬車，說太太的車拔了縫，拿去收拾去了。不如這會子坐了我的車，一齊過去倒好。」邢夫人聽了，便命人來換衣服。鳳姐忙著服侍了一回，娘兒兩個坐車過來。鳳姐兒又說道：「太太過老太太那裡去，我若跟了去，老太太若問起我過去作什麼的，倒不好。不如太太先去，我脫了衣裳再來。」

……邢夫人聽了有理，便自往賈母處來，和賈母說了一回閒話，便出來，假托往王夫人房裡去，從後門出去，打鴛鴦的臥房前過。只見鴛鴦正坐在那裡做針線，見了邢夫人，忙站起來。邢夫人笑道：「做什麼呢？我瞧瞧，妳扎的花兒越發好了。」一面說，一面便接她手內的針線瞧了一瞧，只管贊好。放下針線，又渾身打量。只見她穿著半新的藕合色的綾襖，青緞掐牙背心，下面水綠裙子。蜂腰削背，鴨蛋臉面，烏油頭髮，高高的鼻子，兩邊腮上微微的幾點雀斑。

：鴛鴦見這般看她，自己倒不好意思起來，心裡便覺詫異，因笑問道：「太太，這回子不早不晚的，過來做什麼？」

邢夫人使個眼色兒，跟的人退出。邢夫人便坐下，拉著鴛鴦的手，笑道：「我特來給妳道喜來了。」

鴛鴦聽了，心中已猜著三分，不覺臉紅，低了頭，不發一言。

聽邢夫人道：「妳知道，妳老爺跟前竟沒有個可靠的人，心裡再要買一個，又怕那些人牙子[4]家出來的，不乾不淨，也不知道毛病兒，買了來家，三日兩日又要肏鬼吊猴[5]的。因滿府裡要挑一個家生女兒收了，又沒個好的：不是模樣兒不好，就是性子不好，有了這個好處，沒了那個好處。因此冷眼[6]

4.人牙子——即人販子。

5.肏鬼吊猴——指品行不端。**肏鬼**，偷偷搞小動作。**吊猴**，耍嘴皮子，搬弄是非。

6.冷眼——冷靜客觀的態度。

選了半年，這些女孩子裡頭，就只妳是個尖兒，模樣兒，行事作人，溫柔可靠，一概是齊全的。意思要和老太太討了妳去，收在屋裡。

「妳比不得外頭新買的，妳這一進去了，進門就開了臉[7]，就封妳姨娘，又體面，又尊貴。妳又是個要強的人，俗話說的，『金子終得金子換』，誰知竟被老爺看重了妳。如今這一來，妳可遂了素日心高志大的願了，也堵一堵那些嫌妳的人的嘴。跟了我回老太太去！」說著拉了她的手就要走。鴛鴦紅了臉，奪手不行。

……邢夫人知她害臊，因又說道：「這有什麼臊處？妳又不用說話，只跟著我就是了。」鴛鴦只低了頭不動身。

邢夫人見她這般，便又說道：「難道妳不願意不成？若果然不願意，可真是個傻丫頭了。放著主子奶奶不作，倒願意作丫

7.開了臉—舊俗，女子出嫁時去淨臉和脖子上的汗毛，修齊鬢角。開了臉就是指確立身份。

頭？三年二年，不過配上個小子，還是奴才。妳跟了我們去，妳知道我的性子又好，又不是那不容人的人。老爺待妳們又好。

「過一年半載，生下個一男半女，妳就和我並肩了。家裡的人，妳要使喚誰，誰還不動？現成主子不做去，錯過這個機會，後悔就遲了。」鴛鴦只管低了頭，仍是不語。

……邢夫人又道：「妳這麼個響快人，怎麼又這樣積粘[8]起來？有什麼不稱心之處，只管說與我，我管保妳遂心如意就是了。」鴛鴦仍不語。

邢夫人又笑道：「想必妳有老子娘，妳自己不肯說話，怕臊。妳等他們問妳，這也是理。讓我問他們去，叫他們來問你，有話只管告訴他們。」說畢，便往鳳姐兒房中來。

8. **積粘**——扭捏，不爽快。

…鳳姐兒早換了衣服，因房內無人，便將此話告訴了平兒。

平兒也搖頭笑道：「據我看，此事未必妥。平常我們背著人說起話來，聽她那主意未必是肯的。也只說著瞧罷了。」

鳳姐兒道：「太太必來這屋裡商議。依了還可，若不依，白討個臊，當著你們，豈不臉上不好看。妳說給她們炸鵪鶉，再有什麼配幾樣，預備吃飯。妳且別處逛逛去，估量著去了再來。」

平兒聽說，照樣傳給婆子們，便逍遙自在的往園子裡來。

※……※……※

…這裡鴛鴦見邢夫人去了，必在鳳姐兒房裡商議去了，必定有人來問她的，不如躲了這裡，因找了琥珀說道：「老太太要問我，只說我病了，沒吃早飯，往園子裡逛逛就來。」琥珀答應了。

……鴛鴦也往園子裡來，各處遊玩，不想正遇見平兒。

平兒因見無人，便笑道：「新姨娘來了！」

鴛鴦聽了，便紅了臉，說道：「怪道妳們串通一氣來算計我！等著我和妳主子鬧去就是了。」

平兒聽了，自悔失言，便拉她到楓樹底下，坐在一塊石上，索性把方才鳳姐過去回來所有的形景言詞始末原由告訴與她。

鴛鴦紅了臉，向平兒冷笑道：「這是咱們好，比如襲人、琥珀、素雲、紫鵑、彩霞、玉釧兒、麝月、翠墨，跟了史姑娘去的翠縷，死了的可人和金釧，去了的茜雪，連上你我，這十來個人，從小兒什麼話兒不說？什麼事兒不作？這如今因都大了，各自幹各自的去了，然我心裡仍是照舊，有話有事，並不瞞妳們。

「這話我先放在妳心裡，且別和二奶奶說：別說大老爺要我做小老婆，就是太太這會子死了，他三媒六聘的娶我去做大老婆，我也不能去。」

平兒方欲笑答，只聽山石背後哈哈的笑道：「好個沒臉的丫頭，虧妳不怕牙磣[9]。」二人聽了，不免吃了一驚，忙起身向山石背後找尋，不是別人，卻是襲人笑著走了出來問：「什麼事情？告訴我。」

說著，三人坐在石上。平兒又把方才的話說與襲人聽，襲人道：「真真這話，論理不該我們說，這個大老爺太好色了，略平頭正臉的，他就不放手了。」

平兒道：「妳既不願意，我教妳個法子，不用費事就完了。」

鴛鴦道：「什麼法子？妳說來我聽。」

平兒笑道：「妳只和老太太說，就說已經給了璉二爺了，大老爺就不好要了。」

鴛鴦啐道：「什麼東西！妳還說呢！前兒妳主子不是這麼混說的？誰知應到今兒了！」

9. 牙磣（音ㄔㄣˇ）——食物中夾雜砂石，吃起來硌牙，皮膚起栗，這叫牙磣。這裡引伸為說肉麻話，令人難受。

……襲人笑道：「他們兩個都不願意，我就和老太太說，叫老太太說把妳已經許了寶玉了，大老爺也就死了心了。」

鴛鴦又是氣，又是臊，又是急，因罵道：「兩個蹄子不得好死的！人家有為難的事，拿著妳們當正經人，告訴妳們，與我排解排解，妳們倒替換著取笑兒。妳們自為都有了結果了，將來都是做姨娘的。據我看，天下的事未必都遂心如意。妳們且收著些兒，別忒樂過了頭兒！」

……二人見她急了，忙陪笑央告道：「好姐姐，別多心，咱們從小兒都是親姊妹一般，不過無人處偶然取個笑兒。妳的主意告訴我們知道，也好放心。」

鴛鴦道：「什麼主意！我只不去就完了。」

平兒搖頭道：「妳不去，未必得干休。大老爺的性子你是知道的。雖然妳是老太太房裡的人，此刻不敢把妳怎麼樣，將來難道妳跟老太太一輩子不成？也要出去的。那時落了他的手，倒不好了。」

……鴛鴦冷笑道：「老太太在一日，我一日不離這裡，若是老太太歸西去了，他橫豎還有三年的孝呢，沒個娘才死了他先收小老婆的！等過三年，知道又是怎麼個光景，那時再說。「縱到了至急為難，我剪了頭髮作姑子去，不然，還有一死。一輩子不嫁男人，又怎麼樣？樂得乾淨呢！」

平兒襲人笑道：「真這蹄子沒了臉，越發信口兒都說出來了。」

……鴛鴦道：「事到如此，臊一會怎麼樣？妳們不信，慢慢的看著就是了。太太才說了，找我老子娘去。我看她南京找去！」

平兒道：「她的父母都在南京看房子，沒上來，終究也尋得著。現在還有妳哥哥嫂子在這裡。可惜妳是這裡的家生女兒，不如我們兩個人是單在這裡。」

鴛鴦道：「家生女兒怎麼樣？『牛不吃水強按頭』？我不願意，難道殺我的老子娘不成！」

……正說著，只見她嫂子從那邊走來。襲人道：「當時找不著妳的爹娘，一定和妳嫂子說了。」

鴛鴦道：「這個娼婦專管是個『九國販駱駝的』[10]，聽了這話，她有個不奉承去的！」說話之間，已來到跟前。

她嫂子笑道：「那裡沒找到，姑娘跑了這裡來！妳跟了我來，我和妳說話。」平兒襲人都忙讓坐。

她嫂子說：「姑娘們請坐，我找我們姑娘說句話。」

襲人平兒都裝不知道，笑道：「什麼這樣忙？我們這裡猜謎兒贏手批子打呢，等猜了這個再去。」

鴛鴦道：「什麼話？妳說罷。」

10. 九國販駱駝的——比喻到處兜攬生意，鑽營圖利。

她嫂子笑道：「妳跟我來，到那裡我告訴妳，橫豎有好話兒。」

鴛鴦道：「可是大太太和妳說的那話？」

她嫂子笑道：「姑娘既知道，還奈何我！快來，我細細的告訴妳，可是天大的喜事！」

鴛鴦聽說，立起身來，照她嫂子臉上下死勁啐了一口，指著她罵道：「妳快夾著屄嘴[11]離了這裡，好多著呢！什麼『好話』！宋徽宗的鷹，趙子昂的馬，都是好畫兒[12]。什麼『喜事』！狀元痘兒灌的漿又滿是喜事[13]。

「怪道成日家羨慕人家女兒作了小老婆，一家子都仗著她橫行霸道的，一家子都成了小老婆了！看得眼熱了，也把我送在火坑裡去。我若得臉呢，你們在外頭橫行霸道，自己就封自己是舅爺了。我若不得臉，敗了時，你們把忘八脖子一縮，生死由我去！」一面罵，一面哭，平兒、襲人攔著勸。

11. 屄嘴——粗俗的話，指臭嘴。

12. 宋徽宗的鷹，趙子昂的馬，都是好畫兒——歇後語，意即「都是好話兒」。

13. 狀元痘兒灌的漿又滿是喜事——歇後語。狀元痘，是天花痘的諱稱，痘疹發出灌漿飽滿，生命即可保無虞，故稱喜事。

…她嫂子臉上下不來，因說道：「願意不願意，妳也好說，不犯著牽三掛四的。俗語說，『當著矮人，別說短話』。姑奶奶罵我，我不敢還言，這二位姑娘並沒惹著你，『小老婆』長，『小老婆』短，人家臉上怎麼過得去？」

襲人平兒忙道：「妳倒別這麼說，她也並不是說我們，妳倒別牽三掛四的。妳聽見那位太太、太爺們封我們做小老婆？況且我們兩個也沒有爹娘、哥哥、兄弟在這門子裡仗著我們橫行霸道的。她罵的人自有她罵的，我們犯不著多心。」

鴛鴦道：「她見我罵了她，她臊了，沒得蓋臉，又拿話挑唆妳們兩個，幸虧妳們兩個明白。原是我急了，也沒分別出來，她就挑出這個空兒來。」她嫂子自覺沒趣，賭氣去了。

…鴛鴦氣得還罵，平兒襲人勸她一回，方罷了。平兒因問襲人道：「妳在那裡藏著做甚麼的？我們竟沒看見妳。」

襲人道：「我因為往四姑娘房裡瞧我們寶二爺去的，誰知遲了一步，說是來家裡來了。我疑惑怎麼不遇見呢，想要往林姑娘家裡找去，又遇見她的人說也沒去。我這裡正疑惑是出園子去了，可巧妳從那裡來了，我一閃，妳也沒看見。後來她又來了。我從這樹後頭走到山子石後，我卻見妳兩個說話來了，誰知你們四個眼睛沒見我。」

……一語未了，又聽身後笑道：「四個眼睛沒見妳？妳們六個眼睛竟沒見我！」三人嚇了一跳，回身一看，不是別個，正是寶玉走來。

襲人先笑道：「叫我好找，你那裡來？」

寶玉笑道：「我從四妹妹那裡出來，迎頭看見妳來了，我就知道是找我去的，我就藏了起來哄妳。看妳趛[14]著頭過去了，進了院子，就出來了，逢人就問。

14. 趛（音寢）—低著頭快走。

「我在那裡好笑，只等妳到了跟前，嚇妳一跳的，後來見妳也藏藏躲躲的，我就知道也是要哄人了。我探頭往前看了一看，卻是她兩個，所以我就繞到妳身後。妳出去，我就躲在妳躲的那裡了。」

平兒笑道：「咱們再往後找找去，只怕還找出兩個人來，也未可知。」

寶玉笑道：「這可再沒了。」

……鴛鴦已知話俱被寶玉聽了，只伏在石頭上裝睡。寶玉推她笑道：「這石頭上冷，咱們回房裡去睡，豈不好？」說著，拉起鴛鴦來，又忙讓平兒來家坐吃茶。平兒和襲人都勸鴛鴦走，鴛鴦方立起身來，四人竟往怡紅院來。

……寶玉將方才的話俱已聽見，此時心中自然不快，只默默的歪在床上，任她三人在外間說笑。

……※……※……※……

……那邊邢夫人因問鳳姐兒鴛鴦的父母，鳳姐因回說：「她爹的名字叫金彩，兩口子都在南京看房子，從不大上京。她哥哥金文翔，現在是老太太那邊的買辦。她嫂子也是老太太那邊漿洗的頭兒。」邢夫人便命人叫了她嫂子金文翔媳婦來，細細說與她。

金家媳婦自是喜歡，興興頭頭找鴛鴦，只望一說必妥，不想被鴛鴦搶白一頓，又被襲人平兒說了幾句，羞惱回來，便對邢夫人說：「不中用，她倒罵了我一場。」

因鳳姐兒在旁，不敢提平兒，只說：「襲人也幫著她搶白我，說了許多不知好歹的話，回不得主子的。太太和老爺商議再買罷。諒那小蹄子也沒有這麼大福，我們也沒有這麼大造化。」

邢夫人聽了，因說道：「又與襲人什麼相干？她們如何知道的？」又問：「還有誰在跟前？」

金家的道：「還有平姑娘。」

鳳姐兒忙道：「妳不該拿嘴巴子打她回來？我一出了門，她就逛去了，回家來連一個影兒也摸不著她！她必定也幫著說什麼呢！」

金家的道：「平姑娘沒在跟前，遠遠的看著倒像是她，可也不真切，不過是我白忖度。」

鳳姐便命人去：「快打了她來，告訴她我來家了，太太也在這裡，請她來幫個忙兒。」

豐兒忙上來回道：「林姑娘打發了人下請字請了三四次，她才去了。奶奶一進門，我就叫她去的。林姑娘說：『告訴妳奶奶，我煩她有事呢。』」

鳳姐兒聽了方罷，故意的還說「天天煩她，有些什麼事！」

……邢夫人無計，吃了飯回家，晚間告訴了賈赦。賈赦想了一想，即刻叫賈璉來，說：「南京的房子還有人看著，不止一家，即刻叫上金彩來。」

賈璉回道：「上次南京信來，金彩已經得了痰迷心竅，那邊連棺材銀子都賞了，不知如今是死是活，便是活著，人事不知，叫來也無用。他老婆子又是個聾子。」

賈赦聽了，喝了一聲，又罵：「下流囚攮的[15]！偏你這麼知道，還不離了我這裡！」唬得賈璉退出。

……一時又叫傳金文翔。賈璉在外書房伺候著，又不敢家去，又不敢見他父親，只得聽著。一時金文翔來了，小么兒們直帶入二門裡去，隔了五六頓飯的工夫，才出來去了。賈璉暫且

15.囚攮的——罵人的話。意指囚犯的子女。

不敢打聽，隔了一會，又打聽賈赦睡了，方才過來。至晚間，鳳姐兒告訴他，方才明白。

⋯鴛鴦一夜沒睡，至次日，她哥哥回賈母，接她家去逛逛，賈母允了，命她出去。鴛鴦意欲不去，又怕賈母疑心，只得勉強出來。她哥哥只得將賈赦的話說與她，又許她怎麼體面，又怎麼當家作姨娘。鴛鴦只咬定牙不願意。

⋯她哥哥無法，少不得去回覆了賈赦。賈赦怒起來，因說道：「我這話告訴你，叫你女人向她說去，就說我的話：『自古嫦娥愛少年』，她必定嫌我老了，大約她戀著少爺們，多半是看上了寶玉，只怕也有賈璉。果有此心，叫她早早歇了心，我要她不來，以後誰還敢收？此是一件。

「第二件，想著老太太疼她，將來自然往外聘作正頭夫妻去。

叫她細想，憑她嫁到誰家，也難出我的手心。除非她死了，或是終身不嫁男人，我就服了她！若不然時，叫她趁早回心轉意，有多少好處。」

賈赦說一句，金文翔應一聲「是」。賈赦道：「你別哄我，我明兒還打發你太太過去問鴛鴦，你們說了，她不依，便沒你們的不是。若問她，她再依了，仔細你的腦袋！」金文翔忙應了又應，退出回家，也等不得告訴他女人轉說，竟自己對面說了這話。把個鴛鴦氣得無話可回。想了一想，便說道：「我便願意去，也須得你們帶了我回聲老太太去。」她哥嫂聽了，只當回想過來，都喜之不勝。她嫂子即刻帶了她上來見賈母。

……可巧王夫人、薛姨媽、李紈、鳳姐兒、寶釵等姊妹並外頭的幾個執事有頭臉的媳婦，都在賈母跟前湊趣兒呢。鴛鴦喜之不盡，拉了她嫂子，到賈母跟前跪下，一行哭，一行說，把邢夫人怎麼來說，園子裡她嫂子又如何說，今兒她哥哥又如何說，「因為不依，方才大老爺索性說我戀著寶玉，不然要等著往外聘，我到天上，這一輩子也跳不出他的手心去，終究要報仇。

「我是橫了心的，當著眾人在這裡，我這一輩子莫說是『寶玉』，便是『寶金』『寶銀』『寶天王』『寶皇帝』，橫豎不嫁人就完了！就是老太太逼著我，我一刀抹死了，也不能從命！

「若有造化，我死在老太太之先，若沒造化，該討吃的命，服侍老太太歸了西，我也不跟著我老子娘哥哥去，我或是尋死，或是剪了頭髮當尼姑去！若說我不是真心，暫且拿話來支吾，日後再圖別的，天地鬼神，日頭月亮照著嗓子，從嗓子裡頭長疔[16]爛了出來，爛化成醬在這裡！」

16. 疔——病名。一種毒瘡。形狀類似豌豆，常生於表皮內毛囊汗腺等處。初起形如粟粒，上有白色膿頭，腫硬劇痛，患者每發寒熱。

……原來她一進來時，便袖了一把剪子，一面說著，一面左手打開頭髮，右手便鉸。眾婆娘丫鬟忙來拉住，已剪下半綹來了。眾人看時，幸而她的頭髮極多，鉸得不透，連忙替她挽上。

……賈母聽了，氣得渾身亂戰，口內只說：「我通共剩了這麼一個可靠的人，他們還要來算計！」因見王夫人在旁，便向王夫人道：「妳們原來都是哄我的！外頭孝敬，暗地裡盤算我。有好東西也來要，有好人也來要，剩了這麼個毛丫頭，見我待她好了，妳們自然氣不過，弄開了她，好擺弄我！」王夫人忙站起來，不敢還一言。薛姨媽見連王夫人怪上，反不好勸的了。李紈一聽見鴛鴦的話，早帶了姊妹們出去。

……探春有心的人，想王夫人雖有委曲，如何敢辯，薛姨媽也是親姊妹，自然也不好辯的，寶釵也不便為姨母辯，李紈、鳳姐、寶玉一概不敢辯，這正用著女孩兒之時，迎春老實，惜春小，因此在窗外聽了一聽，便走進來陪笑向賈母道：「這事與太太什麼相干？老太太想一想，也有大伯子要收屋裡的人，小嬸子如何知道？便知道，也推不知道。」

……猶未說完，賈母笑道：「可是我老糊塗了！姨太太別笑話我。妳這個姐姐她極孝順我，不像我那大太太一味怕老爺，婆婆跟前不過應景兒。可是委曲了她。」

薛姨媽只答應「是」，又說：「老太太偏心，多疼小兒子媳婦，也是有的。」

賈母道：「不偏心！」因又說：「寶玉，我錯怪了你娘，你怎麼也不提我，看著你娘受委曲？」

寶玉笑道：「我偏著娘說大爺大娘不成？通共一個不是，我娘在這裡不認，卻推給誰去？我倒要認是我的不是，老太太又不信。」

賈母笑道：「這也有理。你快給你娘跪下，你說太太別委曲了，老太太有年紀了，看著寶玉罷。」

寶玉聽了，忙走過去，便跪下要說，王夫人忙笑著拉他起來，說：「快起來，快起來，斷乎使不得。終不成你替老太太給我賠不是不成？」寶玉聽說，忙站起來。

……賈母又笑道：「鳳姐兒也不提我。」

鳳姐兒笑道：「我倒不派老太太的不是，老太太倒尋上我了？」

賈母聽了，與眾人都笑道：「這可奇了！倒要聽聽這不是。」

鳳姐兒道：「誰教老太太會調理人，調理的水蔥兒似的，怎麼怨得人要？我幸虧是孫子媳婦，若是孫子，我早要了，還等到這會子呢。」

賈母笑道：「這倒是我的不是了？」

鳳姐兒笑道：「自然是老太太的不是了。」

……賈母笑道：「這樣，我也不要了，妳帶了去罷！」

鳳姐兒道：「等著修了這輩子，來生托生男人，我再要罷。」

賈母笑道：「妳帶了去，給璉兒放在屋裡，看妳那沒臉的公公還要不要了！」

鳳姐兒道：「璉兒不配，就只配我和平兒這一對燒糊了的捲子[17]和他混罷。」說的眾人都笑起來了。

丫鬟回說：「大太太來了。」王夫人忙迎了出去。要知端的，下回分解。

17. 燒糊了的捲子——喻貌醜，與上文「水蔥兒似的」對稱。

◎第四七回◎

呆霸王調情遭苦打
冷郎君懼禍走他鄉

…話說王夫人聽見邢夫人來了，連忙迎了出去。邢夫人猶不知賈母已知鴛鴦之事，正還要來打聽信息，進了院門，早有幾個婆子悄悄的回了她，她方知道。待要回去，裡面已知，又見王夫人接了出來，少不得進來，先與賈母請安，賈母一聲兒不言語，自己也覺得愧悔。鳳姐兒早指一事迴避了。鴛鴦也自回房去生氣。薛姨媽、王夫人等恐礙著邢夫人的臉面，也都漸漸的退了。邢夫人且不敢出去。

…賈母見無人，方說道：「我聽見妳替妳老爺說媒來了。妳倒也三從四德[1]，只是這賢慧也太過了！你們如今也是孫子兒子滿眼了，妳還怕他，勸兩句都使不得？還由著妳老爺性兒鬧。」

邢夫人滿面通紅，回道：「我勸過幾次不依。老太太還有什麼不知道呢，我也是不得已兒。」

賈母道：「他逼著妳殺人，妳也殺去？如今妳也想想，妳兄弟媳婦本來老實，又生得多病多痛，上上下下哪不是她操心？妳一個媳婦雖然幫著，也是天天丟下笆兒弄掃帚。凡百事情，我如今都自己減了。她們兩個就有一些不到的去處，有鴛鴦，那孩子還心細些，我的事情，她還想著一點子，該要去的，她就要了來，該添什麼，她就度空兒[2]告訴他們添了。「鴛鴦再不這樣，他娘兒兩個，裡頭外頭，大的小的，那裡不忽略一件半件？我如今反倒自己操心去不成？還是天天盤算，和妳們要東西去？我這屋裡有的沒的，剩了她一個，年紀也大些，我凡百的脾氣性格兒，她還知道些。

1.三從四德——三從：未嫁從父，既嫁從夫，夫死從子。四德：婦德、婦言、婦容、婦功（女工）。

2.度空兒——趁空兒，瞅空兒。

「二則她還投主子們的緣法[3]，也並不指著我和這位太太要衣裳去，又和那位奶奶要銀子去。所以這幾年，一應事情，她說什麼，從妳小嬸和妳媳婦起，以至家下大大小小，沒有不信的。所以不單我得靠，連妳小嬸媳婦也都省心。我有了這麼個人，便是媳婦和孫子媳婦有想不到的，我也不得缺了，也沒氣可生了。

「這會子她去了，你們弄個什麼人來我使？你們就弄她那麼一個真珠的人來，不會說話也無用。我正要打發人和妳老爺說去，他要什麼人，我這裡有錢，叫他只管一萬八千的買，就只這個丫頭不能。留下她服侍我幾年，就比他日夜服侍我盡了孝的一般。妳來得巧，妳就去說，更妥當了。」

……說畢，命人來：「請了姨太太、妳姑娘們來說個話兒，才高興，怎麼又都散了！」丫頭們忙答應著去了。眾人忙趕著又

3. 緣法——緣分。

來。

只有薛姨媽向丫鬟道：「我才來了，又作什麼去呢？妳就說我睡了覺了。」

那丫頭道：「好親親的姨太太，姨祖宗！我們老太太生氣呢，妳老人家不去，沒個開交了，只當疼我們罷！妳老人家嫌乏，我背了妳老人家去。」

薛姨媽笑道：「小鬼頭兒，妳怕些什麼？不過罵幾句完了。」說著，只得和這小丫頭子走來。

賈母忙讓坐，又笑道：「咱們鬪牌罷。姨太太的牌也生，咱們一處坐著，別叫鳳丫頭混了我們去。」

薛姨媽笑道：「正是呢，老太太替我看著些兒。就是咱們娘兒四個鬪呢，還是再添個呢？」

王夫人笑道：「可不只四個。」

鳳姐兒道：「再添一個人熱鬧些。」

賈母道：「叫鴛鴦來，叫她在這下手裡坐著。姨太太眼花了，咱們兩個的牌都叫她瞧著些兒。」

鳳姐兒嘆了一聲，向探春道：「妳們白知書識字的，倒不學算命！」

探春道：「這又奇了。這會子妳倒不打點精神贏老太太幾個錢，又想算命。」

鳳姐兒道：「我正要算算命今兒該輸多少呢，我還想贏呢！妳瞧瞧，場子沒上，左右都埋伏下了。」說得賈母、薛姨媽都笑起來。

……一時鴛鴦來了，便坐在賈母下手，鴛鴦之下便是鳳姐兒。鋪下紅氈，洗牌告么[4]，五人起牌。鬪了一回，鴛鴦見賈母的牌已十嚴[5]，只等一張二餅，便遞了暗號與鳳姐兒。

鳳姐兒正該發牌，便故意躊躇了半晌，笑道：「我這一張牌定

4.告么—鬪牌時，洗完牌由頭家擲骰子，或每人先翻一張牌，按點數多少起牌。因么點次序最先，故稱這種按點起牌叫「告么」。

5.十嚴—即鬪牌時牌已配齊，只等所需的最後一張牌出現即可放牌獲勝，謂之「十嚴」。

在姨媽手裡扣著呢。我若不發這一張，再頂不下來的。」

薛姨媽道：「我手裡並沒有妳的牌。」

鳳姐兒道：「我回來是要查的。」

薛姨媽道：「妳只管查。妳且發下來，我瞧瞧，是張什麼。」鳳姐兒便送在薛姨媽跟前。

薛姨媽一看，是個二餅，便笑道：「我倒不稀罕它，只怕老太太滿了。」

鳳姐兒聽了，忙笑道：「我發錯了。」

賈母笑得已擲下牌來，說：「妳敢拿回去！誰叫妳錯的不成？」

鳳姐兒道：「可是我要算一算命呢？這是自己發的，也怨埋伏！」

賈母笑道：「可是呢，妳自己該打著妳那嘴，問著妳自己才是。」

又向薛姨媽笑道：「我不是小器愛贏錢，原是個彩頭兒。」

薛姨媽笑道：「可不是這樣，那裡有那樣糊塗人說老太太愛錢呢？」

鳳姐兒正數著錢，聽了這話，忙又把錢穿上[6]了，向眾人笑道：「夠了我的了。竟不為贏錢，單為贏彩頭兒。我到底小器，輸了就數錢，快收起來罷。」

……賈母規矩是鴛鴦代洗牌，因和薛姨媽說笑，不見鴛鴦動手，賈母道：「妳怎麼惱了，連牌也不替我洗？」

鴛鴦拿起牌來，笑道：「二奶奶不給錢。」

賈母道：「她不給錢，那是她交運了。」便命小丫頭子：「把她那一吊錢都拿過來！」小丫頭子真就拿了，擱在賈母旁邊。

鳳姐兒忙笑道：「賞我罷！我照數兒給就是了。」

薛姨媽笑道：「果然是鳳丫頭小器，不過是頑兒罷了。」

6. **把錢穿上**——舊時制錢中有方孔，為便於攜帶使用，多用繩穿起來。

……鳳姐聽說，便站起來，拉著薛姨媽，回頭指著賈母素日放錢的一個木匣子，笑道：「姨媽瞧瞧，那個裡頭不知玩了我多少去了！這一吊錢[7]玩不了半個時辰，那裡頭的錢就招手兒叫它了。只等把這一吊也叫進去了，牌也不用鬬了，老祖宗的氣也平了，又有正經事差我辦去了。」話說未完，引的賈母眾人笑個不住。

偏有平兒怕錢不夠，又送了一吊來。鳳姐兒道：「不用放在我跟前，也放在老太太的那一處罷。一齊叫進去，倒省事，不用做兩次，叫箱子裡的錢費事。」賈母笑得手裡的牌撒了一桌子，推著鴛鴦，叫：「快撕她的嘴！」

……平兒依言放下錢，也笑了一回，方回來。至院門前，遇見賈璉，問她：「太太在那裡呢？老爺叫我請過去呢。」平兒忙笑道：「在老太太跟前呢，站了這半日，還沒動呢。趁早兒

7. 一吊錢──明清兩代，一千文叫一吊，也叫一串。

丟開手罷。老太太生了半日氣，這會子虧二奶奶湊了半日趣兒，才略好了些。」

賈璉道：「我過去，只說討老太太的示下，十四往賴大家去不去，好預備轎子。又請了太太，又湊了趣兒，豈不好？」

平兒笑道：「依我說，你竟不去罷。合家子連太太、寶玉都有了不是，這會子你又填限[8]去了。」

賈璉道：「已經完了，難道還找補不成？況且與我又無干。二則老爺親自吩咐我請太太的，這會子我打發了人去，倘或知道了，正沒好氣呢，指著這個拿我出氣罷。」說著就走。平兒見他說得有理，也便跟了過來。

⋯⋯賈璉到了堂屋裡，便把腳步放輕了，往裡間探頭，只見邢夫人站在那裡。鳳姐兒眼尖，先瞧見了，使眼色兒，不命他進來，又使眼色與邢夫人。邢夫人不便就走，只得倒了一碗茶

8. 填限——也作「填餡」，代人受過的意思。

來，放在賈母跟前。

賈母一回身，賈璉不防，便沒躲伶俐。賈母便問：「外頭是誰？倒像個小子一伸頭。」鳳姐兒忙起身說：「我也恍惚看見一個人影兒，讓我瞧瞧去。」一面說，一面起身出來。

……賈璉忙進去，陪笑道：「打聽老太太十四可出門？好預備轎子。」賈母道：「既這麼樣，怎麼不進來？又作鬼作神的。」賈璉陪笑道：「見老太太玩牌，不敢驚動，不過叫媳婦出來問問。」

賈母忙道：「哪在這一時，等她家去，你問多少問不得？那一遭兒你這麼小心來著！又不知是來作耳報神的，也不知是來作探子的，鬼鬼祟祟的，倒唬了我一跳。什麼好下流種子！你媳婦和我頑牌呢，還有半日的空兒，你家去再和那趙二家的商量治你媳婦去罷。」說著，眾人都笑了。

……鴛鴦笑道：「鮑二家的，老祖宗又拉上趙二家的。」賈母也笑道：「可是，我哪裡記得什麼抱著背著的，提起這些事來，不由我不生氣！我進了這門子，作重孫子媳婦起，到如今，我也有了重孫子媳婦了，連頭帶尾五十四年，憑著大驚大險千奇百怪的事，也經了些，從沒經過這些事。還不離了我這裡呢！」

……賈璉一聲兒不敢說，忙退了出來。平兒站在窗外悄悄的笑道：「我說著你不聽，到底碰在網裡了。」正說著，只見邢夫人也出來，賈璉道：「都是老爺鬧的，如今都搬在我和太太身上。」

邢夫人道：「我把你沒孝心雷打的下流種子！人家還替老子死呢，白說了幾句，你就抱怨了。你還不好好的呢，這幾日生氣，仔細他捶你！」賈璉道：「太太快過去罷，叫我來請了好半日了。」說著，送他母親出來，過那邊去。

……邢夫人將方才的話只略說了幾句，賈赦無法，又含愧，自此便告病，且不敢見賈母，只打發邢夫人及賈璉每日過去請安。只得又各處遣人購求尋覓，終久費了八百兩銀子買了一個十七歲的女孩子來，名喚嫣紅，收在屋內。不在話下。

……這裡鬪了半日牌，吃晚飯才罷。此一二日間無話。

……※……※……※……

……展眼到了十四日，黑早，賴大的媳婦又進來請。賈母高興，便帶了王夫人薛姨媽及寶玉姊妹等，到賴大花園中坐了半日。那花園雖不及大觀園，卻也十分齊整寬闊，泉石林木，樓閣亭軒，也有好幾處驚人駭目的。

外面廳上，薛蟠、賈珍、賈璉、賈蓉並幾個近族的，很遠的也沒來，賈赦也沒來。賴大家內，也請了幾個現任的官長並幾個世家子弟作陪。

……因其中有柳湘蓮，薛蟠自上次會過一次，已念念不忘。又打聽他最喜串戲[9]，且串的都是生旦風月戲文，不免錯會了意，誤認他作了風月子弟，正要與他相交，恨沒有個引進；這日可巧遇見，竟覺無可無不可。且賈珍等也慕他的名，酒蓋住了臉，就求他串了兩齣戲。下來，移席和他一處坐著，問長問短，說此說彼。

……那柳湘蓮原是世家子弟，讀書不成，父母早喪，素性爽俠，不拘細事，酷好耍槍舞劍，賭博吃酒，以至眠花臥柳[10]，吹笛彈箏，無所不為。因他年紀又輕，生得又美，不知他身分

9. **串戲**——即扮演戲劇。非職業演員參加演戲也叫串戲。

10. **眠花臥柳**——比喻狎妓。

的人，卻誤認作優伶一類。那賴大之子賴尚榮與他素習交好，故他今日請來坐陪。

不想酒後別人猶可，獨薛蟠又犯了舊病。湘蓮心中早已不快，得便意欲走開完事，無奈賴尚榮死也不放。賴尚榮又說：「方才寶二爺又囑咐我，才一進門，雖見了，只是人多，不好說話，叫我囑咐你，散的時候別走，他還有話說呢。你既一定要去，等我叫出他來，你兩個見了再走，與我無干。」說著，便命小廝們到裡頭找一個老婆子，悄悄告訴「請出寶二爺來。」那小廝去了沒一盞茶時，果見寶玉出來了。賴尚榮向寶玉笑道：「好叔叔，把他交給你，我張羅人去了。」說著，一逕去了。

……寶玉便拉了柳湘蓮到廳側小書房中坐下，問他這幾日可到秦鐘的墳上去了？湘蓮道：「怎麼不去？前日我們幾個人放鷹

[11]去，離他墳上還有二里。我想，今年夏天的雨水勤，恐怕他的墳站不住。我背著眾人走去瞧了一瞧，果然又動了一點子。回家來就便弄了幾百錢，第三日一早出去，雇了兩個人收拾好了。」

……寶玉道：「怪道呢！上月我們大觀園的池子裡結了蓮蓬，我摘了十個，叫茗煙出去到墳上供他去，回來我也問他，可被雨沖壞了沒有。他說，不但不沖，且比上回又新了些。我想著，不過是這幾個朋友新築了。我只恨我天天圈在家裡，一點兒做不得主，行動就有人知道，不是這個攔，就是那個勸的，能說不能行。雖然有錢，又不由我使。」

湘蓮道：「這個事也用不著你操心，外頭有我，你只心裡有了就是。眼前十月初一，我已經打點下上墳的花銷。你知道我一貧如洗，家裡是沒的積聚，縱有幾個錢來，隨手就光的，

11. 放鷹——此處是打獵的別稱。

不如趁空兒留下這一分，省得到了跟前扎煞手[12]。」

⋯⋯寶玉道：「我也正為這個要打發茗煙找你，你又不大在家，知道你天天萍蹤浪跡，沒個一定的去處。」

湘蓮道：「這也不用找我。這個事不過各盡其道。眼前我還要出門去走走，外頭逛個三年五載再回來。」

寶玉聽了，忙問道：「這是為何？」

柳湘蓮冷笑道：「你不知道我的心事，等到跟前你自然知道。我如今要別過了。」

寶玉道：「好容易會著，晚上同散豈不好？」

湘蓮道：「你那令姨表兄還是那樣，再坐著未免有事，不如我迴避了倒好。」

寶玉想了一想，說道：「既是這樣，倒是迴避他為是。只是你要果真遠行，必須先告訴我一聲，千萬別悄悄的去了。」說

12. 扎煞手——扎煞，雙手張開的樣子，指遇到難處沒有辦法。

著便滴下淚來。

柳湘蓮道：「自然要辭的。你只別和別人說就是。」說著便站起來要走，又道：「你就進去罷，不必送我。」一面說，一面出了書房。

……剛至大門前，早遇見薛蟠在那裡亂嚷亂叫說：「誰放了小柳兒走了！」柳湘蓮聽了，火星亂迸，恨不得一拳打死，復思酒後揮拳，又礙著賴尚榮的臉面，只得忍了又忍。

……薛蟠忽見他走出來，如得了珍寶，忙趔趄著上來，一把拉住，笑道：「我的兄弟，你往哪裡去了？」

湘蓮道：「走走就來。」

薛蟠笑道：「好兄弟，你一去都沒興了，好歹坐一坐，你就疼我了。憑你有什麼要緊的事，交給哥，你只別忙，有你這個哥，你要做官發財都容易。」

…湘蓮見他如此不堪，心中又恨又愧，早生一計，便拉他到避人之處，笑道：「你真心和我好，假心和我好呢？」

薛蟠聽這話，喜得心癢難撓，乜斜著眼，忙笑道：「好兄弟，你怎麼問起我這話來？我要是假心，立刻死在眼前！」

湘蓮道：「既如此，這裡不便。等坐一坐，我先走，你隨後出來，跟到我下處，咱們替另喝一夜酒。我那裡還有兩個絕好的孩子[13]，從沒出門的。你可連一個跟的人也不用帶，到了那裡，服侍的人都是現成的。」

13. 絕好的孩子——這裡指男妓。

…薛蟠聽如此說，喜得酒醒了一半，說：「果然如此？」

湘蓮道：「如何！人拿真心待你，你倒不信了！」

薛蟠忙笑道：「我又不是呆子，怎麼有個不信的呢！既如此，我又不認得，你先去了，我在哪裡找你？」

湘蓮道：「我這下處在北門外頭，你可捨得家，城外住一夜去？」

薛蟠笑道：「有了你，我還要家做什麼！」

湘蓮道：「既如此，我在北門外頭橋上等你。咱們席上且吃酒去。你看我走了之後，你再走，他們就不留心了。」

薛蟠聽了，連忙答應。

……於是二人復又入席，飲了一回。那薛蟠難熬，只拿眼看湘蓮，心內越想越樂，左一壺，右一壺，並不用人讓，自己便吃了又吃，不覺酒已八九分了。

湘蓮便起身出來，瞅人不防，去了，至門外，命小廝杏奴：「先家去罷，我到城外就來。」說畢，已跨馬直出北門，橋上等候薛蟠。

……沒頓飯時工夫，只見薛蟠騎著一匹大馬，遠遠的趕了來，張著嘴，瞪著眼，頭似撥浪鼓一般，不住左右亂瞧，及至從湘蓮馬前過去，只顧望遠處瞧，不曾留心近處，反踩過去了。湘蓮又是笑，又是恨，便也撒馬隨後趕來。

……薛蟠往前看時，漸漸人煙稀少，便又圈馬回來再找，不想一回頭見了湘蓮，如獲奇珍，忙笑道：「我說你是個再不失信的。」湘蓮笑道：「快往前走，仔細人看見，跟了來，就不便了。」說著，先就撒馬前去，薛蟠也緊緊的跟來。

……湘蓮見前面人跡已稀，且有一帶葦塘，便下馬，將馬拴在樹上，向薛蟠笑道：「你下來，咱們先設個誓，日後要變了心，告訴人去的，便應了誓。」

薛蟠笑道：「這話有理。」連忙下了馬，也拴在樹上，便跪下說道：「我要日久變心，告訴人去的，天誅地滅！」一語未了，只聽「噹」的一聲，頸後好似鐵錘砸下來，只覺得一陣黑，滿眼金星亂迸，身不由己便倒下來，湘蓮走上來瞧瞧，知道他是個笨家，不慣捱打，只使了三分氣力，向他臉上拍了幾下，登時便開了果子鋪[14]。

……薛蟠先還要掙挫起來，又被湘蓮用腳尖點了兩點，仍舊跌倒，口內說道：「原是兩家情願，你不依，只好說，為什麼哄出我來打我？」一面說，一面亂罵。

湘蓮道：「我把你瞎了眼的，你認認柳大爺是誰！你不說哀求，你還傷我！我打死你也無益，只給你個利害罷。」說著，便取了馬鞭過來，從背至脛，打了三四十下。薛蟠酒已醒了大半，覺得疼痛難禁，不禁有「噯喲」之聲。

14. **開了果子鋪**——比喻臉上被打得青紫紅腫，像陳列著五顏六色果品的果子鋪一般。

……湘蓮冷笑道：「也只如此！我只當你是不怕打的。」一面說，一面又把薛蟠的左腿拉起來，朝葦中濘泥處拉了幾步，滾得滿身泥水，又問道：「你可認得我了？」薛蟠不應，只伏著哼哼。

湘蓮又擲下鞭子，用拳頭向他身上擂了幾下。薛蟠便亂滾亂叫，說：「肋條折了。我知道你是正經人，因為我錯聽了旁人的話了。」

湘蓮道：「不用拉別人，你只說現在的。」

薛蟠道：「現在沒什麼說的。不過你是個正經人，我錯了。」

湘蓮道：「還要說軟些才饒你。」

薛蟠哼哼著道：「好兄弟。」湘蓮便又一拳。

薛蟠「噯」了一聲道：「好哥哥。」湘蓮又連兩拳。

薛蟠忙「噯喲」叫道：「好老爺，饒了我這沒眼睛的瞎子罷！從今以後，我敬你怕你了。」

湘蓮道：「你把那水喝兩口。」

薛蟠一面聽了，一面皺眉道：「那水髒得很，怎麼喝得下去！」

湘蓮舉拳就打。薛蟠忙道：「我喝，喝。」說著，只得俯頭向葦根下喝了一口，猶未咽下去，只聽「哇」的一聲，把方才吃的東西都吐了出來。

湘蓮道：「好髒東西，你快吃盡了，饒你。」

薛蟠聽了，叩頭不迭，道：「好歹積陰功饒我罷！這至死不能吃的。」

湘蓮道：「這樣氣息，倒熏壞了我。」說著，丟下薛蟠，便牽馬認鐙[15]去了。

這裡薛蟠見他已去，方放下心來，後悔自己不該誤認了人。待要掙挫起來，無奈遍身疼痛難禁。

※……※……※

15. 認鐙——腳尖踏進馬鐙，即上馬的意思。

……誰知賈珍等席上忽不見了他兩個，各處尋找不見。有人說：「恍惚出北門去了。」薛蟠的小廝們素日是懼他的，他吩咐不許跟去，誰還敢找去？後來還是賈珍不放心，命賈蓉帶著小廝們尋蹤問跡的直找出北門。

下橋二里多路，忽見葦坑邊薛蟠的馬拴在那裡。眾人都道：「可好了！有馬必有人。」一齊來至馬前，只聽葦中有人呻吟。大家忙走來一看，只見薛蟠衣衫零碎，面目腫破，沒頭沒臉，遍身內外，滾的似個泥豬一般。

……賈蓉心內已猜著九分了，忙下馬，令人攙了出來，笑道：「薛大叔天天調情，今兒調到葦子坑裡來了。必定是龍王爺也愛上你風流，要你招駙馬去，你就碰到龍犄角上了。」

薛蟠羞得恨沒地縫兒鑽進去，哪裡爬得上馬去？賈蓉只得命人趕到關廂[16]裡雇了一乘小轎子，薛蟠坐了，一齊進城。賈蓉

16. **關廂**——城門外的大街和附近地區。

還要抬往賴家去赴席，薛蟠百般央告，又命他不要告訴人，賈蓉方依允了，讓他各自回家。

賈蓉仍往賴家回復賈珍，並說方才形景。賈珍也知為湘蓮所打，也笑道：「他須得吃個虧才好。」至晚散了，便來問候。薛蟠自在臥房將養，推病不見。

……賈母等回來，各自歸家時，薛姨媽與寶釵見香菱哭得眼睛腫了。問其原故，忙趕來瞧薛蟠時，臉上身上雖有傷痕，並未傷筋動骨。薛姨媽又是心疼，又是發恨，罵一回薛蟠，又罵一回柳湘蓮，意欲告訴王夫人，遣人尋拿柳湘蓮。

……寶釵忙勸道：「這不是什麼大事，不過他們一處吃酒，酒後反臉常情。誰醉了，多挨幾下子打，也是有的。況且咱們家的無法無天，也是人所共知的。媽不過是心疼的緣故。

「要出氣也容易，等三五天哥哥養好了出得去時，那邊珍大爺、璉二爺這干人也未必白丟開了，自然備個東道，叫了那個人來，當著眾人替哥哥賠不是認罪就是了。如今媽先當件大事告訴眾人，倒顯得媽偏心溺愛，縱容他生事招人，今兒偶然吃了一次虧，媽就這樣興師動眾，倚著親戚之勢，欺壓常人。」

薛姨媽聽了道：「我的兒，到底是妳想得到，我一時氣糊塗了。」寶釵笑道：「這才好呢。他又不怕媽，又不聽人勸，一天縱似一天，吃過兩三個虧，他倒罷了。」

……薛蟠睡在炕上痛罵柳湘蓮，又命小廝們去拆他的房子，打死他，和他打官司。薛姨媽禁住小廝們，只說柳湘蓮一時酒後放肆，如今酒醒，後悔不及，懼罪逃走了。薛蟠聽見如此說了，氣方漸平。要知端的，且聽下回分解。

◎第四八回◎

濫情人情誤思游藝
慕雅女雅集苦吟詩

……且說薛蟠聽見柳湘蓮逃走，氣方漸平。三五日後，疼痛雖愈，傷痕未平，只裝病在家，愧見親友。

……展眼已到十月，因有各舖面夥計內有算年帳要回家的，少不得家內治酒餞行。內有一個張德輝，年過六十，自幼在薛家當舖內攬總，家內也有二三千金的過活，今歲也要回家，明春方來。因說起「今年紙札香料短少，明年必是貴的。明年先打發大小兒上來當舖內照管，趕端陽前我順路販些紙札香扇來賣。除去關稅花銷，亦可以剩得幾倍利息。」

薛蟠聽了，心中忖度：「如今我捱了打，正難見人，想著要躲個一年半載，又沒處去躲。天天裝病，也不是事。況且我長了這麼大，文不文，武不武，雖說做買賣，究竟戥子[1]，算盤從沒拿過，地土風俗，遠近道路又不知道，不如也打點幾個本錢，和張德輝逛一年來。賺錢也罷，不賺錢也罷，且躲躲羞去。二則逛逛山水，也是好的。」心內主意已定，至酒席散後，便和張德輝說知，命他等一二日，一同前往。

……晚間薛蟠告訴了他母親。薛姨媽聽了，雖是歡喜，但又恐他在外生事，花了本錢倒是末事，因此不命他去。只說：「好歹你守著我，我還能放心些。況且也不用做這買賣，也不等著這幾百銀子來用。你在家裡安分守己的，就強似這幾百銀子了。」

1.戥（音等）子──一種稱量金銀、藥品等所用的小秤，計量單位從兩到分厘。

……薛蟠主意已定，那裡肯依。只說：「天天又說我不知世事，這個也不知，那個也不學。如今我發狠把那些沒要緊的都斷了，如今要成人立事，學習著做買賣，又不准我了，叫我怎麼樣呢？我又不是個丫頭，把我關在家裡，何日是個了日？「況且那張德輝又是個年高有德的，咱們和他是世交，我同他去，怎麼得有舛錯[2]？我就一時半刻有不好的去處，他自然說我勸我。就是東西貴賤，行情他是知道的，自然色色問他，何等順利，倒不叫我去。過兩日我不告訴家裡，私自打點了一走，明年發了財回家，那時才知道我呢。」說畢，賭氣睡覺去了。

……薛姨媽聽他如此說，因和寶釵商議。寶釵笑道：「哥哥果然要經歷正事，正是好的了。只是他在家時說著好聽，到了外頭舊病復犯，越發難拘束他了。但也愁不得許多。他若是真

2.舛錯——謬誤，錯亂。

改了，是他一生的福。若不改，媽也不能又有別的法子。一半盡人力，一半聽天命罷了。

「這麼大人了，若只管怕他不知世路，出不得門，幹不得事，今年關在家裡，明年還是這個樣兒。他既說的名正言順，媽就打量著丟了八百、一千銀子，竟交與他試一試。橫豎有伙計們幫著，也未必好意思哄騙他的。

「二則他出去了，左右沒有助興的人，又沒了倚仗的人，到了外頭，誰還怕誰，有了的吃，沒了的餓著，舉眼無靠，他見這樣，只怕比在家裡省了事也未可知。」

薛姨媽聽了，思忖半晌，說道：「倒是妳說得是。花兩個錢，叫他學些乖來也值了。」商議已定，一宿無話。

……至次日，薛姨媽命人請了張德輝來，在書房中命薛蟠款待酒飯，自己在後廊下，隔著窗子，向裡千言萬語囑托張德輝照管薛蟠。

張德輝滿口應承，吃過飯告辭，又回說：「十四日是上好出行日期，大世兄即刻打點行李，僱下騾子，十四一早就長行了。」薛蟠喜之不盡，將此話告訴了薛姨媽。

……薛姨媽便和寶釵、香菱並兩個老年的嬤嬤，連日打點行裝，派下薛蟠之乳父老蒼頭[3]一名，當年諳事舊僕二名，外有薛蟠隨身常使小廝二人，主僕一共六人，僱了三輛大車，單拉行李使物，又僱了四個長行騾子。薛蟠自騎一匹家內養的鐵青大走騾，外備一匹坐馬。

諸事完畢，薛姨媽、寶釵等連夜勸戒之言，自不必備說。至十三日，薛蟠先去辭了他母舅，然後過來辭了賈宅諸人。賈珍等未免又有餞行之說，也不必細述。至十四日一早，薛姨媽、寶釵等直同薛蟠出了儀門，母女兩個四只淚眼看他去

3.老蒼頭——老僕。

了，方回來。

※　※　※

薛姨媽上京帶來的家人不過四五房，並兩三個老嬤嬤、小丫頭，今跟了薛蟠一去，外面只剩了一兩個男子。因此薛姨媽即日到書房，將一應陳設玩器併簾幔等物，盡行搬了進來收貯，命那兩個跟去的男子之妻一併也進來睡覺。又命香菱將他屋裡也收拾嚴緊，「將門鎖了，晚間和我去睡。」

……寶釵道：「媽既有這些人作伴，不如叫菱姐姐和我作伴去。我們園裡又空，夜長了，我每夜作活，越多一個人豈不越好？」

薛姨媽聽了，笑道：「正是，我忘了，原該叫她同你去才是。我前日還同妳哥哥說，文杏又小，道三不著兩[4]的，鶯兒一個

4.道三不著兩——說話不著邊際，不明事理。

人不夠服侍的，還要買一個丫頭來妳使。」

寶釵道：「買的不知底裡，倘或走了眼，花了錢事小，沒的淘氣。倒是慢慢的打聽著，有知道來歷的，買個還罷了。」一面說，一面命香菱收拾了衾褥妝奩，命一個老嬤嬤並臻兒送至蘅蕪苑去，然後寶釵和香菱才同回園中來。

香菱笑向寶釵道：「我原要和奶奶說的，大爺去了，我和姑娘作伴兒去。又恐怕奶奶多心，說我貪著園裡來頑，誰知妳竟說了。」

寶釵笑道：「我知道妳心裡羨慕這園子不是一日兩日了，只是沒個空兒。就每日來一趟，慌慌張張的，也沒趣兒。所以趁著機會，索性住上一年，我也多個作伴的，妳也遂了心。」

香菱笑道：「好姑娘，趁著這個工夫，妳教給我作詩罷。」

……寶釵笑道：「我說妳『得隴望蜀』[5]呢。我勸妳今兒頭一日進

5.得隴望蜀——喻人貪得無厭。

來，先出園東角門，從老太太起，各處各人妳都瞧瞧，問候一聲兒，也不必特意告訴她們說搬進園來。若有提起因由的，妳只帶口說我帶了妳進來作伴兒就完了。回來進了園，再到各姑娘房裡走走。」

……香菱應著，才要走時，只見平兒忙忙的走來。香菱忙問了好，平兒只得陪笑相問。

寶釵因向平兒笑道：「我今兒帶了她來作伴兒，正要去回妳奶奶一聲兒。」

平兒笑道：「姑娘說的是那裡話？我竟沒話答言了。」

寶釵道：「這才是正理。店房也有個主人，廟裡也有個住持，雖不是大事，到底告訴一聲，便是園裡坐更上夜的人，知道添了她兩個，也好關門候戶的了。妳回去告訴一聲罷，我不打發人說去了。」

平兒答應著，因又向香菱笑道：「妳既來了，也不拜一拜街坊鄰舍去？」

寶釵笑道：「我正叫她去呢。」

平兒道：「妳且不必往我們家去，二爺病了，在家裡呢。」

香菱答應著去了，先從賈母處來，不在話下。

……且說平兒見香菱去了，便拉寶釵悄說道：「姑娘可聽見我們的新聞了？」

寶釵道：「我沒聽見新聞。因連日打發我哥哥出門，所以妳們這裡的事，一概也不知道，連姊妹們這兩日也沒見。」

平兒笑道：「老爺把二爺打了個動不得，難道姑娘就沒聽見？」

寶釵道：「早起恍惚聽見了一句，也信不真。我也正要瞧妳奶奶去呢，不想妳來了。又是為了什麼打他？」

……平兒咬牙罵道：「都是那賈雨村什麼風村，半路途中哪裡來的餓不死的野雜種！認了不到十年，生了多少事出來！今年春天，老爺不知在哪個地方看見了幾把舊扇子，回家來，看家裡所有收著的這些好扇子都不中用了，立刻叫人各處搜求。

「誰知就有一個不知死的冤家，混號兒世人叫他作石呆子，窮的連飯也沒得吃，偏他家就有二十把舊扇子，死也不肯拿出大門來。

「二爺好容易煩了多少情，見了這個人，說之再三，他把二爺請到他家裡坐著，拿出這扇子，略瞧了一瞧。據二爺說，原是不能再有的，全是湘妃、棕竹、麋鹿、玉竹[6]的，皆是古人寫畫真跡，回來告訴了老爺。老爺便叫買他的，要多少銀子給他多少。

「偏那石呆子說：『我餓死凍死，一千兩銀子一把，我也不

6. 湘妃、棕竹、麋鹿、玉竹——四種名貴的竹子，紋理美觀，可以做扇骨。

賣！』老爺沒法子，天天罵二爺沒能為。已經許了他五百兩，先兌銀子，後拿扇子。他只是不賣，只說：『要扇子先要我的命！』姑娘想想，這有什麼法子？

「誰知雨村那沒天理的聽見了，便設了個法子，訛他拖欠了官銀，拿他到衙門裡去，說：所欠官銀，變賣家產賠補，把這扇子抄了來，作了官價，送了來。那石呆子如今不知是死是活。

「老爺拿著扇子，問著二爺說：『人家怎麼弄了來？』二爺只說了一句：『為這點子小事，弄得人坑家敗業，也不算什麼能為！』老爺聽了，就生了氣，說二爺拿話堵老爺。因此這是第一件大的。

「這幾日還有幾件小的，我也記不清，所以都湊在一處，就打起來了。也沒拉倒用板子棍子，就站著，不知拿什麼，混打了一頓，臉上打破了兩處。我們聽見姨太太這裡有一種丸藥，上棒瘡[7]的，姑娘快尋一丸子給我，家去給他上。」
寶釵聽了，忙命鶯兒去要了一丸來與平兒。寶釵道：「既這樣，替我問候罷，我就不去了。」平兒答應著去了，不在話下。

※　※　※

……且說香菱見過眾人之後，吃過晚飯，寶釵等都往賈母處去了，自己便往瀟湘館中來。此時，黛玉已好了大半，見香菱也進園來住，自是歡喜。
香菱因笑道：「我這一進來了，也得了空兒，好歹教給我作詩，就是我的造化了！」
黛玉笑道：「既要作詩，妳就拜我為師。我雖不通，大略也還教得起妳。」
香菱笑道：「果然這樣，我就拜妳為師。妳可不許膩煩的。」

7. **棒瘡**——受棒刑或被棒擊後引起的瘡傷。

……黛玉道：「什麼難事，也值得去學！不過是起承轉合[8]，當中承轉是兩副對子，平聲對仄聲，虛的對虛的，實的對實的，若是果有了奇句，連平仄虛實不對都使得的。」

香菱笑道：「怪道我常弄一本舊詩，偷空兒看一兩首，又有對得極工的，又有不對的，又聽見說『一三五不論，二四六分明』。看古人的詩上，亦有順的，亦有二四六上錯了的，所以天天疑惑。如今聽妳一說，原來這些格調規矩，竟是末事，只要詞句新奇為上。」

黛玉道：「正是這個道理，詞句究竟還是末事，第一立意要緊。若意趣真了，連詞句不用修飾，自是好的，這叫做『不以詞害意』。」

……香菱笑道：「我只愛陸放翁的詩『重簾不捲留香久，古硯微凹聚墨多』，說的真有趣！」

8. 起承轉合——舊體詩文章法結構的術語。

黛玉道：「斷不可看這樣的詩。妳們因不知詩，所以見了這淺近的就愛，一入了這個格局，再學不出來的。妳只聽我說，妳若真心要學，我這裡有《王摩詰全集》，妳且把他的五言律讀一百首，細心揣摩透熟了，然後再讀一二百首老杜的七言律，次再李青蓮的七言絕句讀一二百首。肚子裡先有了這三個人作了底子，然後再把陶淵明、應瑒，謝、阮、庾、鮑等人的一看。妳又是一個極聰敏伶俐的人，不用一年的工夫，不愁不是詩翁了！」

……香菱聽了，笑道：「既這樣，好姑娘，妳就把這書給我拿出來，我帶回去夜裡念幾首也是好的。」

黛玉聽說，便命紫鵑將王右丞的五言律拿來，遞與香菱，又道：「妳只看有紅圈的都是我選的，有一首，念一首。不明白的，問妳姑娘；或者遇見我，我講與妳就是了。」

……香菱拿了詩，回至蘅蕪苑中，諸事不顧，只向燈下一首一首的讀起來。寶釵連催她數次睡覺，她也不睡。寶釵見她這般苦心，只得隨她去了。

……一日，黛玉方梳洗完了，只見香菱笑吟吟的送了書來，又要換杜律。

黛玉笑道：「共記得多少首？」

香菱笑道：「凡紅圈選的，我盡讀了。」

黛玉道：「可領略了些滋味沒有？」

香菱笑道：「領略了些滋味，不知可是不是，說與妳聽聽。」

黛玉笑道：「正要講究討論，方能長進。妳且說來我聽。」

……香菱笑道：「據我看來，詩的好處，有口裡說不出來的意思，想去卻是逼真的。有似乎無理的，想去竟是有理有情的。」

黛玉笑道：「這話有了些意思，但不知妳從何處見得？」

香菱笑道：「我看他《塞上》一首，那一聯云：『大漠孤煙直，長河落日圓。』想來煙如何直？日自然是圓的：這『直』字似無理，『圓』字似太俗。合上書一想，倒像是見了這景的。若說再找兩個字換這兩個，竟再找不出兩個字來。再還有：『日落江湖白，潮來天地青』：這『白』『青』兩個字也似無理。想來，必得這兩個字才形容得盡，念在嘴裡，倒像有幾千斤重的一個橄欖。

「還有『渡頭餘落日，墟里上孤煙』：這『餘』字和『上』字，難為他怎麼想來！我們那年上京來，那日下晚便灣住船，岸上又沒有人，只有幾棵樹，遠遠的幾家人家作晚飯，那個煙竟是碧青，連雲直上。誰知我昨日晚上讀了這兩句，倒像我又到了那個地方去了。」

……正說著，寶玉和探春也來了，也都入座聽她講詩。

寶玉笑道：「既是這樣，也不用看詩。會心處不在多，聽妳說了這兩句，可知『三昧』[9]妳已得了。」

黛玉笑道：「你說他這『上孤煙』好，你還不知他這一句還是套了前人的來。我給妳這一句瞧瞧，更比這個淡而現成。」說著便把陶淵明的「曖曖遠人村，依依墟里煙」翻了出來，遞與香菱。

香菱瞧了，點頭嘆賞，笑道：「原來『上』字是從『依依』兩個字上化出來的。」

寶玉大笑道：「妳已得了，不用再講，越發倒學雜了。妳就作起來，必是好的。」

探春笑道：「明兒我補一個柬來，請妳入社。」

香菱笑道：「姑娘何苦打趣我，我不過是心裡羨慕，才學著頑罷了。」

9. 三昧—佛教用語。本意是心神專一，雜念止息。後借指事物的奧秘與精義。

探春、黛玉都笑道：「誰不是頑？難道我們是認真作詩呢！若說我們認真成了詩，出了這園子，把人的牙還笑掉了呢。」

⋯寶玉道：「這也算自暴自棄了。前日我在外頭和相公們商議畫兒，他們聽見咱們起詩社，求我把稿子給他們瞧瞧。我就寫了幾首給他們看看，誰不真心嘆服！他們都抄了刻去了。」

探春、黛玉忙問道：「這是真話麼？」

寶玉笑道：「說謊的是那架上的鸚哥。」

黛玉、探春聽說，都道：「你真真胡鬧！且別說那不成詩，便是成詩，我們的筆墨，也不該傳到外頭去。」

寶玉道：「這怕什麼！古來閨閣中的筆墨不要傳出去，如今也沒有人知道了。」說著，只見惜春打發了入畫來請寶玉，寶玉方去了。

…香菱又逼著黛玉換出杜律來，又央黛玉、探春二人：「出個題目，讓我謅去，謅了來，替我改正。」

黛玉道：「昨夜的月最好，我正要謅一首，竟未謅成，妳竟作一首來。『十四寒』的韻，由妳愛用那幾個字去。」

…香菱聽了，喜得拿回詩來，又苦思一回，作兩句詩，又捨不得杜詩，又讀兩首。如此茶飯無心，坐臥不定。

寶釵道：「何苦自尋煩惱！都是顰兒引的妳，我和她算賬去。妳本來呆頭呆腦的，再添上這個，越發弄成個呆子了。」

香菱笑道：「好姑娘，別混我。」一面說，一面作了一首，先與寶釵看。

寶釵看了，笑道：「這個不好，不是這個作法。妳別怕臊，只管拿了給她瞧去，看她是怎麼說。」

香菱聽了，便拿了詩找黛玉。黛玉看時，只見寫道是：

月挂中天夜色寒，清光皎皎影團團。
詩人助興常思玩，野客添愁不忍觀。
翡翠樓邊懸玉鏡，珍珠帘外掛冰盤。
良宵何用燒銀燭，晴彩輝煌映畫欄。

黛玉笑道：「意思卻有，只是措詞不雅。皆因妳看的詩少，被它縛住了。把這首丟開，再作一首，只管放開膽子去作。」

……香菱聽了，默默的回來，索性連房也不入，只在池邊樹下，或坐在山石上出神，或蹲在地下摳土，來往的人都詫異。

……李紈、寶釵、探春、寶玉等聽得此信，都遠遠的站在山坡上瞧著她。只見她皺一回眉，又自己含笑一回。

寶釵笑道：「這個人定要瘋了！昨夜嘟嘟噥噥，直鬧到五更天才睡下，沒一頓飯的工夫，天就亮了。我就聽見她起來了，忙忙碌碌梳了頭，就找顰兒去。一回來了，呆了一日，作了一首又不好，這會子自然另作呢。」

寶玉笑道：「這正是『地靈人傑』，老天生人，再不虛賦情性的。我們成日嘆說可惜她這麼個人竟俗了，誰知到底有今日！可見天地至公。」

寶釵聽了，笑道：「你能夠像她這苦心就好了，學什麼有個不成的？」寶玉不答。

⋯⋯只見香菱興興頭頭的，又往黛玉那邊去了。

探春笑道：「咱們跟了去，看她有些意思沒有。」說著，一齊都往瀟湘館來。只見黛玉正拿著詩和她講究。眾人因問黛玉作得如何。

黛玉道：「自然算難為她了，只是還不好。這一首過於穿鑿了，還得另作。」眾人因要詩看時，只見作道：

非銀非水映窗寒，拭看晴空護玉盤。
淡淡梅花香欲染，絲絲柳帶露初乾。
只疑殘粉塗金砌，恍若輕霜抹玉欄。
夢醒西樓人跡絕，餘容猶可隔簾看。

寶釵笑道：「不像吟月了，『月』字底下添一個『色』字倒還使得，妳看，句句倒是月色。這也罷了，原來詩從胡說來，再遲幾天就好了。」

……香菱自為這首妙絕，聽如此說，自己掃了興，不肯丟開手，便要思索起來。因見她姊妹們說笑，便自己走至階前竹下閒步，挖心搜膽，耳不旁聽，目不別視。一時，探春隔窗笑說道：「菱姑娘，妳閒閒罷。」

香菱怔怔答道：「『閒』字是『十五刪』的，錯了韻了。」眾人聽了，不覺大笑起來。

寶釵道：「可真是詩魔了。都是顰兒引的她！」

黛玉道：「聖人說，『誨人不倦』，她又來問我，我豈有不說之理。」李紈笑道：「咱們拉了她往四姑娘房裡去，引她瞧瞧畫兒，叫她醒一醒才好。」

……說著，真個出來拉了她過藕香榭，至暖香塢中。惜春正乏倦，在床上歪著睡午覺，畫繒[10]立在壁間，用紗罩著。眾人喚醒了惜春，揭紗看時，十停方有了三停。香菱見畫上有幾個美人，因指著笑道：「這一個是我們姑娘，那一個是林姑娘。」探春笑道：「凡會作詩的都畫在上頭，妳快學罷！」說著，頑笑了一回。

10.畫繒（音曾）——繪畫用的絹。繒，古代對絲織品的統稱。

…各自散後，香菱滿心中還是想詩。至晚間，對燈出了一回神，至三更以後上床臥下，兩眼鰥鰥[11]，直到五更，方才朦朧睡去了。一時天亮，寶釵醒了，聽了一聽，她安穩睡了，心下想：「她翻騰了一夜，不知可作成了？這會子乏了，且別叫她。」

正想著，只聽香菱從夢中笑道：「可是有了！難道這一首還不好？」寶釵聽了，又是可嘆，又是可笑，連忙喚醒了她，問她：「得了什麼？妳這誠心都通了仙了。學不成詩，還弄出病來呢！」一面說，一面梳洗了，會同姊妹往賈母處來。

…原來香菱苦志學詩，精血誠聚，日間做不出，忽於夢中得了八句。梳洗已畢，便忙錄出來，自己並不知好歹，便拿來又找黛玉。剛到沁芳亭，只見李紈與眾姊妹方從王夫人處回來，寶釵正告訴她們，說她夢中作詩說夢話。眾人正笑，抬

11. 鰥鰥——鰥，一種大魚，其性獨行。魚目常睜不閉，故常用「鰥鰥」形容憂愁失眠的樣子。

頭見她來了，便都爭著要詩看，要知端的，且聽下回分解。

◎第四九回◎

琉璃世界白雪紅梅
脂粉香娃割腥啖羶

……話說香菱見眾人正說笑，她便迎上去笑道：「妳們看這一首。若使得，我便還學；若還不好，我就死了這作詩的心了。」說著，把詩遞與黛玉及眾人，看時，只見寫道是：

精華[1]欲掩料應難，影自娟娟魄自寒。
一片砧敲千里白，半輪雞唱五更殘。
綠蓑[2]江上秋聞笛，紅袖樓頭夜倚欄。
博得嫦娥應借問，緣何不使永團圓！

眾人看了笑道：「這首不但好，而且新巧有意趣。可知俗語說『天下無難事，只怕有心人。』社裡一定請妳了。」香菱聽了，心下不信，料著是她們瞞哄自己的話，還只管問黛玉寶釵等。

…正說之間，只見幾個小丫頭並老婆子忙忙的走來，都笑道：「來了好些姑娘奶奶們，我們都不認得，奶奶姑娘們快認親去。」

李紈笑道：「這是那裡的話？妳到底說明白了，是誰的親戚？」那婆子丫頭都笑道：「奶奶的兩位妹子都來了。還有一位姑娘，說是薛大姑娘的妹妹；還有一位爺，說是薛大爺的兄弟。我這會子請姨太太去呢，奶奶和姑娘們先上去罷。」說著，一逕去了。

…寶釵笑道：「我們薛蝌和他妹妹來了不成？」

李紈也笑道：「我們嬸子又上京來了不成？他們也不能湊在一處，這可是奇事。」大家納悶，來至王夫人上房，只見烏壓

1. **精華**——謂月亮純淨的光華。

2. **綠蓑**——即簑衣，這裡用以代指飄泊江上的旅人。

壓一地的人。

……原來邢夫人之兄嫂帶了女兒岫煙進京來投邢夫人的，可巧鳳姐之兄王仁也正進京，兩親家一處打幫來了。走至半路泊船時，正遇見李紈之寡嬸，帶著兩個女兒——大名李紋，次名李綺——也上京。大家敘起來，又是親戚，因此三家一路同行。後有薛蟠之從弟[3]薛蝌，因當年父親在京時，已將胞妹薛寶琴許配都中梅翰林之子為婚，正欲進京發嫁，聞得王仁進京，他也隨後帶了妹子趕來。所以今日會齊了，來訪投各人親戚。

……於是大家見禮敘過，賈母、王夫人都歡喜非常。賈母因笑道：「怪道昨日晚上燈花爆了又爆，結了又結，原來應到今日。」

3.從弟——即堂弟。

一面敍些家常，一面收看帶來的禮物，一面命留酒飯。鳳姐兒自不必說，忙上加忙。

李紈、寶釵自然和嬸母姊妹敍離別之情。黛玉見了，先是歡喜，次後想起眾人皆有親眷，獨自己孤單，無個親眷，不免又去垂淚。寶玉深知其情，十分勸慰了一番方罷。

……然後寶玉忙忙來至怡紅院中，向襲人、麝月、晴雯等笑道：

「妳們還不快看人去！誰知寶姐姐的親哥哥是那個樣子，她這叔伯兄弟形容舉止另是一樣了，倒像是寶姐姐的同胞弟兄似的。更奇在妳們成日家只說寶姐姐是絕色的人物，妳們如今瞧瞧她這妹子，更有大嫂嫂這兩個妹子，我竟形容不出來了。

「老天，老天！妳有多少精華靈秀，生出這些人上之人來！可知我井底之蛙，成日家只說現在的這幾個人是有一無二的，誰知不必遠尋，就是本地風光，一個賽似一個，如今我又長了一層學問了。除了這幾個，難道還有幾個不成？」一面說，一面自笑自嘆。

襲人見他又有些魔意，便不肯去瞧。晴雯等早去瞧了一遍回來，嘻嘻笑向襲人道：「妳快瞧瞧去！大太太的一個姪女兒，寶姑娘一個妹妹，大奶奶兩個妹妹，倒像一把子四根水蔥兒。」

一語未了，只見探春也笑著進來找寶玉，因說道：「咱們的詩社可興旺了。」

寶玉笑道：「正是呢。這是妳一高興起詩社，所以鬼使神差來了這些人。但只一件，不知她們可學過作詩不曾？」

探春道：「我才都問了問她們，雖是她們自謙，看光景沒有不會的。便是不會也沒難處，你看香菱就知道了。」

…襲人笑道：「她們說薛大姑娘的妹妹更好，三姑娘看著怎麼樣？」

探春道：「果然的。據我看，連她姐姐並這些人總不及她。」

襲人聽了，又是詫異，又笑道：「這也奇了，還從哪裡再尋好的去呢？我倒要瞧瞧去。」

探春道：「老太太一見了，喜歡得無可不可的，已經逼著太太認了乾女兒了。老太太要養活，才剛已經定了。」

寶玉喜得忙問：「這果然的？」

探春道：「我幾時說過謊？」

又笑道：「有了這個好孫女兒，就忘了你這個孫子了。」

…寶玉笑道：「這倒不妨，原該多疼女兒些才是正理。明兒十六，咱們可該起社了。」

探春道：「林丫頭剛起來了，二姐姐又病了，終是七上八下的。」

寶玉道：「二姐姐又不大作詩，沒有她又何妨。」

探春道：「索性等幾天，她們新來的混熟了，咱們邀上她們，豈不好？這會子大嫂子、寶姐姐心裡自然沒有詩興的，況且湘雲沒來，顰兒才好了，人人不合式；不如等著雲丫頭來了，這幾個新的也熟了，顰兒也大好了，大嫂子和寶姐姐心也閒了，香菱詩也長進了，如此邀一滿社，豈不好？

「咱們兩個如今且往老太太那裡去聽聽，除寶姐姐的妹妹不算外，她一定是在咱們家住定了的。倘或那三個要不在咱們這裡住，咱們央告著老太太留下她們，也在園子裡住下，咱們豈不多添幾個人，越發有趣了。」

寶玉聽了，喜的眉開眼笑，忙說道：「倒是妳明白。我終久是個糊塗心腸，空喜歡一會子，卻想不到這上頭。」

……說著，兄妹兩個一齊往賈母處來。果然王夫人已認了寶琴作乾女兒，賈母歡喜非常，連園中也不命住，晚上跟著賈母一處安寢。薛蝌自向薛蟠書房中住下。

賈母便和邢夫人說：「妳姪女兒也不必家去了，園裡住幾天逛逛再去？」邢夫人兄嫂家中原艱難，這一上京，原仗的是邢夫人與他們治房舍，幫盤纏，聽如此說，豈不願意。邢夫人便將岫煙交與鳳姐。

鳳姐籌算得園中姊妹多，性情不一，且又不便另設一處，莫若送到迎春一處去，倘日後邢岫煙有些不遂意的事，縱然邢夫人知道了，與自己無干。從此後若邢岫煙家去住的日期不算，若在大觀園住到一個月上，鳳姐兒亦照迎春的月例送一分與岫煙。

鳳姐兒冷眼敁敠岫煙心性為人，竟不像邢夫人及她的父母一樣，卻是個極溫厚可疼的人。因此鳳姐兒反憐她家貧命苦，比別的姊妹多疼她些，邢夫人倒不大理論了。

……賈母王夫人因素喜李紈賢惠，且年輕守節，令人敬服，今見她寡嬸來了，便不肯令她外頭去住。那李嬸雖十分不肯，無奈賈母執意不從，只得帶著李紋、李綺在稻香村住下來。

……當下安插既定，誰知保齡侯史鼐又遷委[4]了外省大員，不日要帶了家眷去上任。賈母因捨不得湘雲，便留下她了，接到家中。原要命鳳姐兒另設一處與她住。史湘雲執意不肯，只要與寶釵一處住，因此就罷了。

……此時大觀園中，比先更熱鬧了多少：李紈為首，餘者迎春、探春、惜春、寶釵、黛玉、湘雲、李紋、李綺、寶琴、邢岫煙，再添上鳳姐兒和寶玉，一共十三個。

4. 遷委——即官職調動。

敍起年庚，除李紈年紀最長，他十二個人，皆不過十五六七歲，或有這三個同年，或有那五個共歲，或有這兩個同月同日，那兩個同刻同時，所差者大半是時刻月分而已。連他們自己也不能記清誰長誰幼，一併賈母、王夫人及家中婆娘、丫鬟也不能細細分析，不過是「弟」「兄」「姊」「妹」四個字隨便亂叫。

……如今香菱正滿心滿意只想作詩，又不敢十分囉嗦寶釵，可巧來了個史湘雲。那史湘雲又是極愛說話的，哪裡禁得起香菱又請教她談詩，越發高了興，沒晝沒夜高談闊論起來。寶釵因笑道：「我實在聒噪得受不得了。一個女孩兒家，只管拿著詩作正經事講起來，叫有學問的人聽了反笑話，說不守本分。一個香菱沒鬧清，偏又添了妳這麼個話口袋子[5]，滿嘴裡說的是什麼：怎麼是『杜工部之沉鬱，韋蘇州之淡雅』，

5. 話口袋子——喻指愛說話的人。

又怎麼是『溫八叉之綺靡，李義山之隱僻』。放著兩個現成的詩家不知道，提那些死人做什麼！」

湘雲聽了，忙笑問道：「是哪兩個？好姐姐，你告訴我。」

寶釵笑道：「呆香菱之心苦，瘋湘雲之話多。」湘雲、香菱聽了，都笑起來。

……正說著，只見寶琴來了，披著一領斗篷，金翠輝煌，不知何物。

寶釵忙問：「這是哪裡的？」

寶琴笑道：「因下雪珠兒，老太太找了這一件給我的。」

香菱上來瞧道：「怪道這麼好看，原來是孔雀毛織的。」

湘雲道：「那裡是孔雀毛，就是野鴨子頭上的毛作的。可見老太太疼妳了，這樣疼寶玉，也沒給他穿。」

寶釵道：「真俗語說『各人有各人的緣法』。我也再想不到她這會子來，既來了，又有老太太這麼疼她。」

……湘雲道：「妳除了在老太太跟前，就在園裡來，這兩處，只管玩笑吃喝。到了太太屋裡，若太太在屋裡，只管和太太說笑，多坐一回無妨；若太太不在屋裡，妳別進去，那屋裡人多心壞，都是要害咱們的。」說的寶釵、寶琴、香菱、鶯兒等都笑了。

寶釵笑道：「說妳沒心，卻又有心；雖然有心，到底嘴太直了。我們這琴兒就有些像妳。妳天天說要我作親姐姐，我今兒竟叫妳認她作親妹妹罷了。」

湘雲又瞅了寶琴半日，笑道：「這一件衣裳也只配她穿，別人穿了，實在不配。」

……正說著，只見琥珀走來，笑道：「老太太說了，叫寶姑娘別管緊了琴姑娘。她還小呢，讓她愛怎麼樣就怎麼樣。要什麼東西只管要去，別多心。」

寶釵忙起身答應了，又推寶琴，笑道：「妳也不知是哪裡來的福氣！妳倒去罷，仔細我們委曲著妳。我就不信我哪些兒不如妳。」

……說話之間，寶玉、黛玉都進來了，寶釵猶自嘲笑。湘雲因笑道：「寶姐姐，妳這話雖是玩話，卻有人真心是這樣想呢。」

琥珀笑道：「真心惱的再沒別人，就只是他。」口裡說，手指著寶玉。

寶釵、湘雲都笑道：「他倒不是這樣人。」

琥珀又笑道：「不是他，就是她。」說著又指著黛玉。

湘雲便不則聲。

寶釵忙笑道：「更不是了。我的妹妹和她的妹妹一樣。她喜歡得比我還疼呢，那裡還惱？妳信雲兒混說。她的那嘴有什麼實據！」

……寶玉素習深知黛玉有些小性兒[6]，且尚不知近日黛玉和寶釵之事，正恐賈母疼寶琴她心中不自在；今見湘雲如此說了，寶釵又如此答，再審度黛玉聲色亦不似往日，果然與寶釵之說相符，心中悶悶不解。因想：「她兩個素日不是這樣的，如今看來，竟更比她人好了十倍。」一時又見林黛玉趕著寶琴叫「妹妹」，並不提名道姓，直似親姊妹一般。那寶琴年輕心熱，且本性聰敏，自幼讀書識字，今在賈府住了兩日，大概人物已知。又見諸姊妹都不是那輕薄脂粉，且又和姐姐皆和契，故也不肯怠慢，其中又見林黛玉是個出類拔萃的，便更與黛玉親敬異常。寶玉看著，只是暗暗的納罕。

6. 小性兒—形容人胸襟狹窄，愛鬧脾氣。

……一時寶釵姊妹往薛姨媽房內去後，湘雲往賈母處來，林黛玉回房歇著。

……寶玉便找了黛玉來，笑道：「我雖看了《西廂記》，也曾有明白的幾句，說了取笑，妳還曾惱過。如今想來，竟有一句不解，我念出來，妳講講我聽聽。」

黛玉聽了，便知有文章，因笑道：「你念出來我聽聽。」

寶玉笑道：「那《鬧簡》上有一句說得最好，『是幾時孟光接了梁鴻案？』這句最妙。『孟光接了梁鴻案』[7]這七個字，不過是現成的典，難為他這『是幾時』三個虛字問得有趣。是幾時接了？妳說說我聽聽。」

黛玉聽了，禁不住也笑起來，因笑道：「這原問得好。他也問得好，你也問得好。」

7.孟光接了梁鴻案——語出王實甫《西廂記》第三本第二折，這句唱詞是比喻鶯鶯接受了張生的愛情，這裡是比喻黛玉接受了寶釵的友情。

…寶玉道：「先時妳只疑我，如今妳也沒的說，我反落了單。」黛玉笑道：「誰知她竟真是個好人，我素日只當她藏奸。」因把說錯了酒令起，連送燕窩病中所談之事，細細告訴了寶玉。寶玉方知緣故，因笑道：「我說呢，正納悶『是幾時孟光接了梁鴻案』，原來是從『小孩兒家口沒遮攔上』[8]就接了案了。」

…黛玉因又說起寶琴來，想起自己沒有姊妹，不免又哭了。寶玉忙勸道：「這又自尋煩惱了。妳瞧瞧，今年比舊年越發瘦了，妳還不保養！每天好好的，妳必是自尋煩惱哭一會子，才算完了這一天的事。」黛玉拭淚道：「近來我只覺心酸，眼淚卻像比舊年少了些的。心裡只管酸痛，眼淚卻不多。」寶玉道：「這是妳哭慣了，心裡疑的，豈有眼淚會少的！」

8. 小孩兒家口沒遮攔上——也是《西廂記》中的唱詞。「口沒遮攔」是嘴不嚴實的意思。

⋯正說著，只見他屋裡的小丫頭子送了猩猩氈斗篷[9]來，又說：「大奶奶才打發人來說，下了雪，要商議明日請人作詩呢。」一語未了，只見李紈的丫頭走來請黛玉。寶玉便邀著黛玉同往稻香村來。

黛玉換上掐金挖雲[10]紅香羊皮[11]小靴，罩了一件大紅羽紗面白狐皮裡的鶴氅[12]，束一條青金閃綠雙環四合如意縧，頭上罩了雪帽。二人一齊踏雪行來。只見眾姊妹都在那邊，都是一色大紅猩猩氈與羽毛緞的斗篷，獨李紈穿一件青哆羅呢[13]對襟褂子，薛寶釵穿一件蓮青[14]斗紋[15]錦上添花洋線番羓絲[16]的鶴氅；邢岫煙仍是家常舊衣，並無避雪之衣。

⋯一時史湘雲來了，穿著賈母與她的一件貂鼠腦袋面子、大毛黑灰鼠裡子、裡外發燒大褂子[17]，頭上帶著一頂挖雲鵝黃片金裡大紅猩猩氈昭君套，又圍著大貂鼠風領[18]。

9.猩猩氈斗篷——用紅色毛料製作的斗篷。古謂猩猩血可做紅顏料，故稱紅色為猩紅或猩色。斗篷，一種寬大無袖的禦寒外罩，又叫一口鐘或一裹圓。

10.掐金挖雲——用金線掐出邊緣，再用其他絲織品挖出雲頭形，裝飾靴尖。

11.紅香羊皮——染成大紅色的羊皮。

12.鶴氅——原為用鳥羽製成的衣裘，此指斗篷之類。

13.哆羅呢——一種闊幅呢料。

黛玉先笑道：「妳們瞧瞧，孫行者來了。她一般的也拿著雪褂子，故意裝出個小騷達子來。」

湘雲笑道：「妳們瞧瞧我裡頭打扮的。」一面說，一面脫了褂子。

只見她裡頭穿著一件半新的靠色[19]三鑲領袖秋香色盤金五色繡龍窄褙[20]小袖掩衿銀鼠短襖，裡面短短的一件水紅裝緞狐肷[21]褶子，腰裡緊緊束著一條蝴蝶結子長穗五色宮絛，腳下也穿著麀[22]皮小靴，越顯得蜂腰猿背，鶴勢螂形[23]。

眾人都笑道：「偏她只愛打扮成個小子的樣兒，原比她打扮女兒更俏麗了些。」

湘雲道：「快商議作詩！我聽聽是誰的東家？」

李紈道：「我的主意。想來昨兒的正日已過了，再等正日又太遠，可巧又下雪，不如大家湊個社，又替她們接風，又可以作詩。妳們意思怎麼樣？」

14.蓮青—指藍紫色。

15.斗紋—指交叉的圖案。

16.洋線番羓絲—指絲線毛線混合的織物。

17.裡外發燒大褂子—即表裡都用毛皮做的大掛子。

18.風領—一種類似圍巾的皮領子，不與衣服連在一起，用時另戴。

19.靠色—三種相近的顏色叫靠色。

20.褙—衣服腋下部位。

21.狐肷（音淺）—指狐腋部腹部的皮毛。

22.麀（音幽）—母鹿。

寶玉先道：「這話很是。只是今日晚了，若到明兒晴了，又無趣。」

眾人看道：「這雪未必晴，縱晴了，這一夜下的也夠賞了。」

……李紈道：「我這裡雖好，又不如蘆雪庵好。我已經打發人籠地炕去了，咱們大家擁爐作詩。老太太想來未必高興，況且咱們小玩意兒，單給鳳丫頭個信兒就是了。你們每人一兩銀子就夠了，送到我這裡來。」指著香菱、寶琴、李紋、李綺、岫煙：「五個不算外，咱們裡頭二丫頭病了不算，四丫頭告了假也不算，你們四分子送了來，我包總五六兩銀子也盡夠了。」寶釵等一齊應諾。因又擬題限韻，李紈笑道：「我心裡自己定了，等到了明日臨期，橫豎知道。」說畢，大家又閒話了一回，方往賈母處來。本日無話。

23. 蜂腰猿背，鶴勢螂形──喻人腰細臂長，俏便俐落。這裡用來形容史湘雲的打扮像武士。

……到了次日一早，寶玉因心裡記掛著這事，一夜沒好生得睡，天亮了就爬起來。掀開帳子一看，雖門窗尚掩，只見窗上光輝奪目，心內早躊躇起來，埋怨定是晴了，日光已出。一面忙起來揭起窗屜[24]，從玻璃窗內往外一看，原來不是日光，竟是一夜大雪，下的將有一尺多厚，天上仍是搓綿扯絮一般。

……寶玉此時歡喜非常，忙喚人起來，盥漱已畢，只穿一件茄色哆羅呢狐皮襖子，罩一件海龍皮[25]小小鷹膀褂，束了腰，披了玉針蓑，戴上金藤笠[26]，登上沙棠屐，忙忙的往蘆雪庵來。出了院門，四顧一望，並無二色，遠遠的是青松翠竹，自己卻如裝在玻璃盆內一般。於是走至山坡之下，順著山腳，剛轉過去，已聞得一股寒香拂鼻。回頭一看，恰是妙玉門前，櫳翠庵中有十數株紅梅，如胭脂一般，映著雪色，分外顯得精神，好不有趣！寶玉便立

24. **窗屜**——可支起放落的窗架。

25. **海龍皮**——一種類似水獺皮的皮毛，多作翻皮毛衣。

26. **金藤笠**——用藤皮細條編成笠，刷以桐油，呈金黃色，故名。

住，細細的賞玩一回方走。只見蜂腰板橋上一個人打著傘走來，是李紈打發了請鳳姐兒去的人。

……寶玉來至蘆雪庵，只見丫鬟婆子正在那裡掃雪開徑。原來這蘆雪庵蓋在傍山臨水河灘之上，一帶幾間茅檐土壁，槿籬竹牖，推窗便可垂釣，四面都是蘆葦掩覆，一條去徑逶迤穿蘆度葦過去，便是藕香榭的竹橋了。

眾丫鬟婆子見他披蓑戴笠而來，卻笑道：「我們才說正少一個漁翁，如今果然全了。姑娘們吃了飯才來呢，你也太性急了！」

……寶玉聽了，只得回來。剛至沁芳亭，見探春正從秋爽齋出來，圍著大紅猩猩氈斗篷，戴著觀音兜[27]，扶著小丫頭，後面一個婦人打著青綢油傘。寶玉知她往賈母處去，便立在亭

27. **觀音兜**——古時婦女戴的一種風帽，因形似觀音所戴的兜帽，故名。

邊，等她來到，二人一同出園前去。寶琴正在裡間房內梳洗更衣。

……一時眾姊妹來齊，寶玉只嚷餓了，連連催飯。好容易等擺上飯來，頭一樣菜便是牛乳蒸羊羔。賈母便說：「這是我們有年紀的人的藥，沒見天日的東西，你們小孩子們吃不得。今兒另外有新鮮鹿肉，你們等著吃。」眾人答應了。

……寶玉卻等不得，只拿茶泡了一碗飯，就著野雞瓜齏[28]忙忙的咽完了。賈母道：「我知道你們今兒又有事情，連飯也不顧吃了。」便叫：「留著鹿肉，與他晚上吃。」鳳姐忙說「還有呢」，方才罷了。

史湘雲便悄和寶玉計較道：「有新鮮鹿肉，不如咱們要一塊，自己拿了園裡弄著，又頑又吃。」寶玉聽了，巴不得一聲

28. **野雞瓜齏**——類似炒雞丁一類的下飯菜。

兒，便真和鳳姐要了一塊，命婆子送入園去。

……一時，大家散後，進園齊往蘆雪庵來，聽李紈出題限韻，獨不見湘雲、寶玉二人。黛玉道：「他兩個再到不了一處，若到一處，生出多少故事來！這會子一定算計那塊鹿肉去了。」

……正說著，只見李嬸也走來看熱鬧，因問李紈道：「怎麼一個帶玉的哥兒和那一個掛金麒麟的姐兒，那樣乾淨清秀，又不少吃的，他兩個在那裡商議著要吃生肉呢，說得有來有去的。我只不信，肉也生吃得的？」

眾人聽了，都笑道：「了不得，快拿了他兩個來。」

黛玉笑道：「這可是雲丫頭鬧的，我的卦再不錯。」

……李紈等忙出來，找著他兩個，說道：「你們兩個要吃生的，我送你們到老太太那裡吃去。那怕吃一只生鹿，撐病了不與我相干。這麼大雪，怪冷的，替我作禍呢。」寶玉笑道：「沒有的事，我們燒著吃呢。」李紈道：「這還罷了。」只見老婆們拿了鐵爐、鐵叉、鐵絲幪[29]來，李紈道：「仔細割了手，不許哭！」說著，同探春進去了。

29. 鐵絲幪（音蒙）——鐵絲編成的烘烤食物的網狀架子。

……鳳姐打發了平兒來回覆不能來，為發放年例正忙。湘雲見了平兒，那裡肯放。平兒也是個好頑的，素日跟著鳳姐兒無所不至，見如此有趣，樂得頑笑，因而褪去手上的鐲子，三個圍著火爐兒，便要先燒三塊吃。那邊寶釵、黛玉平素看慣了，不以為異，寶琴等及李嬸深為罕事。

……探春與李紈等已議定了題韻。探春笑道：「妳聞聞，香氣這裡都聞見了，我也吃去。」說著，也找了她們來。李紈也隨來，說：「客已齊了，你們還吃不夠？」

湘雲一面吃，一面說道：「我吃這個，方愛吃酒，吃了酒，才有詩。若不是這鹿肉，今兒斷不能作詩。」說著，只見寶琴披著鳧靨裘站在那裡笑。

湘雲笑道：「傻子，過來嘗嘗。」

寶琴笑說：「怪髒的。」

寶釵道：「妳嘗嘗去，好吃的。妳林姐姐弱，吃了不消化，不然她也愛吃。」

寶琴聽了，便過去吃了一塊，果然好吃，便也吃起來。

……一時，鳳姐兒打發小丫頭來叫平兒。平兒說：「史姑娘拉著我呢，妳先走罷。」小丫頭去了。一時，只見鳳姐也披了斗篷走來，笑道：「吃這樣好東西，也不告訴我！」說著，也湊著一處吃起來。

……黛玉笑道：「哪裡找這一群花子去！罷了，罷了，今日蘆雪庵遭劫，生生被雲丫頭作踐了。我為蘆雪庵一大哭！」

湘雲冷笑道：「妳知道什麼！『是真名士自風流』，你們都是假清高，最可厭的。我們這會子腥羶，大吃大嚼，回來卻是錦心繡口。」

寶釵笑道：「妳回來若作得不好了，把那肉掏了出來，就把這雪壓的蘆葦子揌[30]上些，以完此劫。」

……說著，吃畢，洗漱了一回。平兒帶鐲子時，卻少了一個，左右前後亂找了一番，蹤跡全無。眾人都詫異。

鳳姐兒笑道：「我知道這鐲子的去向。妳們只管作詩去，我們也不用找，只管前頭去，不出三日，包管就有了。」

說著又問：「妳們今兒作什麼詩？老太太說了，離年又近了，正月裡還該作些燈謎兒大家頑笑。」

30. 揌（音腮）——通「塞」。

眾人聽了，都笑道：「可是倒忘了。如今趕著作幾個好的，預備正月裡頑。」

說著，一齊來至地炕屋內，只見杯盤果菜俱已擺齊，牆上已貼出詩題、韻腳、格式來了。寶玉湘雲二人忙看時，只見題目是「即景聯句」[31]，五言排律一首，限二蕭韻。後面尚未列次序。

李紈道：「我不大會作詩，我只起三句罷，然後誰先得了誰先聯。」

寶釵道：「到底分個次序。」要知端的，且聽下回分解。

31. 聯句—舊時作詩的一種方式，兩人或多人共作一詩，相互聯吟成篇。

第五〇回

蘆雪庵爭聯即景詩
暖香塢雅製春燈謎

……話說薛寶釵道：「到底分個次序，讓我寫出來。」說著，便令眾人拈鬮[1]為序。起首恰是李氏，然後按次各各開出。

鳳姐兒說道：「既這樣說，我也說一句在上頭。」眾人都笑說道：「更妙了！」寶釵便將「稻香老農」之上補了一個「鳳」字，李紈又將題目講與他聽。

……鳳姐兒想了半日，笑道：「妳們別笑話我。我只有一句粗話，下剩的我就不知道了。」

眾人都笑道：「越是粗話越好。妳說了，只管幹正事去罷。」

鳳姐兒笑道：「我想，下雪必刮北風。昨

夜聽見一夜的北風，我有了一句，就是『一夜北風緊』，可使得？」

眾人聽了，都相視笑道：「這句雖粗，不見底下的，這正是會作詩的起法。不但好，而且留了多少地步與後人。就是這句為首，稻香老農快寫上續下去。」

鳳姐和李嬸平兒又吃了兩杯酒，自去了。

這裡李紈便寫了：

【一夜北風緊，

自己聯道：

開門雪尚飄】。【入泥憐潔白，

香菱道：

匝地惜瓊瑤】。【有意榮枯草，

探春道：

無心飾萎苕[2]】。【價高村釀熟[3]，

1. 拈鬮（音揪）——從預先做好記號的紙卷或紙團中，隨意拈取一個，來決定事情。

2. 萎苕（音召）——枯萎的葦花。

3. 「價高」句——價高，指酒價高。村釀，即村酒。

李綺道：

年稔府粱饒[4]】。【葭動灰飛管，

李紋道：

陽回斗轉杓】。【寒山已失翠，

岫煙道：

凍浦不聞潮】。【易挂疏枝柳，

湘雲道：

難堆破葉蕉】。【麝煤[5]融寶鼎，

寶琴道：

綺袖籠金貂】。【光奪窗前鏡，

黛玉道：

香粘壁上椒[6]】。【斜風仍故故[7]，

寶玉道：

清夢轉聊聊[8]】。【何處梅花笛？

4.「年稔」句——年稔，年景好，收成好。稔，莊稼成熟。府粱，指官倉中的糧食。饒，豐富。

5.**麝煤**——本為香墨的別名，這裡指取暖用的優質木炭之類。

6.**壁上椒**——以椒塗壁，取其溫暖有香氣。

7.**故故**——屢屢。這裡指風吹陣陣。

8.**聊聊**——略微，短暫。這裡指因天冷而夢不長。

寶釵道：

　誰家碧玉簫？】。【鰲愁坤軸陷[9]，

李紈笑道：「我替你們看熱酒去罷。」寶釵命寶琴續聯，只見湘雲站起來道：

　龍鬪陣雲銷[10]】。【野岸迴孤棹，

寶琴也站起道：

　吟鞭指灞橋】。【賜裘憐撫戍[11]，

湘雲那裡肯讓人，且別人也不如她敏捷，都看她揚眉挺身的說道：

　加絮念征徭[12]】。【坳垤審夷險[13]，

寶釵連聲贊好，也便聯道：

　枝柯怕動搖】。【皚皚輕趁步，

黛玉忙聯道：

　翦翦舞隨腰】。【煮芋成新賞，

9.「鰲愁」句──巨鰲因怕大雪壓坍大地而發愁。

10.「龍鬪」句──以玉龍戰罷鱗片紛飛的景象，比喻大雪紛飛。

11.「賜裘」句──意謂皇帝憐恤守邊將士，賞給他們過冬衣裘。

12.「加絮」句──意謂製衣者惦念服傜役的征人寒冷，在衣中多加棉絮。

13.「坳垤（音凹疊）」句──指大雪鋪平窪坑和高坎，走路時要小心細察。

一面說，一面推寶玉，命他聯。寶玉正看寶釵、寶琴、黛玉三人共戰湘雲，十分有趣，那裡還顧得聯詩，今見黛玉推他，方聯道：

撒鹽是舊謠】。【葦蓑猶泊釣，

湘雲笑道：「你快下去，你不中用，倒耽擱了我。」一面只聽寶琴聯道：

林斧不聞樵】。【伏象千峰凸，

湘雲忙聯道：

盤蛇一逕遙[14]】。【花緣經冷結，

寶釵與眾人又忙贊好。探春又聯道：

色豈畏霜凋】。【深院驚寒雀，

湘雲正渴了，忙忙的吃茶，已被岫煙聯道：

空山泣老鴞】。【階墀隨上下，

湘雲忙丟了茶杯，忙聯道：

14.「伏象」二句——意謂山峰積雪如伏臥的白象，雪地小路似盤曲的長蛇。

池水任浮漂】。【照耀臨清曉，

黛玉聯道：

繽紛入永宵】。【誠忘三尺冷，

湘雲忙笑聯道：

瑞釋九重焦[15]】。【僵臥誰相問？

寶琴也忙笑聯道：

狂遊客喜招】。【天機斷縞帶，

湘雲又忙道：

海市失鮫綃】。

林黛玉不容她道出，接著便道：

【寂寞對臺榭，

湘雲忙聯道：

清貧懷簞瓢】。

寶琴也不容情，也忙道：

15.「誠忘」二句——意謂忠誠之心，使戎邊將士忘卻了寒冷；雪兆豐年，可以消除皇帝的焦慮。

九重，代指皇帝。

【烹茶冰漸沸，

湘雲見這般，自為得趣，又是笑，又忙聯道：

煮酒葉難燒】。

黛玉也笑道：

【沒帚山僧掃，

寶琴也笑道：

埋琴稚子挑】。

湘雲笑得彎了腰，忙念了一句，眾人問「到底說的什麼？」湘雲

喊道：

【石樓閑睡鶴，

黛玉笑得捂著胸口，高聲嚷道：

錦罽[16]暖親貓】。

寶琴也忙笑道：

【月窟翻銀浪，

16. 錦罽（音記）——指有色彩的氈毯。

湘雲忙聯道：

霞城隱赤標[17]】。

黛玉忙笑道：

【沁梅香可嚼，

寶釵笑稱好，也忙聯道：

淋竹醉堪調】。

寶琴也忙道：

【或濕鴛鴦帶，

湘雲忙聯道：

時凝翡翠翹】。

黛玉又忙道：

【無風仍脈脈，

寶琴又忙笑聯道：

不雨亦瀟瀟】。

17.「月窟」二句——上句以月光普照暗喻白雪滿地，下句用隱沒赤城山高峰形容積雪深厚。

湘雲伏著已笑軟了。眾人看她三人對搶，也都不顧作詩，看著也只是笑。黛玉還推她往下聯，又道：「妳也有才盡之時。我聽聽還有什麼舌根嚼了？」

湘雲只伏在寶釵懷裡，笑個不住。寶釵推她起來道：「妳有本事，把『二蕭』的韻全用完了，我才服妳。」

湘雲起身笑道：「我也不是作詩，竟是搶命呢。」

眾人笑道：「倒是妳說罷。」

探春早已料定沒有自己聯的了，便早寫出來，因說：「還沒收住呢。」李紈聽了，接過來，便聯了一句道：

欲志今朝樂，

李綺收了一句道：

憑詩祝舜堯。

李紈道：「夠了，夠了。雖沒作完了韻，剩的字若生扭用了，倒不好了。」說著，大家來細細評論一回，獨湘雲的多，都笑道：「這都是那塊鹿肉的功勞。」

……李紈笑道：「逐句評去，都還一氣，只是寶玉又落了第了。」

寶玉笑道：「我原不會聯句，只好擔待我罷。」

李紈笑道：「也沒有社社擔待你的。又說韻險了，又整誤了，又不會聯句了，今日必罰你。我才看見櫳翠庵的紅梅有趣，我要折一枝來插瓶。可厭妙玉為人，我不理她。如今罰你去取一枝來。」

眾人都道：「這罰得又雅又有趣。」寶玉也樂為，答應著就要走。

湘雲黛玉一齊說道：「外頭冷得很，你且吃杯熱酒再去。」於是湘雲早執起壺來，黛玉遞了一個大杯，滿斟了一杯。

湘雲笑道：「你吃了我們這酒，你要取不來，加倍罰你！」寶玉忙吃了一杯，冒雪而去。

李紈命人好好跟著。黛玉忙攔說：「不必，有了人，反不得了。」

李紈點頭說：「是。」一面命丫鬟將一個美女聳肩瓶拿來，貯了水準備插梅，因又笑道：「回來該詠紅梅了。」

湘雲忙道：「我先作一首。」

寶釵忙道：「今日斷乎不容妳再作了。妳都搶了去，別人都閒著也沒趣。回來還罰寶玉，他說不會聯句，如今就叫他自己作去。」

黛玉笑道：「這話很是。我還有個主意，方才聯句不夠，莫若揀那聯得少的人作紅梅詩。」

寶釵笑道：「這話是極。方才邢李三位屈才，且又是客。琴兒和顰兒、雲兒三個人也搶了許多，我們一概都別作，只讓她三個作才是。」

李紈因說：「綺兒也不大會作，還是讓琴妹妹罷。」寶釵只得依允，又道：「就用『紅梅花』三個字作韻，每人一首七律。邢大妹妹作『紅』字，你們李大妹妹作『梅』字，琴兒作『花』字。」

…李紈道：「饒過寶玉去，我不服。」湘雲忙道：「有個好題目命他作。」眾人問何題？湘雲道：「命他就作『訪妙玉乞紅梅』，豈不有趣？」眾人聽了，都說有趣。

…一語未了，只見寶玉笑嘻嘻的掮了一枝紅梅進來，眾丫鬟忙已接過，插入瓶內。眾人都笑稱謝。寶玉笑道：「妳們如今賞罷，也不知費了我多少精神呢！」說著，探春早又遞過一鍾暖酒來，眾丫鬟走上來，接了蓑笠撣雪。

各人房中丫鬟都添送衣服來，襲人也遣人送了半舊的狐腋褂來。李紈命人將那蒸的大芋頭盛了一盤，又將朱橘、黃橙、橄欖等盛了兩盤，命人帶與襲人去。湘雲且告訴寶玉方才的詩題，又催寶玉快作。

寶玉道：「好姐姐妹妹們，讓我自己用韻罷，別限韻了。」

眾人都說：「隨你作去罷。」

……一面說，一面大家看梅花。原來這枝梅花只有二尺來高，旁有一橫枝縱橫而出，約有五六尺長，其間小枝分歧，或如蟠螭，或如僵蚓，或孤削如筆，或密聚如林，花吐胭脂，香欺蘭蕙，各各稱賞。誰知邢岫煙、李紋、薛寶琴三人都已吟成，各自寫了出來。

眾人便依「紅梅花」三字之序看去，寫道是：

詠紅梅花得「紅」字 ◎邢岫煙

桃未芳菲杏未紅，冲寒先已笑東風。
魂飛庾嶺春難辨，霞隔羅浮夢未通。
綠萼添妝融寶炬，縞仙扶醉跨殘虹。
看來豈是尋常色，濃淡由他冰雪中。

詠紅梅花得「梅」字 ◎李紋

白梅懶賦賦紅梅，逞艷先迎醉眼開。
凍臉有痕皆是血，醉心無恨亦成灰。
誤吞丹藥移真骨，偷下瑤池脫舊胎。
江北江南春燦爛，寄言蜂蝶漫疑猜。

詠紅梅花得「花」字 ◎薛寶琴

疏是枝條艷是花，春妝兒女競奢華。

閑庭曲檻無餘雪，流水空山有落霞。
幽夢冷隨紅袖笛，遊仙香泛絳河槎。
前身定是瑤臺種，無復相疑色相差。

眾人看了，都笑稱賞了一番，又指末一首說更好。寶玉見寶琴年紀最小，才又敏捷，深為奇異。黛玉、湘雲二人斟了一小杯酒，齊賀寶琴。寶釵笑道：「三首各有各好。妳們兩個天天捉弄厭了我，如今捉弄她來了。」

……李紈又問寶玉：「你可有了？」

寶玉忙道：「我倒有了，才一看見那三首，又嚇忘了，等我再想。」

湘雲聽說，便拿了一支銅火箸擊著手爐，笑道：「我擊鼓了，若鼓絕不成，又要罰的。」

寶玉笑道：「我已有了。」

黛玉提起筆來，說道：「你念，我寫。」

……湘雲便擊了一下，笑道：「一鼓絕。」

寶玉笑道：「有了，妳寫吧。」眾人聽他念道：

　　酒未開樽句未裁，

黛玉寫了，搖頭笑道：「起的平平。」

湘雲又道：「快著！」寶玉笑道：

　　尋春問臘到蓬萊。

黛玉、湘雲都點頭笑道：「有些意思了。」

寶玉又道：

　　不求大士瓶中露，為乞嫦娥檻外梅。

黛玉寫了，又搖頭道：「湊巧而已。」

湘雲忙催二鼓，寶玉又笑道：

入世冷挑紅雪去，離塵香割紫雲[18]來。
槎枒誰惜詩肩瘦[19]，衣上猶沾佛院苔。

黛玉寫畢，湘雲大家才評論時，只見幾個小丫鬟跑進來道：「老太太來了。」

……眾人忙迎出來。大家又笑道：「怎麼這等高興！」說著，遠遠見賈母圍了大斗篷，帶著灰鼠暖兜，坐著小竹轎，打著青綢油傘，鴛鴦、琥珀等五六個丫鬟，每個人都是打著傘，擁轎而來。

李紈等忙往上迎，賈母命人止住說：「只站在那裡就是了。」來至跟前，賈母笑道：「我瞞著妳太太和鳳丫頭來了。大雪地下，我坐著這個無妨，沒的叫她們來踩雪。」眾人忙一面上前接斗篷，攙扶著，一面答應著。

18. **割紫雲**—喻折紅梅。

19. 「槎枒」句—槎枒，同「茶牙」、「杈丫」，這裡形容詩人骨瘦如柴。

……賈母來至室中，先笑道：「好俊梅花！你們也會樂，我來著了。」說著，李紈早命拿了一個大狼皮褥來，鋪在當中。賈母坐了，因笑道：「你們只管頑笑吃喝。我因為天短了，不敢睡中覺，抹了一回牌，想起你們來了，我也來湊個趣兒。」李紈早又捧過手爐來，探春另拿了一副杯箸來，親自斟了暖酒，奉與賈母。賈母便飲了一口，問那個盤子裡是什麼東西。眾人忙捧了過來，回說：「是糟鵪鶉。」賈母道：「這倒罷了，撕一點腿子來。」李紈忙答應了，要水洗手，親自來撕。

……賈母又道：「妳們仍舊坐下說笑，我聽。」又命李紈：「妳也只管坐下，就如同我沒來的一樣才好，不然我就去了。」眾人聽了，方依次坐下，這李紈挪到盡下邊。賈母因問作何事了？眾人便說作詩。

賈母道：「有作詩的，不如作些燈謎，大家正月裡好玩的。」

眾人答應了。說笑了一回。賈母便說：「這裡潮濕，你們別久坐，仔細受了潮濕。」因說：「妳四妹妹那裡暖和，我們到那裡瞧瞧她的畫兒，趕年可有了？」

眾人笑道：「那裡能年下就有了？只怕明年端陽有了。」

賈母道：「這還了得！她竟比蓋這園子還費工夫了。」

……※……※……※……

……說著，仍坐了竹椅轎，大家圍隨，過了藕香榭，穿入一條夾道，東西兩邊皆有過街門，門樓上裡外皆嵌著石頭匾，如今進的是西門，向外的匾上鑿著「穿雲」二字，向裡的鑿著「度月」兩字。

……來至當中，進了向南的正門，賈母下了轎，惜春已接了出來。

從裡邊遊廊過去，便是惜春臥房，門斗上有「暖香塢」三個字。早有幾個人打起猩紅氈簾，已覺溫香拂臉。大家進入房中，賈母並不歸坐，只問畫在那裡。惜春因笑問：「天氣寒冷了，膠性皆凝澀不潤，畫了恐不好看，故此收起來。」賈母笑道：「我年下就要的。妳別托懶兒，快拿出來給我快畫！」

……一語未了，忽見鳳姐兒披著紫羯褂，笑嘻嘻的來了，口內說道：「老祖宗今兒也不告訴人，私自就來了，要我好找。」賈母見她來了，心中自是喜悅，便道：「我怕妳們冷著了，所以不許人告訴妳們去。妳真是個鬼靈精兒，到底找了我來。以理，孝敬也不在這上頭。」

……鳳姐兒笑道：「我那裡是孝敬的心找了來？我因為到了老祖

宗那裡，鴉沒雀靜的，問小丫頭子們，她又不肯說，叫我找到園裡來。我正疑惑，忽然又來了兩三個姑子，我心裡才明白了：那姑子必是來送年疏[20]，或要年例香例銀子，老祖宗年下的事也多，一定是躲債來了。

「我趕著問了那姑子，果然不錯。我連忙把年例給了她們去了。如今來回老祖宗，債主已去，不用躲著了。已預備下希嫩的野雞，請用晚飯去，再遲一回就老了。」她一行說，眾人一行笑。

……鳳姐兒也不等賈母說話，便命人抬過轎子來。賈母笑著，攙了鳳姐的手，仍上轎，帶著眾人，說笑出了夾道東門。一看四面粉妝銀砌，忽見寶琴披著鳧靨裘，站在山坡上遙等，身後一個丫鬟，抱著一瓶紅梅。眾人都笑道：「怪道少了兩個人，她卻在這裡等著，也弄梅花去了。」

20. 年疏——疏，此指焚化在神佛前的祭文、祝辭等，又稱「疏頭」。每年送給施主一次的疏頭，叫做年疏。

賈母喜得忙笑道：「你們瞧，這雪坡上配上她的這個人品，又是這件衣裳，後頭又是這梅花，像個什麼？」眾人都笑道：「就像老太太屋裡掛的仇十洲畫的《艷雪圖》。」賈母搖頭笑道：「那畫的那裡有這件衣裳？人也不能這樣好！」

……一語未了，只見寶琴背後轉出一個披大紅猩猩氈的人來。賈母道：「那又是那個女孩兒？」

眾人笑道：「我們都在這裡，那是寶玉。」

賈母笑道：「我的眼越發花了。」

說話之間，來至跟前，可不是寶玉和寶琴。寶玉笑向寶釵、黛玉等道：「我才又到了櫳翠庵。妙玉每人送妳們一枝梅花，我已經打發人送去了。」眾人都笑說：「多謝你費心！」

……說話之間，已出了園門，來至賈母房中。吃畢飯，大家又說笑了一會。忽見薛姨媽也來了，說：「好大雪，一日也沒過來望候老太太。今日老太太倒不高興？正該賞雪才是。」

賈母笑道：「何曾不高興！我找了她們姊妹們去玩了一會子。」

薛姨媽笑道：「昨日晚上，我原想著今日要和我們姨太太借一日園子，擺兩桌粗酒，請老太太賞雪的，又見老太太安息得早。我聞得女兒說老太太心下不大爽，因此今日也沒敢驚動。早知如此，我正該請。」

賈母笑道：「這才是十月裡頭場雪，往後下雪的日子多呢，再破費不遲。」

薛姨媽笑道：「果然如此，算我的孝心虔了。」

……鳳姐兒笑道：「姨媽仔細忘了，如今先秤五十兩銀子來，交給我收著，一下雪，我就預備下酒，姨媽也不用操心，也不得忘了。」

賈母笑道：「既這麼說，姨太太給她五十兩銀子收著，我和她每人分二十五兩，到下雪的日子，我裝心裡不快，混過去了，姨太太更不用操心，我和鳳丫頭倒得了實惠。」

鳳姐將手一拍，笑道：「妙極了，這和我的主意一樣。」眾人都笑了。

賈母笑道：「呸！沒臉的，就順著竿子爬上來了！妳不該說姨太太是客，在咱們家受屈，我們該請姨太太才是，那裡有破費姨太太的理！不這樣說呢，還有臉先要五十兩銀子，真不害臊！」

……鳳姐兒笑道：「我們老祖宗最是有眼色的，試一試姨媽的口氣，若鬆呢，拿出五十兩來，就和我分。這會子估量著不中用了，翻過來拿我做法子，說出這些大方話來。

「如今我也不和姨媽要銀子，竟替姨媽出銀子，治了酒，請老祖宗吃了，我另外再封五十兩銀子孝敬老祖宗，算是罰我個包攬閒事，這可好不好？」話未說完，眾人已笑倒在炕上。

……賈母因又說及寶琴雪下折梅，比畫兒上還好，因又細問她的年庚八字並家內景況。薛姨媽度其意思，大約是要與寶玉求配。

薛姨媽心中固也遂意，只是已許過梅家了，因賈母尚未明說，自己也不好擬定，遂半吐半露告訴賈母道：「可惜這孩子沒福，前年她父親就沒了。她從小兒見的世面倒多，跟著她父母四山五岳都走遍了。她父親是好樂的，各處因有買賣，帶著家眷，這一省逛一年，明年又往那一省逛半年，所以天下十停，走了有五六停了。那年在這裡，把她許了梅翰林的兒子，偏第二年她父親就辭世了，她母親又是痰症。」

鳳姐也不等說完，便嗐聲跺腳的說：「偏不巧，我正要作個媒呢，又已經許了人家。」

賈母笑道：「妳要給誰說媒？」

鳳姐兒笑道：「老祖宗別管，我心裡看准了他們兩個是一對。如今已許了人，說也無益，不如不說罷了。」賈母也知鳳姐兒之意，聽見已有了人家，也就不提了。大家又閒話了一會方散。一宿無話。

⋯次日雪晴。飯後，賈母又親囑惜春：「不管冷暖，妳只畫去，趕到年下，十分不能，便罷了。第一要緊把昨日琴兒和丫頭、梅花，照模照樣，一筆別錯，快快添上。」

惜春聽了雖是為難，只得應了。

一時眾人都來看她如何畫，惜春只是出神。

⋯李紈因笑向眾人道：「讓她自己想去，咱們且說話兒。昨兒老太太只叫作燈謎，回家和綺兒、紋兒睡不著，我就編了兩個『四書』的。她兩個每人也編了兩個。」

眾人聽了，都笑道：「這倒該作的。先說了，我們猜猜。」

李紈笑道：「『觀音未有世家傳』，打『四書』一句。」

湘雲接著就說：「在止於至善。」

寶釵笑道：「妳也想一想『世家傳』三個字的意思再猜。」

李紈笑道：「再想。」

黛玉笑道：「哦，是了！是『雖善無徵』。」

眾人都笑道：「這句是了。」

李紈又道：「一池青草草何名。」

湘雲忙道：「這一定是『蒲蘆也』。再不是不成？」

李紈笑道：「這難為妳猜。紋兒的是『水向石邊流出冷』，打一古人名。」

探春笑問道：「可是山濤？」李紋笑道：「是。」

李紈又道：「綺兒的是個『螢』字，打一個字。」眾人猜了半日，寶琴笑道：「這個意思卻深，不知可是花草的『花』字？」

李綺笑道：「恰是了。」

眾人道：「螢與花何干？」

黛玉笑道：「妙得很！螢可不是草化的？」眾人會意，都笑了，說「好！」

……寶釵道：「這些雖好，不合老太太的意思，不如作些淺近的物兒，大家雅俗共賞才好。」

眾人都道：「也要作些淺近的俗物才是。」

……湘雲笑道：「我編了一枝《點絳唇》，恰是俗物，你們猜猜。」說著便念道：「溪壑分離，紅塵遊戲，真何趣？名利猶虛，後事終難繼。」

眾人都不解，想了半日，也有猜是和尚的，也有猜是道士的，也有猜是偶戲人的。

寶玉笑了半日，道：「都不是，我猜著了，一定是耍的猴兒。」

湘雲笑道：「正是這個了。」

眾人道：「前頭都好，末後一句怎麼解？」

湘雲道：「那一個耍的猴兒，不是剁了尾巴去的？」眾人聽了，都笑起來，說：「偏她編個謎兒也是刁鑽古怪的。」

……李紈道：「昨日姨媽說，琴妹妹見的世面多，走的道路也多，妳正該編謎兒，正用得著。妳的詩又好，何不編幾個我們猜一猜？」寶琴聽了，點頭含笑，自去尋思。寶釵也有了一個，念道：

鏤檀鍥梓一層層，豈係良工堆砌成？
雖是半天風雨過，何曾聞得梵鈴聲！——打一物。

眾人猜時，寶玉也有了一個，念道：

天上人間兩渺茫，琅玕[21]節過謹提防。
鸞音鶴信[22]須凝睇，好把唏噓答上蒼。

黛玉也有了一個，念道是：

騄駬[23]何勞縛紫繩？馳城逐塹勢猙獰。
主人指示風雷動，鰲背三山獨立名。

探春也有了一個，方欲念時，寶琴走過來笑道：「我從小兒所走的地方的古蹟不少。我今揀了十個地方的古蹟，作了十首懷古的詩。詩雖粗鄙，卻懷往事，又暗隱俗物十件，姐姐們

21. 琅玕（音郎甘）——這裡指竹子。

22. 鸞音鶴信——指仙界傳來的消息。

23. 騄駬（音鹿耳）——馬名，亦作「騄耳」、「綠耳」，傳說為周穆王八駿之一。

請猜一猜。」
眾人聽了，都說：「這倒巧，何不寫出來大家一看？」要知端的，下回分解。

◎第五一回◎

薛小妹新編懷古詩
胡庸醫亂用虎狼藥

……話說眾人聞得寶琴將素習所經過各省內的古蹟為題，作了十首懷古絕句，內隱十物，皆說：「這自然新巧。」一都爭著看時，只見寫道是：

赤壁懷古 ◎其一

赤壁沉埋水不流[1]，徒留名姓載空舟。
喧闐一炬悲風冷，無限英魂在內遊。

交趾[2]懷古 ◎其二

銅鑄金鏞振紀綱，聲傳海外播戎羌。
馬援自是功勞大，鐵笛無煩說子房。

鍾山懷古 ◎其三

名利何曾伴汝身，無端被詔出凡塵。

牽連大抵難休絕，莫怨他人嘲笑頻。

淮陰懷古 ◎其四

壯士[3]須防惡犬欺，三齊[4]位定蓋棺時。
寄言世俗休輕鄙，一飯之恩死也知。

廣陵懷古 ◎其五

蟬噪鴉棲轉眼過，隋堤風景近如何。
只緣占得風流號，惹得紛紛口舌多。

桃葉渡[5]懷古 ◎其六

衰草閑花映淺池，桃枝桃葉總分離。
六朝樑棟多如許，小照[6]空懸壁上題。

1.沉埋水不流——意指火燒曹操戰船後，餘骸沉埋江中，江水為之不流。

2.交趾——相當於今越南北部。

3.壯士句——指韓信青年時曾受辱於淮陰惡少，從其胯下爬過的事。

4.三齊句——指當韓信受封為齊王時，已決定了他最後被殺的命運。

5.桃葉渡——故址在南京，秦淮河與青溪合流處。

6.小照句——意謂肖像畫空空掛在牆壁上。

青塚懷古 ◎其七

黑水茫茫咽不流，冰弦[7]撥盡曲中愁。
漢家制度誠堪嘆，樗櫟[8]應慚萬古羞。

馬嵬懷古 ◎其八

寂寞脂痕漬汗光，溫柔一旦付東洋。
只因遺得風流跡，此日衣衾尚有香。

蒲東寺[9]懷古 ◎其九

小紅[10]骨賤最身輕，私掖偷攜強撮成。
雖被夫人時吊起，已經勾引彼同行。

梅花觀[11]懷古 ◎其十

不在梅邊在柳邊，個中誰拾畫嬋娟。

7. 冰弦——一種優質的絲弦，色光潔，明透如水。這裡指王昭君琵琶上的弦。

8. 樗櫟——**樗**，臭椿。**櫟**，柞樹。古人認為這兩種樹不能成材，故常用來比喻無用之人。這裡指漢元帝。

9. 蒲東寺——即唐代元稹《會真記》中張生與崔鶯鶯相會的普救寺，實在山西蒲津之東，又稱蒲東寺。

10. 小紅——小紅，即崔鶯鶯的丫鬟紅娘。

團圓莫憶春香到，一別西風又一年。

眾人看了，都稱奇道妙。

……寶釵先說道：「前八首都是史鑑上有據的，後二首卻無考，我們也不大懂得，不如另作兩首為是。」

黛玉忙攔道：「這寶姐姐也忒『膠柱鼓瑟』，矯揉造作了。這兩首雖於史鑑上無考，咱們雖不曾看這些外傳，不知底裡，難道咱們連兩本戲也沒有見過不成？那三歲孩子也知道，何況咱們？」

探春便道：「這話正是了。」

……李紈又道：「況且她原是到過這個地方的。這兩件事雖無考，古往今來，以訛傳訛，好事者竟故意的弄出這古蹟來以愚人。比如那年上京的時節，單是關夫子的墳，倒見了三四處。關

11.梅花觀——《牡丹亭》中杜家為守護杜麗娘墳墓而建造的道觀。

夫子一生事業，皆是有據的，如何又有許多的墳？自然是後來人敬愛他生前為人，只怕從這敬愛上穿鑿出來，也是有的。

「及至看《廣輿記》[12]上，不止關夫子的墳多，自古來有些名望的人，墳就不少，無考的古蹟更多。如今這兩首雖無考，凡說書唱戲，甚至於求的籤上皆有注批，老小男女，俗語口頭，人人皆知皆說的。況且又並不是看了《西廂記》《牡丹亭》的詞曲，怕看了邪書。這竟無妨，只管留著。」寶釵聽說，方罷了。

12.《廣輿記》——地理書，明代陸應暘撰。

……大家猜了一回，皆不是。

……※……※……※……

……冬日天短，不覺又是前頭吃晚飯之時，一齊前來吃飯。因有人回王夫人說：「襲人的哥哥花自芳進來說，他母親病重了，想她女兒。他來求恩典，接襲人家去走走。」王夫人聽了，便道：「人家母女一場，豈有不許她去的！」一面就叫了鳳姐兒來，告訴了鳳姐兒，命她酌量去辦理。

……鳳姐兒答應了，回至房中，便命周瑞家的去告訴襲人原故。又吩咐周瑞家的：「再將跟著出門的媳婦傳一個，妳們兩個人，再帶兩個小丫頭子，跟了襲人去。外頭派四個有年紀跟車的。要一輛大車，妳們帶著坐；要一輛小車，給丫頭們坐。」周瑞家的答應了，才要去，鳳姐兒又道：「那襲人是個省事的，妳告訴她說我的話：叫她穿幾件顏色好衣裳，大大的包一包袱衣裳拿著，包袱也要好好的，手爐也要拿好的。臨走時，叫她先來，我瞧瞧。」周瑞家的答應去了。

……半日，果見襲人穿戴了來，兩個丫頭與周瑞家的拿著手爐與衣包。鳳姐兒看襲人頭上戴著幾支金釵珠釧，倒華麗；又看身上穿著桃紅百花刻絲銀鼠襖子，蔥綠盤金彩繡綿裙，外面穿著青緞灰鼠褂。

鳳姐笑道：「這三件衣裳都是太太的，賞了妳倒是好的；但只這褂子太素了些，如今穿著也冷，妳該穿一件大毛的。」

襲人笑道：「太太就只給了這灰鼠的，還有一件銀鼠的。說趕年下再給大毛的，還沒有得呢。」

……鳳姐笑道：「我倒有一件大毛的，我嫌風毛兒[13]出不好了，正要改去。也罷，先給妳穿去罷。等年下太太給妳作的時節，我再作罷，只當妳還我一樣。」

眾人都笑道：「奶奶慣會說這話。成年家大手大腳的替太太不知背地裡賠墊了多少東西，真真賠的是說不出來的，哪裡又

13. **風毛兒**——皮毛衣服有的將領、襟、袖、襬等邊緣部分的皮毛露在外面，以增添美觀及保暖之效。

和太太算去?偏這會子又說這小氣話取笑兒來了。」

…鳳姐兒笑道:「太太哪裡想得到這些?究竟這又不是正經事,再不照管,也是大家的體面。說不得我自己吃些虧,把眾人打扮體統了,寧可我得個好名也罷了。一個一個像『燒糊了的捲子』似的,人先笑話我,說我當家倒把人弄出個花子來。」

眾人聽了,都嘆說:「誰似奶奶這樣聖明!在上體貼太太,在下又疼顧下人。」

…一面說,一面只見鳳姐兒命平兒將昨日那件石青刻絲八團天馬皮褂子拿出來,與了襲人。又看包袱,只得一個彈墨花綾水紅綢裡的夾包袱,裡面只包著兩件半舊棉襖與皮褂。鳳姐又命平兒把一個玉色綢裡的哆羅呢的包袱拿出來,又命包上一件雪褂子。

…平兒走去拿了出來，一件是半舊大紅猩猩氈的，一件是半舊大紅羽紗的。襲人道：「一件就當不起了。」

平兒笑道：「妳拿這猩猩氈的。把這件順手拿將出來，叫人給邢大姑娘送去。昨兒那麼大雪，人人都穿著不是猩猩氈，就是羽緞羽紗的，十來件大紅衣裳，映著大雪，好不齊整！就只她穿著那件舊氈斗篷，越發顯得拱肩縮背，好不可憐見的。如今把這件給她罷。」

…鳳姐笑道：「我的東西，她私自就要給人。我一個還花不夠，再添上妳提著，更好了！」

眾人笑道：「這都是奶奶素日孝敬太太，疼愛下人。若是奶奶素日是小氣的，只以東西為事，不顧下人的，姑娘哪裡還敢這樣了。」

…鳳姐笑道：「所以知道我的心的，也就是她還知三分罷了。」說著，又囑咐襲人道：「妳媽若好了就罷；若不中用了，只管住下，打發人來回我，我再另打發人給妳送鋪蓋去。可別使人家的鋪蓋和梳頭的傢伙。」又吩咐周瑞家的道：「妳們自然也知道這裡的規矩的，也不用我囑咐了。」

周瑞家的答應：「都知道。我們這去到那裡，總叫他們的人迴避。若住下，必是另要一兩間內房的。」說著，跟了襲人出去，又吩咐預備燈籠，遂坐車往花自芳家來，不在話下。

…這裡鳳姐又將怡紅院的嬤嬤喚了兩個來，吩咐道：「襲人只怕不來家，妳們素日知道那大丫頭們，哪兩個知好歹，派出來在寶玉屋裡上夜。妳們也好生照管著，別由著寶玉胡鬧。」兩個嬤嬤答應著去了，一時來回說：「派了晴雯和麝月在屋裡，我們四個人原是輪流著帶管上夜的。」

鳳姐聽了點頭，又說道：「晚上催他早睡，早上催他早起。」

老嬤嬤們答應了，自回園去。

……一時果有周瑞家的帶了信回鳳姐兒說：「襲人之母業已停床[14]，不能回來。」鳳姐回明了王夫人，一面著人往大觀園去取她的鋪蓋妝奩。

……寶玉看著晴雯、麝月二人打點妥當。送去之後，晴雯、麝月皆卸罷殘妝，脫換過裙襖。晴雯只在熏籠上圍坐。

麝月笑道：「妳今兒別裝小姐了，我勸妳也動一動兒。」

晴雯道：「等妳們都去盡了，我再動不遲。有妳們一日，我且受用一日。」

麝月笑道：「好姐姐，我鋪床，妳把那穿衣鏡的套子放下來，

14. 停床——人剛死停屍於床，尚未入殮。

上頭的划子[15]划上，妳的身量比我高些。」說著，便去與寶玉鋪床。

晴雯「嗐」了一聲，笑道：「人家才坐暖和了，妳就來鬧。」

……此時寶玉正坐著納悶，想襲人之母不知是死是活，忽聽見晴雯如此說，便自己起身出去，放下鏡套，划上消息，進來笑道：「妳們暖和罷，都完了。」

晴雯笑道：「終久暖和不成的，我又想起來，湯婆子還沒拿來呢。」

麝月道：「這難為妳想著！他素日又不要湯婆子，咱們那熏籠上暖和，比不得那屋裡炕冷，今兒可以不用。」

寶玉笑道：「這麼說，妳們兩個都在那上頭睡了，我這外邊沒個人，我怪怕的，一夜也睡不著。」

晴雯道：「我是在這裡睡的。叫麝月往你外邊睡去。」說話之

15. 划子──指穿衣鏡框上押鏡簾的活動小鐵子。

間，天已二更，麝月早已放下簾幔，移燈炷香，服侍寶玉臥下，二人方睡。晴雯自在熏籠上，麝月便在暖閣外邊。

……至三更以後，寶玉睡夢之中便叫襲人。叫了兩聲，無人答應，自己醒了，方想起襲人不在家，自己也好笑起來。

……晴雯已醒，因笑喚麝月道：「連我都醒了，她守在旁邊還不知道，真是個挺死屍的。」

麝月翻身打個哈氣[16]，笑道：「他叫襲人，與我什麼相干！」因問：「作什麼？」

寶玉說：「要吃茶。」麝月忙起來，單穿紅綢小棉襖兒。

寶玉道：「披上我的襖兒再去，仔細冷著。」

麝月聽說，回手便把寶玉披著起夜的一件貂頦滿襟暖襖披上，下去向盆內洗手，先倒了一鍾溫水，拿了大漱盂，寶玉漱了

16. **打哈氣**——人在困倦或想睡覺時，張口深深吸氣，然後呼出的反射動作。

一口，然後才向茶槅[17]上取了茶碗，先用溫水涮了一涮，向暖壺中倒了半碗茶，遞與寶玉吃了；自己也漱了一漱，吃了半碗。

……晴雯笑道：「好妹妹，也賞我一口兒。」

麝月笑道：「越發上臉兒了！」

晴雯道：「好妹妹，明兒晚上妳別動，我服侍妳一夜，如何？」

麝月聽說，只得也服侍她漱了口，倒了半碗茶與她吃過。

……麝月笑道：「你們兩個別睡，說著話兒，我出去走走回來。」

晴雯笑道：「外頭有個鬼等著妳呢！」

寶玉道：「外頭自然有大月亮的，我們說話，妳只管去。」一面說，一面便嗽了兩聲。

17. 茶槅——擱茶碗的架子。

…麝月便開了後門，揭起氈簾一看，果然好月色。晴雯等她出去，便欲唬她頑耍。仗著素日比別人氣壯，不畏寒冷，也不披衣，只穿著小襖，便躡手躡腳的下了熏籠，隨後出來。寶玉笑勸道：「看凍著，不是玩的。」晴雯只擺手，隨後出了房門。只見月光如水，忽然一陣微風，只覺侵肌透骨，不禁毛骨森然。心下自思道：「怪道人說熱身子不可被風吹，這一冷果然利害。」

一面正要唬麝月，只聽寶玉高聲在內說道：「晴雯出去了！」

…晴雯忙回身進來，笑道：「哪裡就唬死了她？偏你慣會這蝎蝎螫螫老婆漢像[18]的！」

寶玉笑道：「倒不為唬壞了她，頭一件凍著妳也不好；二則她不防，不免一喊，倘或驚醒了別人，不說咱們是頑意兒，倒反說襲人才去了一夜，妳們就見神見鬼的。妳來把我的這邊

18. **蝎蝎螫螫老婆漢像**——唯恐蝎子螫了似的縮手所腳怕事，雖是漢子卻婆婆媽媽的樣子。

被掖一掖。」

晴雯聽說，便上來掖了掖，伸手進去渥一渥時，寶玉笑道：「好冷手！我說看凍著。」一面又見晴雯兩腮如胭脂一般，用手摸了一摸，也覺冰冷。

寶玉道：「快進被來渥渥罷。」

……一語未了，只聽「咯噔」的一聲門響，麝月慌慌張張的笑了進來，說道：「嚇了我一跳。黑影子裡，山子石後頭，只見一個人蹲著。我才要叫喊，原來是個大錦雞，見了人，一飛飛到亮處來，我才看真了。若冒冒失失一嚷，倒鬧起人來。」

一面說，一面洗手。又笑道：「晴雯出去我怎麼不見？一定是要唬我去了。」

寶玉笑道：「這不是她，在這裡渥呢！我若不叫得快，可是倒唬妳一跳。」

…晴雯笑道：「也不用我唬去，這小蹄子已經自驚自怪的了。」一面說，一面仍回自己被中去了。

麝月道：「妳就這麼『跑解馬[19]』似的，打扮得伶伶俐俐的出去了不成？」

寶玉笑道：「可不就這麼出去了。」

麝月道：「妳死不揀好日子！妳出去站一站，把皮不凍破了妳的。」

說著，又將火盆上的銅罩揭起，拿灰鍬重將熟炭埋了一埋，拈了兩塊素香[20]放上，仍舊罩了，至屏後重剔了燈，方才睡下。

…晴雯因方才一冷，如今又一暖，不覺打了兩個噴嚏。

寶玉嘆道：「如何？到底傷了風了。」

麝月笑道：「她早起就嚷不受用，一日也沒吃飯。她這會子還

19.跑解馬——也叫跑馬賣解，即在馬上表演各種技藝。

20.素香——家常用的普通香料。

說保養著些，還要捉弄人。明兒病了，叫她自作自受！」

寶玉問道：「頭上可熱不熱？」

晴雯嗽了兩聲，說道：「不相干，哪裡這麼嬌嫩起來了！」說著，只聽外間房中十錦格上的自鳴鐘「噹噹」打了兩聲，外間值宿的老嬤嬤嗽了兩聲，因說道：「姑娘們睡罷，明兒再說罷。」

寶玉方悄悄的笑道：「咱們別說話了，又惹她們說話。」說著，方大家睡了。

……至次日起來，晴雯果覺有些鼻塞聲重，懶怠動彈。

寶玉道：「快不要聲張！太太知道，又叫妳搬了家去養息。家去雖好，到底冷些，不如在這裡。妳就在裡間屋裡躺著，我叫人請了大夫，悄悄的從後門來瞧瞧就是了。」

晴雯道：「雖如此說，你到底要告訴大奶奶一聲兒；不然一時大夫來了，人問起來，怎麼說呢？」

……寶玉聽了有理，便喚了一個老嬤嬤來，吩咐道：「妳回大奶奶去，就說晴雯白冷著了些，不是什麼大病。襲人又不在家，她若家去養病，這裡更沒有人了。傳一個大夫，悄悄的從後門進來瞧瞧，別回太太罷了。」老嬤嬤去了半日，來回說：「大奶奶知道了，說吃兩劑藥好了便罷，若不好時，還是出去的為是。如今時氣不好，沾染了別人事小，姑娘們的身子要緊。」

……晴雯睡在暖閣裡，只管咳嗽，聽了這話，氣得喊道：「我哪裡就害瘟病了？生怕過了人！我離了這裡，看你們這一輩子都別頭疼腦熱的。」說著，便真要起來。

寶玉忙按她，笑道：「別生氣，這原是她的責任，生恐太太知道了說她。不過白說一句。妳素習好生氣，如今肝火自然又盛了。」

……正說時，人回：「大夫來了。」寶玉便走過來，避在書架之後。只見兩三個後門口的老嬤嬤帶了一個大夫進來。這裡的丫鬟都迴避了。有三四個老嬤嬤，放下暖閣上的大紅繡幔，晴雯從幔中單伸出手去。那大夫見這只手上有兩根指甲，足有三寸長，尚有金鳳花染的通紅的痕跡，便忙回過頭來。有一個老嬤嬤忙拿了一塊手帕掩了。

……那大夫方診了一回脈，起身到外間，向嬤嬤們說道：「小姐的症是外感內滯，近日時氣不好，竟算是個小傷寒。幸虧是小姐，素日飲食有限，風寒也不大，不過是血氣原弱，偶然沾帶了些，吃兩劑藥疏散疏散就好了。」說著，便又隨婆子們出去。

……彼時，李紈已遣人知會過後門上的人及各處丫鬟迴避，那大夫只見了園中的景致，並不曾見一女子。一時出了園門，就在守園門的小廝們的班房內坐了，開了藥方。

老嬤嬤道：「老爺且別去，我們小爺囉唆，恐怕還有話問。」

大夫忙道：「方才不是小姐，是位爺不成？那屋子竟是繡房一樣，又是放下幔子來的，如何是位爺呢？」

老嬤嬤悄悄笑道：「我的老爺，怪道小廝們才說今兒請了一位新大夫來了，真不知我們家的事。那屋子是我們小哥兒的，那人是他屋裡的丫頭，倒是個大姐，哪裡的小姐！若是小姐的繡房，小姐病了，你那麼容易就進去了？」說著，拿了藥方進去。

……寶玉看時，上面有紫蘇、桔梗、防風、荊芥等藥，後面又有枳實、麻黃。

寶玉道：「該死，該死！他拿著女孩兒們也像我們一樣的治，如何使得！憑他有什麼內滯，這枳實、麻黃如何禁得！誰請了來的？快打發他去罷！再請一個熟的來。」

……老婆子道：「用藥好不好，我們不知道。如今再叫小廝去請王太醫去倒容易，只是這個大夫又不是告訴總管房請的，這轎馬錢是要給他的。」

寶玉道：「給他多少？」

婆子道：「少了不好看，也得一兩銀子，才是我們這門戶的禮。」

寶玉道：「王太醫來了給他多少？」

婆子笑道：「王太醫和張太醫每常來了，也並沒個給錢的，不過每年四節大躉[21]送禮，那是一定的年例。這人新來了一次，須得給他一兩銀子去。」

寶玉聽說，便命麝月去取銀子。麝月道：「花大姐姐還不知擱在哪裡呢？」

寶玉道：「我常見她在螺甸小櫃子[22]裡取錢，我和妳找去。」說著，二人來至寶玉堆東西的房內，開了螺甸櫃子，上一格子都是些筆墨、扇子、香餅、各色荷包、汗巾等類的東西；下一格卻是幾串錢。於是開了抽屜，才看見一個小簸籮內放著幾塊銀子，倒也有一把戥子[23]。

……麝月便拿了一塊銀子，提起戥子來問寶玉：「哪是一兩的星兒？」

寶玉笑道：「你問我？有趣，妳倒成了才來的了。」麝月也笑了，又要去問人。

21. **大躉**（音盹）——打總、湊總數的意思。躉，整數、整批。

22. **螺甸小櫃子**——用「螺甸」這種工藝裝飾的小櫃子。

23. **戥（音等）子**——一種用來秤金，銀、珠寶、藥品等微量物品的品。

寶玉道：「揀那大的給他一塊就是了。又不做買賣，算這些做什麼！」

麝月聽了，便放下戥子，揀了一塊，掂了一掂，笑道：「這一塊只怕是一兩了。寧可多些好，別少了，叫那窮小子笑話，不說咱們不識戥子，倒說咱們有心小器似的。」

……那婆子站在外頭臺磯上笑道：「那是五兩的錠子夾了半邊，這一塊至少還有二兩呢！這會子又沒夾剪，姑娘收了這塊，再揀一塊小些的罷。」

麝月早掩了櫃子出來，笑道：「誰又找去！多了些妳拿了去罷。」

寶玉道：「妳只快叫茗煙再請王大夫去就是了。」婆子接了銀子，自去料理。

……一時茗煙果請了王太醫來。先診了脈，後說的病症，與前相仿，只是方上果沒有枳實、麻黃等藥，倒有當歸、陳皮、白芍等藥，分量較先也減了些。

……寶玉喜道：「這才是女孩兒們的藥，雖然疏散，也不可太過。舊年我病了，卻是傷寒，內裡飲食停滯，他瞧了，還說我禁不起麻黃、石膏、枳實等狼虎藥。我和妳們一比，我就如那野墳圈子裡長的幾十年的一棵老楊樹，妳們就如秋天芸兒進我的那才開的白海棠。連我禁不起的藥，妳們如何禁得起？」

麝月等笑道：「野墳裡只有楊樹不成？難道就沒有松柏？我最嫌的是楊樹，那麼大笨樹，葉子只一點子，沒一絲風，它也是亂響。你偏比它，也太下流了。」

寶玉笑道：「松柏不敢比。連孔子都說：『歲寒然後知松柏之後凋也。』可知這兩件東西高雅，不怕羞臊的才拿它混比呢。」

……說著，只見老婆子取了藥來。寶玉命把煎藥的銀吊子找了出來，就命在火盆上煎。晴雯因說：「正經給他們茶房裡煎去，弄得這屋裡藥氣，如何使得？」

寶玉道：「藥氣比一切的花香、果子香都雅。神仙採藥燒藥，再者高人逸士採藥治藥，最妙的一件東西。這屋裡，我正想各色都齊了，就只少藥香，如今恰好全了。」一面說，一面早命人煨上。又囑咐麝月打點東西，遣老嬤嬤去看襲人，勸她少哭。一一妥當，方過前邊來賈母、王夫人處問安吃飯。

……正值鳳姐兒和賈母王夫人商議說：「天又短又冷，不如以後大嫂子帶著姑娘們在園子裡吃飯；等天長暖和了，再來回的跑也不妨。」

王夫人笑道：「這也是好主意，刮風下雪倒便宜。吃些東西受了冷氣也不好；空心走來，一肚子冷風，壓上些東西也不好。不如後園門裡頭的五間大房子，橫豎有女人們上夜的，挑兩個廚子女人在那裡，單給她姊妹們弄飯。新鮮菜蔬是有分例的，在總管房裡支了去，或要錢，或要東西；那些野雞、獐、狍各樣野味，分些給她們就是了。」

……賈母道：「我也正想著呢，就怕又添個廚房多事些。」

鳳姐道：「並不多事。一樣的分例，這裡添了，那裡減了。就便多費些事，小姑娘們冷風朔氣的，別人還可，第一林妹妹如何禁得住？就連寶兄弟也禁不住，何況眾位姑娘。」

賈母道：「正是這話了。上次我要說這話，我見妳們的大事太多了，如今又添出這些事來……」

要知端的，下回分解。

◎第五二回◎

俏平兒情掩蝦鬚鐲
勇晴雯病補雀金裘

……賈母道：「正是這話了。上次我要說這話，我見妳們的大事多，如今又添出這些事來，妳們固然不敢抱怨，未免想著我只顧疼這些小孫子、孫女兒們，就不體貼妳們這當家人了。妳既這麼說，更好了。」

因此時薛姨媽、李嬸都在座，邢夫人及尤氏婆媳也都過來請安，還未過去，賈母向王夫人等說道：「今兒我才說這話，素日我不說：一則怕逞了鳳丫頭的臉，二則眾人不服。今兒妳們都在這裡，都是經過妯娌姑嫂的，還有像她這樣想得到的沒有？」

薛姨媽、李嬸、尤氏等齊笑說：「真個少

有。別人不過是禮上面子情兒，實在她是真疼小叔子、小姑子。就是老太太跟前，也是真孝順。」

……賈母點頭嘆道：「我雖疼她，我又怕她太伶俐，也不是好事。」鳳姐兒忙笑道：「這話老祖宗說差了。世人都說太伶俐聰明，怕活不長。世人都說得，世人都信得，獨老祖宗不當說，不當信。老祖宗只有伶俐聰明過我十倍的，怎麼如今這樣福壽雙全的？只怕我明兒還勝老祖宗一倍呢！我活一千歲後，等老祖宗歸了西，我才死呢。」賈母笑道：「眾人都死了，單剩下咱們兩個老妖精，有什麼意思！」說得眾人都笑了。

……寶玉因記掛著晴雯、襲人等事，便先回園裡來。到房中，藥香滿屋，一人不見，只見晴雯獨臥於炕上，臉面燒得飛紅，又摸了一摸，只覺燙手。忙又向爐上將手烘暖，伸進被去摸了一摸身上，也是火燒。

因說道：「別人去了也罷，麝月、秋紋也這樣無情，各自去了？」

晴雯道：「秋紋是我攆了她去吃飯的，麝月是方才平兒來找她出去了。兩人鬼鬼祟祟的，不知說什麼。必是說我病了不出去。」

……寶玉道：「平兒不是那樣人。況且她並不知你病特來瞧妳，想來一定是找麝月來說話，偶然見妳病了，隨口說特瞧妳的病，這也是人情乖覺取和的常事。便不出去，有不是，與她何干？妳們素日又好，斷不肯為這無干的事傷和氣。」

晴雯道：「這話也是，只是疑她為什麼忽然又瞞起我來。」

寶玉笑道：「讓我從後門出去，到那窗根下聽聽說些什麼，來告訴妳。」說著，果然從後門出去，至窗下潛聽。

……只聞麝月悄問道：「妳怎麼就得了的？」

平兒道：「那日洗手時不見了，二奶奶就不許吵嚷，出了園子，即刻就傳給園裡各處的媽媽們小心查訪。我們只疑惑邢姑娘的丫頭，本來又窮，只怕小孩子家沒見過，拿了起來，也是有的。再不料定是妳們這裡的。幸而二奶奶沒有在屋裡，妳們這裡的宋媽去了，拿著這支鐲子，說是小丫頭子墜兒偷起來的，被她看見，來回二奶奶的。

「我趕忙接了鐲子，想了一想：寶玉是偏在妳們身上留心用意、爭勝要強的，那一年有個良兒偷玉，剛冷了一二年間，閒時還有人提起來趁願；這會子又跑出一個偷金子的來了。而且更偷到街坊家去了。偏是他這樣，偏是他的人打嘴。

「所以我倒忙叮嚀宋媽：千萬別告訴寶玉，只當沒有這事，別和一個人提起。第二件，老太太，太太聽了也生氣。三則襲人和妳們也不好看。

「所以我回二奶奶，只說：『我往大奶奶那裡去的，誰知鐲子褪了口，丟在草根底下，雪深了，沒看見。今兒雪化盡了，黃澄澄的映著日頭，還在那裡呢，我就揀了起來。』二奶奶也就信了，所以我來告訴妳們。妳們以後防著她些，別使喚她到別處去。等襲人回來，妳們商議著，變個法子打發出去就完了。」

……麝月道：「這小娼婦也見過些東西，怎麼這麼眼皮子淺。」

平兒道：「究竟這鐲子能多重，原是二奶奶說的，這叫做『蝦鬚鐲』[1]，倒是這顆珠子還罷了。

「晴雯那蹄子是塊爆炭[2]，要告訴了她，她是忍不住的。一時氣了，或打或罵，依舊嚷出來不好，所以單告訴妳留心就是

1. **蝦鬚**——是象形的說法，極言其細也。當年最細的竹簾子叫「蝦米鬚簾」，蝦伸出的鬚又細又長，又有韌性，因以之形容精美的細東西。「**蝦鬚鐲**」也是由此而得名。

2. **爆炭**——比喻性情急躁遇事極易發作的人。

了。」說著，便作辭而去。

……寶玉聽了，又喜，又氣，又嘆。喜的是平兒竟能體貼自己；氣的是墜兒小竊，嘆的是墜兒那樣一個伶俐人，作出這醜事來。

因而回至房中，把平兒之語一長一短告訴了晴雯。又說：「她說妳是個要強的，如今病著，聽了這話，越發要添病，等好了再告訴妳。」

……晴雯聽了，果然氣得蛾眉倒蹙，鳳眼圓睜，即時就叫墜兒。寶玉忙勸道：「妳這一喊出來，豈不辜負了平兒待妳我之心了。不如領她這個情，過後打發她就完了。」

晴雯道：「雖如此說，只是這口氣如何忍得！」

寶玉道：「這有什麼氣的？妳只養病就是了。」

……晴雯服了藥，至晚間又服二和，夜間雖有些汗，還未見效，仍是發燒頭疼，鼻塞聲重。次日，王太醫又來診視，另加減湯劑。雖然稍減了燒，仍是頭疼。寶玉便命麝月：「取鼻煙來，給她嗅些，痛打幾個噴嚏，就通了關竅。」麝月果真去取了一個金鑲雙扣金星玻璃的一個扁盒來，遞與寶玉。寶玉便揭翻盒扇，裡面有西洋琺瑯的黃髮赤身女子，兩肋又有肉翅，裡面盛著些真正汪恰洋煙[3]。

……晴雯只顧看畫兒，寶玉道：「嗅些，走了氣就不好了。」晴雯聽說，忙用指甲挑了些嗅入鼻中，不見怎樣。便又多多挑了些嗅入。忽覺鼻中一股酸辣，透入囟門，接連打了五六個噴嚏，眼淚鼻涕，登時齊流。

……晴雯忙收了盒子，笑道：「了不得，好辣，快拿紙來！」早有

3. 汪恰洋煙——鼻煙的一種。

小丫頭子遞過一搭子細紙，晴雯便一張一張的拿來醒鼻子。

寶玉笑問：「如何？」

晴雯笑道：「果覺通快些，只是太陽還疼。」

寶玉笑道：「索性盡用西洋藥治一治，只怕就好了。」

說著，便命麝月：「和二奶奶要去，就說我說了，姐姐那裡常有那西洋貼頭疼的膏子藥，叫做『依弗哪』[4]，找尋一點兒。」

麝月答應了。去了半日，果拿了半節來。便去找了一塊紅緞子角兒，鉸了兩塊指頂大的圓式，將那藥烤和了，用簪挺攤上。晴雯自拿著一面靶鏡，貼在兩太陽上。

……麝月笑道：「病得蓬頭鬼一樣，如今貼了這個，倒俏皮了。二奶奶貼慣了，倒不大顯。」

說畢，又向寶玉道：「二奶奶說了：明日是舅老爺生日，太太說了叫你去呢。明兒穿什麼衣裳？今兒晚上好打點齊備了，

4. 依弗哪——也是一種西洋藥，據說是麻黃浸膏，屬膏藥。

省得明兒早起費手。」

寶玉道：「什麼順手，就是什麼罷了。一年鬧生日也鬧不清。」說著，便起身出房，往惜春房中去看畫。

……剛到院門外邊，忽見寶琴的小丫鬟名小螺者從那邊過去，寶玉忙趕上問：「哪裡去？」

小螺笑道：「我們二位姑娘都在林姑娘房裡呢，我如今也往那裡去。」

寶玉聽了，轉步也便同她往瀟湘館來。不但寶釵姊妹在此，且連邢岫煙也在那裡，四人圍坐在熏籠上敘家常。

紫鵑倒坐在暖閣裡，臨窗作針黹。一見他來，都笑說：「又來了一個！可沒了你的坐處了。」

寶玉笑道：「好一幅『冬閨集艷圖』！可惜我遲來了一步。橫豎這屋子比各屋子暖，這椅子坐著並不冷。」說著，便坐在黛玉常坐的搭著灰鼠椅搭的一張椅上。

因見暖閣之中有一玉石條盆，裡面攢三聚五栽著一盆單瓣水仙，點著宣石[5]，便極口讚：「好花！這屋子越暖，這花香得越濃。怎昨日未見？」

黛玉因說道：「這是妳家大總管賴大嬸子送薛二姑娘的，兩盆臘梅，兩盆水仙。她送了我一盆水仙，送了蕉丫頭一盆臘梅。我原不要的，又恐辜負了她的心。你若要，我轉送你如何？」

寶玉道：「我屋裡卻有兩盆，只是不及這個。琴妹妹送妳的，如何又轉送人，這個斷使不得！」

黛玉道：「我一日藥吊子不離火，我竟是藥焙著呢，那裡還擱得住花香來熏？越發弱了。況且這屋子裡一股藥香，反把這花香攪壞了。不如你抬了去，這花也清淨了，沒雜味來攪他。」

寶玉笑道：「我屋裡今兒也有病人煎藥呢，妳怎麼知道的？」

5. 宣石——一種用以點綴盆景的質地疏鬆多孔隙易吸水的石頭。

黛玉笑道：「這話奇了，我原是無心的話，誰知你屋裡的事？你不早來聽說古記[6]，這會子來了，自驚自怪的。」

……寶玉笑道：「咱們明兒下一社又有了題目了，就詠水仙、臘梅。」

黛玉聽了，笑道：「罷，罷！我再不敢作詩了，作一回，罰一回，沒的怪羞的。」說著，便兩手捂起臉來。

寶玉笑道：「何苦來！又奚落我作什麼？我還不怕臊呢，妳倒捂起臉來了。」

寶釵因笑道：「下次我邀一社，四個詩題，四個詞題。每人四首詩，四闋詞。頭一個詩題《詠〈太極圖〉》，限「一先」的韻，五言排律，要把「一先」的韻都用盡了，一個不許剩。」

寶琴笑道：「這一說，可知姐姐不是真心起社了，這分明是難人。若論起來，也強扭得出來，不過顛來倒去弄些《易經》

6.古記—值得憑弔紀念的舊時景物叫「古記兒」。這裡指近故事、傳說。

上的話生填，究竟有何趣味！我八歲時節，跟我父親到西海沿子上買洋貨，誰知有個真真國的女孩子，才十五歲，那臉面就和那西洋畫上的美人一樣，也披著黃頭髮，打著聯垂，滿頭戴的都是珊瑚、貓兒眼、祖母綠這些寶石，身上穿著金絲織的鎖子甲洋錦襖袖；帶著倭刀，也是鑲金嵌寶的，實在畫兒上的也沒她好看。有人說她通中國的詩書，會講「五經」，能作詩填詞，因此我父親央煩了一位通事官，煩她寫了一張字，就寫的是她作的詩。」

……眾人都稱奇道異。寶玉忙笑道：「好妹妹，妳拿出來我瞧瞧。」

寶琴笑道：「在南京收著呢，此時那裡去取來？」

寶玉聽了，大失所望，便說：「沒福得見這世面！」

黛玉笑拉寶琴道：「妳別哄我們。我知道妳這一來，妳的這些東西未必放在家裡，自然都是要帶了來的，這會子又扯謊說沒帶來。他們雖信，我是不信的。」

寶琴便紅了臉，低頭微笑不語。

寶釵笑道：「偏這個顰兒慣說這些白話，把妳就伶俐的。」

黛玉笑道：「若帶了來，就給我們見識見識也罷了。」

寶釵笑道：「箱子、籠子一大堆，還沒理清，知道在哪個裡頭呢！等過日收拾清了，找出來，大家再看就是了。」又向寶琴道：「妳若記得，何不念念我們聽聽。」

寶琴方答道：「記得是一首五言律，外國的女子，也就難為她了。」

寶釵道：「妳且別念，等把雲兒叫了來，也叫她聽聽。」說著，便叫小螺來，吩咐道：「妳到我那裡去，就說我們這裡有一個外國美人來了，作得好詩，請妳這『詩瘋子』來瞧去，再把我們『詩呆子』也帶來。」小螺笑著去了。

……半日，只聽湘雲笑問：「那一個外國美人來了？」一頭說，一頭果和香菱來了。眾人笑道：「人未見形，先已聞聲。」寶琴等忙讓坐，遂把方才的話重敘了一遍。

湘雲笑道：「快念來聽聽。」寶琴因念道：

昨夜朱樓夢，今宵水國吟。
島雲蒸大海，嵐氣接叢林。
月本無今古，情緣自淺深。
漢南春歷歷，焉得不關心。

眾人聽了，都道「難為她！竟比我們中國人還強。」

……一語未了，只見麝月走來說：「太太打發人來告訴二爺，明兒一早往舅舅那裡去，就說太太身上不大好，不得親自來。」

寶玉忙站起來答應道：「是。」

因問寶釵寶琴可去。寶釵道：「我們不去，昨兒單送了禮去了。」大家說了一回方散。

……寶玉因讓諸姊妹先行，自己落後。

黛玉便又叫住他，問道：「襲人到底多早晚回來？」

寶玉道：「自然等送了殯才來呢。」

黛玉還有話說，又不曾出口，出了一回神，便說道：「你去罷。」

寶玉也覺心裡有許多話，只是口裡不知要說什麼，想了一想，也笑道：「明兒再說罷。」

一面下了階磯，低頭正欲邁步，復又忙回身問道：「如今的夜越發長了，妳一夜咳嗽幾遍？醒幾次？」

黛玉道：「昨兒夜裡好了，只嗽了兩遍，卻只睡了四更一個更次，就再不能睡了。」

寶玉又笑道：「正是有句要緊的話，這會子才想起來。」一面說，一面便挨過身來，悄悄道：「我想寶姐姐送妳的燕窩——」

……一語未了，只見趙姨娘走了進來瞧黛玉，問：「姑娘這兩天好？」

黛玉便知她是從探春處來，從門前過，順路的人情。黛玉忙陪笑讓坐，說：「難得姨娘想著，怪冷的，親身走來。」又忙命倒茶，一面又使眼色與寶玉。寶玉會意，便走了出來。

……正值吃晚飯時，見了王夫人，王夫人又囑他早去。寶玉回來，看晴雯吃了藥。此夕寶玉便不命晴雯挪出暖閣來，自己便在晴雯外邊。又命將熏籠抬至暖閣前，麝月便在熏籠上睡。一宿無話。

※……※……※

……至次日，天未明時，晴雯便叫醒麝月道：「妳也該醒了，只是睡不夠！妳出去叫人給他預備茶水，我叫醒他就是了。」麝月忙披衣起來道：「咱們叫起他來，穿好衣裳，抬過這火箱去，再叫她們進來。老嬤嬤們已經說過，不叫他在這屋裡，怕過了病氣。如今她們見咱們擠在一處，又該嘮叨了。」晴雯道：「我也是這麼說呢。」

……二人才叫時，寶玉已醒了，忙起身披衣。麝月先叫進小丫頭子來，收拾妥當了，才命秋紋、檀雲等進來，一同服侍寶玉梳洗畢。

麝月道：「天又陰陰的，只怕有雪，穿那一套氈的罷。」寶玉點頭，即時換了衣裳。

小丫頭便用小茶盤捧了一蓋碗建蓮紅棗兒湯來，寶玉喝了兩口。麝月又捧過一小碟法製紫薑[7]來，寶玉噙了一塊。又囑咐了晴雯一回，便往賈母處來。

……賈母猶未起來，知道寶玉出門，便開了房門，命寶玉進來。寶玉見賈母身後寶琴面向裡也睡著未醒。賈母見寶玉身上穿著荔色哆羅呢的天馬箭袖，大紅猩猩氈盤金彩繡石青妝緞沿邊的排穗褂子。賈母道：「下雪呢麼？」寶玉道：「天陰著，還沒有下呢。」賈母便命鴛鴦來：「把昨兒那一件烏雲豹的氅衣給他罷。」鴛鴦答應了，走去果取了一件來。寶玉看時，金翠輝煌，碧彩閃灼，又不似寶琴所披之鳧靨裘。只聽賈母笑道：「這叫作『雀金呢』，這是俄羅斯國拿孔雀

7. **法製紫薑**——用嫩薑製作的醬菜。法製，按傳統方法製作，為地道、標準的意思。

毛拈了線織的。前兒把那一件野鴨子的給了你小妹妹，這件給你罷。」寶玉磕了一個頭，便披在身上。

賈母笑道：「你先給你娘瞧瞧去再去。」寶玉答應了，便出來。

……只見鴛鴦站在地下揉眼睛。因自那日鴛鴦發誓決絕之後，她總不和寶玉說話。寶玉正自日夜不安，此時見她又要迴避，寶玉便上來笑道：「好姐姐，妳瞧瞧，我穿著這個好不好？」鴛鴦一摔手，便進賈母房中去了。

……寶玉只得來到了王夫人房中，與王夫人看了，然後又回至園中，與晴雯麝月看過後，至賈母房中回說：「太太看了，只說可惜了的，叫我仔細穿，別糟蹋了它。」

賈母道：「就剩下了這一件，你糟蹋了也再沒了。這會子特給你做這個也是沒有的事。」說著又囑咐他：「不許多吃酒，早些回來。」寶玉應了幾個「是」。

……老嬤嬤跟至廳上，只見寶玉的奶兄李貴和王榮、張若錦、趙亦華、錢啟、周瑞六個人，帶著茗煙、伴鶴、鋤藥、掃紅四個小廝，背著衣包，抱著坐褥，籠著一匹雕鞍彩轡的白馬，早已伺候多時了。

老嬤嬤又吩咐了他六人些話，六個人忙答應了幾個「是」，忙捧鞭墜鐙。寶玉慢慢的上了馬，李貴和王榮籠著嚼環，錢啟、周瑞二人在前引導，張若錦、趙亦華在兩邊緊貼寶玉身後。

寶玉在馬上笑道：「周哥、錢哥，咱們打這角門走罷，省得到了老爺的書房門口又下來。」周瑞側身笑道：「老爺不在家，書房天天鎖著的，爺可以不用下來罷了。」

寶玉笑道：「雖鎖著，也要下來的。」

錢啟、李貴等都笑道：「爺說的是。便托懶不下來，倘或遇見賴大爺、林二爺，雖不好說爺，也勸兩句。有的不是，都派在我們身上，又說我們不教爺禮了。」周瑞、錢啟便一直出角門來。

……正說話時，頂頭果見賴大進來。寶玉忙籠住馬，意欲下來。賴大忙上來抱住腿。寶玉便在鐙上站起來，笑攜他的手，說了幾句話。接著又見一個小廝帶著二三十個拿掃帚簸箕的人進來，見了寶玉，都順牆垂手立住，獨那為首的小廝打千兒，請了個安。寶玉不識名姓，只微笑點了點頭。馬已過去，那人方帶人去了。

……於是出了角門，門外又有李貴等六人的小廝並幾個馬夫，早預備下十來匹馬專候。一出角門，李貴等都各上了馬，前引傍圍的一陣煙去了，不在話下。

……這裡晴雯吃了藥，仍不見病退，急的亂罵大夫，說：「只會騙人的錢，一劑好藥也不給人吃。」

麝月笑勸她道：「妳太性急了，俗語說：『病來如山倒，病去如抽絲。』又不是老君的仙丹，哪這樣靈藥！妳只靜養幾天，自然好了。妳越急越著手[8]。」

晴雯又罵小丫頭子們：「哪裡鑽沙[9]去了！瞅我病了，都大膽子走了。明兒我好了，一個一個的才揭妳們的皮呢！」

唬得小丫頭子篆兒忙進來問：「姑娘作什麼？」

晴雯道：「別人都死絕了，就剩了妳不成？」

……說著，只見墜兒也蹭[10]了進來。

晴雯道：「妳瞧瞧這小蹄子，不問她，還不來呢！這裡又放月錢了，又散果子了，妳該跑在頭裡了。妳往前些，我是老虎，吃了妳！」墜兒只得前湊。

8. **著手**——引伸為棘手。

9. **鑽沙**——魚類鑽進沙裡不易尋找，這裡喻小丫頭都跑的找不見了。

10. **蹭**——一步步緩慢地移動。

晴雯便冷不防欠身一把將她的手抓住，向枕邊取了一丈青[11]，向她手上亂戳，口內罵道：「要這爪子作什麼？拈不得針，拿不得線，只會偷嘴吃。眼皮子又淺，爪子又輕，打嘴現世的，不如戳爛了！」

墜兒疼得亂哭亂喊。麝月忙拉開墜兒，按晴雯睡下，笑道：「才出了汗，又作死！等妳好了，要打多少打不得？這會子鬧什麼！」

……晴雯便命人叫宋嬤嬤進來，說道：「寶二爺才告訴了我，叫我告訴妳們，墜兒很懶，寶二爺當面使她，她撥嘴兒不動，連襲人使她，她背後罵她。今兒務必打發她出去，明兒寶二爺親自回太太就是了。」

宋嬤嬤聽了，心下便知鐲子事發，因笑道：「雖如此說，也等花姑娘回來，知道了，再打發她。」

11. 一丈青——兼帶挖耳杓的細長簪子，一頭尖細，一頭較粗，頂端作小杓，即「耳挖子」。

晴雯道：「寶二爺今兒千叮嚀萬囑咐的，什麼『花姑娘』『草姑娘』，我們自然有道理。妳只依我的話，快叫她家的人來領她出去！」

麝月道：「這也罷了，早也去，晚也去，帶了去，早清靜一日。」

……宋嬤嬤聽了，只得出去，喚了她母親來，打點了她的東西，又來見晴雯等，說道：「姑娘們怎麼了，妳姪女兒不好，妳們教導她，怎麼攆出去？也到底給我們留個臉兒。」

晴雯道：「妳這話只等寶玉來問他，與我們無干。」

……那媳婦冷笑道：「我有膽子問他去！他哪一件事不是聽姑娘們的調停？他縱依了，姑娘們不依，也未必中用。比如方才說話，雖是背地裡，姑娘就直叫他的名字。在姑娘們就使得，在我們就成了野人了。」

晴雯聽說，益發急紅了臉，說道：「我叫了他的名字了，妳在老太太跟前告我去，說我撒野，也攆出我去。」

……麝月忙道：「嫂子，妳只管帶了人出去，有話再說。這個地方豈有妳叫喊講禮的？妳見誰和我們講過禮？別說嫂子妳，就是賴奶奶、林大娘，也得擔待我們三分。便是叫名字，從小兒直到如今，都是老太太吩咐過的，妳們也知道的，恐怕難養活，巴巴的寫了他的小名兒，各處貼著，叫萬人叫去，為的是好養活。連挑水、挑糞、花子都叫得，何況我們！連昨兒林大娘叫了一聲『爺』，老太太還說她呢，此是一件。「二則，我們這些人常回老太太的話去，可不叫著名字回話，難道也稱『爺』？哪一日不把「寶玉」兩個字念二百遍，偏嫂子又來挑這個了！過一日嫂子閒了，在老太太、太太跟前，聽聽我們當著面兒叫他就知道了。嫂子原也不得在老太太、太太跟前當些體統差事，成年家只在三門外頭混，怪不得不知我們裡頭的規矩。這裡不是嫂子久站的，再一會，不用我們說話，就有人來問妳了。有什麼分證話，且帶了她去，妳回了林大娘，叫她來找二爺說話。家裡上千的人，妳也跑來，我也跑來，我們認人問姓，還認不清呢！」

說著，便叫小丫頭子：「拿了擦地的布來擦地！」

……那媳婦聽了，無言可對，亦不敢久立，賭氣帶了墜兒就走。宋嬤嬤忙道：「怪道妳這嫂子不知規矩，妳女兒在這屋裡一場，臨去時，也給姑娘們磕個頭。沒有別的謝禮，——便有謝禮，她們也不希罕——不過磕個頭，盡了心。怎麼說走就走？」

墜兒聽了，只得翻身進來，給她兩個磕了兩個頭，又找秋紋等。她們也不睬她。那媳婦嗐聲嘆氣，口不敢言，抱恨而去。

……晴雯方才又閃了風，著了氣，反覺更不好了。翻騰至掌燈，剛安靜了些。只見寶玉回來，進門就嗐聲跺腳。麝月忙問原故，寶玉道：「今兒老太太歡歡喜喜的給了這個褂子，誰知不防，後襟子上燒了一塊，幸而天晚了，老太太、太太都不理論。」一面說，一面脫下來。

……麝月瞧時，果見有指頂大的燒眼，說：「這必定是手爐裡的火迸上了。這不值什麼，趕著叫人悄悄的拿出去，叫個能幹織補匠人織上就是了。」說著，便用包袱包了，交與一個嬤嬤送出去，說：「趕天亮就有才好，千萬別給老太太、太太知道！」

……婆子去了半日，仍舊拿回來，說：「不但能幹織補匠人，就連裁縫、繡匠並作女工的問了，都不認得這是什麼，都不敢攬。」

麝月道：「這怎麼樣呢！明兒不穿也罷了。」

寶玉道：「明兒是正日子，老太太、太太說了，還叫穿這個去呢。偏頭一日就燒了，豈不掃興！」

晴雯聽了半日，忍不住翻身說道：「拿來我瞧瞧罷！沒個福氣穿就罷了。這會子又著急。」

寶玉笑道：「這話倒說的是。」說著，便遞與晴雯，又移過燈來，細看了一會。

晴雯道：「這是孔雀金線織的，如今咱們也拿孔雀金線，就像界線[12]似的界密了，只怕還可混得過去。」

麝月笑道：「孔雀線現成的，但這裡除了妳，還有誰會界線？」

晴雯道：「說不得我掙命罷了。」

寶玉忙道：「這如何使得！才好了些，如何做得活。」

晴雯道：「不用你蝎蝎螯螯的，我自知。」一面說，一面坐起

12.界線——手工刺繡與織補工藝中所用的一種縱橫線織法。

來，挽了一挽頭髮，披了衣裳，只覺頭重身輕，滿眼金星亂迸，實實撐不住。待要不做，又怕寶玉著急，少不得恨命咬牙捱著。便命麝月只幫著拈線。

晴雯先拿了一根比一比，笑道：「這雖不很像，若補上，也不很顯。」

寶玉道：「這就很好，哪裡又找俄羅斯國的裁縫去！」

……晴雯先將裡子拆開，用茶杯口大的一個竹弓釘牢在背面，再將破口四邊用金刀刮得散鬆鬆的，然後用針紉了兩條，分出經緯，亦如界線之法，先界出地子後，然後依本衣之紋來回織補。織補兩針，又看看，織補兩針，又端詳端詳。無奈頭暈眼黑，氣喘神虛，補不上三五針，便伏在枕上歇一會。

……寶玉在旁，一時又問：「吃些滾水不吃？」一時又命：「歇一歇。」一時又拿一件灰鼠斗篷替她披在背上，一時又命拿個拐枕與她靠著。急得晴雯央告道：「小祖宗！你只管睡罷。再熬上半夜，明兒把眼睛摳摟[13]了，怎麼處！」寶玉見她著急，只得胡亂睡下，仍睡不著。

13. 摳摟——眼窩下陷。

……一時只聽自鳴鐘已敲了四下，剛剛補完，又用小牙刷慢慢的剔出絨毛來。麝月道：「這就很好，若不留心，再看不出的。」寶玉忙要了瞧瞧，笑說：「真真一樣了。」晴雯已嗽了幾陣，好容易補完了，說了一聲：「補雖補了，到底不像，我也再不能了！」噯喲了一聲，便身不由主倒下。要知端的，且聽下回分解。

◎第五三回◎

寧國府除夕祭宗祠
榮國府元宵開夜宴

……話說寶玉見晴雯將雀裘補完，已使的力盡神危，忙命小丫頭子來替她捶著，打了一會。歇下沒一頓飯的工夫，天已大亮了；寶玉且不出門，只叫：「快傳大夫！」

……一時王太醫來了，診了脈，疑惑說道：「昨日已好了些，今日如何反虛微浮縮[1]起來，敢是吃多了飲食？不然就是勞了神思。外感卻倒清了，這汗後失於調養，非同小可。」一面說，一面出去開了藥方進來。

……寶玉看時，已將疏散驅邪諸藥減去了，

倒添了茯苓、地黃、當歸等益神養血之劑。寶玉一面忙命人煎去，一面嘆說：「這怎麼處？倘或有個好歹，都是我的罪孽。」

晴雯睡在枕上，嗐道：「好太爺！你幹你的去罷，哪裡就得癆病了！」寶玉無奈，只得去了。至下半天，說身上不好，就回來了。

……晴雯此症雖重，幸虧她素習是個使力不使心的；再者素習飲食清淡，飢飽無傷。這賈宅中的風俗秘法，無論上下，只一略有些傷風咳嗽，總以淨餓為主，次則服藥調養。

故於前日一病時，淨餓了兩三日，又謹慎服藥調治，如今雖勞碌了些，又加倍培養了幾日，便漸漸的好了。近日園中姊妹皆各在房中吃飯，炊爨飲食亦便，寶玉自能變法要湯要羹調停，不必細說。

1. **虛微浮縮**—虛、微指脈搏細軟無力的脈象。浮、縮指輕按便得、應指即回的脈象，說明陽氣已不能潛藏，病情十分危重。

……襲人送母殯後，業已回來，麝月便將平兒所說宋媽、墜兒一事，並晴雯攆逐墜兒出去，也曾回過寶玉等語，一一的告訴了一遍。襲人也沒別說，只說太性急了些。

……只因李紈亦因時氣感冒，邢夫人又正害火眼[2]，迎春岫煙皆過去朝夕侍藥，李嬸之弟又接了李嬸和李紋李綺家去住幾日，寶玉又見襲人常常思母含悲，晴雯猶未大愈，因此詩社之日，皆未有人作興，便空了幾社。

……當下已是臘月，離年日近，王夫人與鳳姐治辦年事。王子騰陞了九省都檢點[3]，賈雨村補授了大司馬，協理軍機參贊朝政，不提。

……※……※……※……

2. 火眼——中醫指急性結膜炎。

3. 都檢點——這裡指朝廷委派的高級武官。

……且說賈珍那邊，開了宗祠，著人打掃，收拾供器，請神主，又打掃上房，以備懸供遺真影像。此時榮寧二府內外上下，皆是忙忙碌碌。這日，寧府中尤氏正起來同賈蓉之妻打點送賈母這邊針線禮物，正值丫頭捧了一茶盤壓歲錁子進來，回說：「興兒回奶奶，前兒那一包碎金子，共是一百五十三兩六錢七分，裡頭成色不等，共總傾[4]了二百二十個錁子。」說著遞上去。

……尤氏看了看，只見也有梅花式的，也有海棠式的，也有筆錠如意的，也有八寶聯春的。尤氏命：「收起這個來，叫他把銀錁子快快交了進來。」丫鬟答應去了。

……一時賈珍進來吃飯，賈蓉之妻迴避了。賈珍因問尤氏：「咱們春祭的恩賞[5]，可領了不曾？」

4. **傾**——這裡指將金銀熔化倒入模子裡鑄造的一種工藝。

5. **春祭的恩賞**——舊曆春節，皇帝照例賞給封蔭的官吏供祭祖用的銀兩。

尤氏道：「今兒我打發蓉兒關去了。」

賈珍道：「咱們家雖不等這幾兩銀子使，多少是皇上天恩。早關了來，給那邊老太太見過，置了祖宗的供，上領皇上的恩，下則是托祖宗的福。

「咱們那怕用一萬銀子供祖宗，到底不如這個又體面，又是沾恩錫福[6]的。除咱們這樣一二家之外，那些世襲窮官兒家，若不仗著這銀子，拿什麼上供過年？真正皇恩浩大，想得周到。」尤氏道：「正是這話。」

……二人正說著，只見人回：「哥兒來了」。

賈珍便命：「叫他進來。」

只見賈蓉捧了一個小黃布口袋進來。賈珍道：「怎麼去了這一日。」賈蓉陪笑回說：「今兒不在禮部關領，又分在光祿寺庫上，因又到了光祿寺才領了下來。光祿寺的官兒們都說，

6.沾恩錫福——因祖先的恩德而受到皇上的恩賜。

問父親好，多日不見，都著實想念。」

賈珍笑道：「他們哪裡是想我。這又到了年下了，不是想我的東西，就是想我的戲酒了。」

一面說，一面瞧那黃布口袋，上有印，就是「皇恩永錫」四個大字；那一邊又有禮部祠祭司的印記，又寫著一行小字，道是「寧國公賈演、榮國公賈源，恩賜永遠春祭賞共二分，淨折銀若干兩，某年月日龍禁尉候補侍衛賈蓉當堂領訖，值年寺丞某人」，下面一個朱筆花押。

⋯賈珍吃過飯，盥漱畢，換了靴帽，命賈蓉捧著銀子跟了來，回過賈母王夫人，又至這邊，回過賈赦邢夫人，方回家去，取出銀子，命將口袋向宗祠大爐內焚了。

又命賈蓉道：「你去問問你璉二嬸子，正月裡請吃年酒的日子擬了沒有。若擬定了，叫書房裡明白開了單子來，咱們再請時，就不能重犯了。舊年不留心重了幾家人家，不說咱們不留心，倒像兩宅商議定了，送虛情怕費事一樣。」賈蓉忙答應了過去。一時，拿了請人吃年酒的日期單子來了。賈珍看了，命交與賴升去看了，請人別重這上頭的日子。因在廳上看著小廝們抬圍屏、擦抹几案、金銀供器。

……只見小廝手裡拿著個稟帖並一篇帳目，回說：「黑山村的烏莊頭[7]來了。」賈珍道：「這個老砍頭[8]的今兒才來。」說著，賈蓉接過稟帖和帳目，忙展開捧著，賈珍倒背著兩手，向賈蓉手內看去，那紅稟帖上寫著：「門下莊頭烏進孝叩請爺、奶奶萬福金安，並公子小姐金安。新春大喜大福，榮貴平安，加官進祿，萬事如意。」賈珍笑道：「莊稼人有些意思。」賈蓉也忙笑說：「別看文法，只取個吉利罷了。」一面忙展開

7.莊頭——清代為滿漢旗籍貴族經營旗地田莊的代理人，監督佃戶生產，催收地租，攤派勞役等事，有的莊頭本身就是地主。

8.老砍頭——對老傢伙的謔稱。

單子看時，只見上面寫著：

「大鹿三十隻，獐子五十隻，狍子五十隻，暹豬二十個，湯豬二十個，龍豬二十個，野豬二十個，家臘豬二十個，野羊二十個，青羊二十個，家湯羊二十個，家風羊二十個，鱘鰉魚二個，各色雜魚二百斤，活雞、鴨、鵝各二百隻，風雞、鴨、鵝二百隻，野雞、兔子各二百對。

「熊掌二十對，鹿筋二十斤，海參五十斤，鹿舌五十條，牛舌五十條，蟶乾二十斤，榛、松、桃、杏穰各二口袋，大對蝦五十對，乾蝦二百斤，銀霜炭[9]上等選用一千斤，中等二千斤，柴炭三萬斤，御田胭脂米[10]二石，碧糯五十斛，白糯五十斛，粉粳五十斛，雜色粱穀各五十斛，下用常米一千石，各色乾菜一車，外賣粱穀，牲口各項折銀二千五百兩。外門下孝敬哥兒姐兒頑意：活鹿兩對，活白兔四對，黑兔四對，活錦雞兩對，西洋鴨兩對。」

9. 銀霜炭——一種優質無煙炭，表面灰白，如披銀霜。

10. 御田胭脂米——一種優質稻米，煮熟後色紅如胭脂，有香氣，味腴粒長。

……賈珍便命帶進他來。一時，只見烏進孝進來，只在院內磕頭請安。賈珍命人拉他起來，笑說：「你還硬朗。」

烏進孝笑回道：「托爺的福，還走得動。」

賈珍道：「你兒子也大了，該叫他走走也罷了。」

烏進孝笑道：「不瞞爺說，小的們走慣了，不來也悶得慌。他們可不是都願意來見見天子腳下的世面？他們到底年輕，怕路上有閃失，再過幾年就可放心了。」

……賈珍道：「你走了幾日？」

烏進孝道：「回爺的話，今年雪大，外頭都是四五尺深的雪，前日忽然一暖一化，路上竟難走得很，耽擱了幾日。雖走了一個月零兩日，因日子有限了，怕爺心焦，可不趕著來了。」

賈珍道：「我說呢，怎麼今兒才來。我才看那單子上，今年你這老貨又來打擂臺[11]來了。」

11. 打擂臺——這裡喻耍花招、討價還價。

……烏進孝忙進前了兩步，回道：「回爺說，今年年成實在不好。從三月下雨起，接接連連直到八月，竟沒有一連晴過五日。九月裡一場碗大的雹子，方近一千三百里地，連人帶房並牲口糧食，打傷了上千上萬的，所以才這樣。小的並不敢說謊。」

賈珍皺眉道：「我算定了，你至少也有五千兩銀子來，這夠做什麼的？如今你們一共只剩了八九個莊子，今年倒有兩處報了旱澇，你們又打擂臺，真真是又教別過年了。」

……烏進孝道：「爺的這地方還算好呢！我兄弟離我那裡只一百多里，誰知竟大差了。他現管著那府裡八處莊地，比爺這邊多著幾倍，今年也只這些東西，不過多二三千兩銀子，也是有饑荒打呢。」

賈珍道：「正是呢，我這邊倒可以，沒有什麼外項大事，不過是一年的費用。我受用些，就費些；我受些委曲，就省些。再者年例送人請人，我把臉皮厚些。可省些也就完了。比不得那府裡，這幾年添了許多花錢的事，一定不可免是要花的，卻又不添些銀子產業。這一二年倒賠了許多，不和你們要，找誰去？」

烏進孝笑道：「那府裡如今雖添了事，有去有來，娘娘和萬歲爺豈不賞的！」

賈珍聽了，笑向賈蓉等道：「你們聽，他這話可笑不可笑？」

賈蓉等忙笑道：「你們山坳海沿子上的人，哪裡知道這道理。娘娘難道把皇上的庫給了我們不成！她心裡縱有這心，她也不能作主。豈有不賞之理，按時到節，不過是些彩緞古董頑意兒；縱賞銀子，不過一百兩金子，才值了一千兩銀子，夠一年的什麼？

「這二年哪一年不多賠出幾千銀子來！頭一年省親，連蓋花園子，你算算那一注共花了多少，就知道了。再兩年再省一回親，只怕就精窮了。」

賈珍笑道：「所以他們莊稼老實人，外明不知裡暗的事。黃柏木作磬槌子——外頭體面裡頭苦。」

……賈蓉又笑向賈珍道：「鳳姑娘和鴛鴦悄悄商議，要偷出老太太的東西去當銀子呢。」

賈珍笑道：「那又是妳鳳姑娘的鬼，哪裡就窮到如此。她必定是見去路太多了，實在賠得狠了，不知又要省哪一項的錢，先設出這法子來，使人知道，說窮到如此了。我心裡卻有個算盤，還不至如此田地。」說著，便命人帶了烏進孝出去，好生待他，不在話下。

⋯這裡賈珍吩咐將方才各物，留出供祖的來，將各樣取了些，命賈蓉送過榮府裡。然後自己留了家中所用的，餘者派出等例來，一分一分的堆在月臺下，命人將族中的子姪喚來，分給他們。

接著榮國府也送了許多供祖之物及與賈珍之物。賈珍看著收拾完備供器，靸著鞋，披著猞猁猻[12]大裘，命人在廳柱下石磯上太陽中鋪了一個大狼皮褥子，負暄[13]閒看各子弟們來領取年物。

⋯因見賈芹亦來領物，賈珍叫他過來，說道：「你作什麼也來了？誰叫你來的？」

賈芹垂手回說：「聽見大爺這裡叫我們領東西，我沒等人去就來了。」

賈珍道：「我這東西，原是給你那些閒著無事的、無進益的小

12. **猞猁猻**—獸名，亦名土豹。毛呈紅色或灰色，常帶黑斑。其皮毛可作衣裘，極貴重。

13. **負暄**—曬太陽取暖的意思。

叔叔兄弟們的。那二年你閒著，我也給過你的。你如今在那府裡管事，家廟裡管和尚、道士們，一月又有你的分例外，這些和尚的分例銀子都從你手裡過，你還來取這個，太也貪了！你自己瞧瞧，你穿得像個手裡使錢辦事的？先前說你沒進益，如今又怎麼了？比先倒不像了。」

……賈芹道：「我家裡原人多，費用大。」

賈珍冷笑道：「你還支吾我。你在家廟裡幹的事，打量我不知道呢！你到了那裡，自然是爺了，沒人敢違拗你。你手裡又有了錢，離著我們又遠，你就為王稱霸起來，夜夜招聚匪類賭錢，養老婆小子。

「這會子花得這個形象，你還敢領東西來？領不成東西，領一頓馱水棍[14]去才罷。等過了年，我必和你璉二叔說，換回你來。」賈芹紅了臉，不敢答言。

14. 馱水棍——背水負重時用作支撐的隨身棍棒。這裡借指打人棍棒。「**領一頓馱水棍**」即招一頓打的意思。

……忽見人回：「北府水王爺送了字聯、荷包來了。」賈珍聽說，忙命賈蓉出去款待，「只說我不在家。」賈蓉去了，這裡賈珍看著領完東西，回房與尤氏吃畢晚飯，一宿無話。至次日，比往日更忙，都不必細說。

……已到了臘月二十九日了，各色齊備，兩府中都換了門神、聯對、掛牌，新油了桃符[15]，煥然一新。寧國府從大門、儀門、大廳、暖閣、內廳、內三門、內儀門並內塞門[16]，直到正堂，一路正門大開，兩邊階下，一色朱紅大高照燈，點得兩條金龍一般。

……次日，由賈母有誥封者，皆按品級著朝服，先坐八人大轎，帶領著眾人進宮朝賀行禮，領宴畢回來，便到寧國府暖閣下轎。諸子弟有未隨入朝者，皆在寧府門前排班伺候，然後引

15. 桃符——畫有門神像或題有門神名的桃木板。又春聯也稱桃符。

16. 內塞門——位於內儀門與正堂之間的一重獨立的屏門。

入宗祠。

且說薛寶琴是初次進賈祠觀看，便細細留神，打量這宗祠，原來寧府西邊另一個院宇，黑油柵欄內五間大門，上面懸一匾，寫著是「賈氏宗祠」四個字，旁書「衍聖公[17]孔繼宗書」。兩旁有一副長聯，寫道是：

肝腦塗地，兆姓賴保育之恩；
功名貫天，百代仰蒸嘗[18]之盛。

亦衍聖公所書。進入院中，白石甬路，兩邊皆是蒼松翠柏。月臺上設著青綠古銅鼎彝等器。抱廈前上面懸一九龍金匾，寫道是：「星輝輔弼[19]」。乃先皇御筆。兩邊一副對聯，寫道是：

勳業有光昭日月，

17. 衍聖公——孔子後裔的封號。

18. 蒸嘗——古代祭祀名。

19. 星輝輔弼——代指輔佐帝王的重臣。

功名無間及兒孫。

亦是御筆。五間正殿前，懸一鬧龍填青匾[20]，寫道是：「慎終追遠」。旁邊一副對聯，寫道是：

已後兒孫承福德，
至今黎庶念榮寧。

俱是御筆。裡邊香燭輝煌，錦帳繡幕，雖列著神主，卻看不真切。只見賈府人分昭穆[21]排班立定：賈敬主祭，賈赦陪祭，賈珍獻爵，賈璉、賈琮獻帛[22]，寶玉捧香，賈菖賈菱展拜毯，守焚池。

青衣樂奏，三獻爵，拜興畢，焚帛奠酒，禮畢樂止，退出。眾人圍隨著賈母，至正堂上。影前錦幔高掛，彩屏張護，香燭輝煌。上面正居中懸著寧榮二祖遺像，皆是披蟒腰玉，兩邊

20. 鬧龍填青匾——匾的四邊雕鏤以舞動的龍形圖案，謂之「鬧龍」。匾的底面是石青色，謂之「填青」。

21. 昭穆——古代宗法制度對宗廟祭祀排列次序的規定，始祖居中，左昭右穆。

22. 獻帛——祭祀禮儀之一。「帛」是一種絲綢巾帕。

還有幾軸列祖遺影。

賈荇賈芷等從內儀門挨次列站，直到正堂廊下。檻外方是賈敬、賈赦，檻內是各女眷。眾家人小廝皆在儀門之外。每一道菜至，傳至儀門，賈荇、賈芷等便接了，按次傳至階上賈敬手中。賈蓉係長房長孫，獨他隨女眷在檻內。每賈敬捧菜至，傳於賈蓉，賈蓉便傳於他妻子，又傳於鳳姐尤氏諸人，直傳至供桌前，方傳於王夫人。王夫人傳於賈母，賈母方捧放在桌上。邢夫人在供桌之西，東向立，同賈母供放。直至將菜飯湯點酒茶傳完，賈蓉方退出，下階歸入賈芹階位之首。

⋯當時凡從文旁之名者，賈敬為首；下則從玉者，賈珍為首，再下從草頭者，賈蓉為首；左昭右穆，男東女西，俟賈母拈香下拜，眾人方一齊跪下。將五間大廳，三間抱廈，內外廊檐，階上階下兩丹墀內，花團錦簇，塞的無一隙空地。鴉雀無聞，只聲鏗鏘叮噹，金鈴玉珮微微搖曳之聲，並起跪靴履颯沓之響。一時禮畢，賈敬、賈赦等便忙退出，至榮府專候與賈母行禮。

尤氏上房早已襲地鋪滿紅氈，當地放著象鼻三足鰍沿鎏金琺瑯大火盆，正面炕上鋪著猩猩紅氈，設著大紅彩繡雲龍捧壽的靠背引枕，外另有黑狐皮的袱子搭在上面，大白狐皮坐褥，請賈母上去坐了。兩邊又鋪皮褥，讓賈母一輩的兩三個妯娌坐了。這邊橫頭排插之後小炕上，也鋪了皮褥，讓邢夫人等坐了。地下兩面相對十二張雕漆椅上，都是一色灰鼠椅搭小褥，每一張椅下一個大銅腳爐，讓寶琴等姊妹坐了。

……尤氏用茶盤親捧茶與賈母，蓉妻捧與眾老祖母；然後尤氏又捧與邢夫人等，蓉妻又捧與眾姊妹。鳳姐、李紈等只在地下伺侯。茶畢，邢夫人等便先起身來侍賈母。賈母吃茶，與老妯娌閒話了兩三句，便命看轎。鳳姐兒忙上去挽起來。

尤氏笑回說：「已經預備下老太太的晚飯。每年都不肯賞些體面，用過晚飯過去，果然我們就不及鳳丫頭不成？」

鳳姐兒攙著賈母笑道：「老祖宗快走罷，咱們家去吃，別理她。」

賈母笑道：「妳這裡供著祖宗，忙得什麼似的，哪裡擱得住我鬧！況且每年我不吃，妳們也要送去的。不如還送了去，我吃不了，留著明兒再吃，豈不多吃些？」說得眾人都笑了。

又吩咐她：「好生派妥當人夜裡看香火，不是大意得的。」尤氏答應了。一面走出來至暖閣前上了轎。尤氏等閃過屏風，小廝們才領轎夫，請了轎出大門。尤氏亦隨邢夫人等同至榮府。

…這裡，轎出大門，這一條街上，東一邊合面設列著寧國公的儀仗執事樂器；西一邊合面設列著榮國公的儀仗執事樂器，來往行人皆屏退不從此過。一時來至榮府，也是大門正廳，直開到底。如今便不在暖閣下轎了，過了大廳，便轉彎向西，至賈母這邊正廳上下轎。

眾人圍隨同至賈母正室之中，亦是錦裀繡屏，煥然一新。當地火盆內焚著松柏香、百合草。賈母歸了坐，老嬤嬤來回：「老太太們來行禮。」賈母忙又起身要迎，只見兩三個老妯娌已進來了。大家挽手笑了一回，讓了一回。吃茶去後，賈母只送至內儀門便回來，歸了正坐。

賈敬、賈赦等領諸子弟進來。賈母笑道：「一年價難為你們，不行禮罷。」一面說著，一面男一起，女一起，一起一起俱行過了禮。左右兩旁設下交椅，然後又按長幼挨次歸坐受禮。兩府男婦、小廝、丫鬟、亦按差役上中下行禮畢，散押歲錢、荷包、金銀錁，擺上合歡宴來。男東女西歸坐，獻屠蘇酒，合歡湯、吉祥果、如意糕畢，賈母起身進內間更衣，眾人方各散出。

⋯那晚，各處佛堂灶王前焚香上供，王夫人正房院內設著天地紙馬香供，大觀園正門上也挑著大明角燈，兩溜高照，各處皆有路燈。上下人等，皆打扮得花團錦簇，一夜人聲嘈雜，語笑喧闐，爆竹起火，絡繹不絕。

⋯至次日五鼓，賈母等又按品大妝，擺全副執事進宮朝賀，兼祝元春千秋。領宴回來，又至寧府祭過列祖，方回來受禮畢，便換衣歇息。所有賀節來的親友一概不會，只和薛姨媽李嬸二人說話取便，或者同寶玉、寶琴、釵、玉等姊妹趕圍棋、抹牌作戲。

王夫人與鳳姐天天忙著請人吃年酒，那邊廳上院內皆是戲酒，親友絡繹不絕，一連忙了七八日，才完了。

⋯早又元宵將近，寧榮二府皆張燈結彩。十一日是賈赦請賈母等，次日賈珍又請，賈母皆去隨便領了半日。王夫人和鳳姐兒連日被人請去吃年酒，不能勝記。

⋯⋯※⋯⋯※⋯⋯※⋯⋯

⋯至十五日之夕，賈母便在大花廳上命擺幾席酒，定一班小戲，滿掛各色佳燈，帶領榮、寧二府各子姪、孫男、孫媳等家宴。賈敬素不茹酒，也不去請他，於十七日祖祀已完，他便仍出城去修養。便這幾日在家內，亦是淨室默處，一概無聽無聞，不在話下。

賈赦略領了賈母之賜，也便告辭而去。賈母知他在此彼此不便，也就隨他去了。賈赦自到家中，與眾門客賞燈吃酒，自然是笙歌聒耳，錦繡盈眸，其取便快樂，另與這邊不同的。

……這邊賈母花廳之上，共擺了十來席。每一席旁邊設一几，几上設爐瓶三事[23]，焚著御賜百合宮香。又有八寸來長四五寸寬二三寸高的點著山石、布滿青苔的小盆景，俱是新鮮花卉。又有小洋漆茶盤，內放著舊窯茶杯並十錦小茶吊，裡面泡著上等名茶。一色皆是紫檀透雕，嵌著大紅紗透繡花卉並草字詩詞的瓔珞[24]。

……原來繡這瓔珞的也是個姑蘇女子，名喚慧娘。因她亦是書香宦門之家，她原精於書畫，不過偶然繡一兩件針線作耍，並非市賣之物。凡這屏上所繡之花卉，皆仿的是唐、宋、元、明各名家的折枝花卉，故其格式配色皆從雅，本來非一味濃艷

23. **爐瓶三事**——焚香用具，指香爐、香盒和放香鏟用的瓶子。

24. **瓔珞**——原指珠玉穿成的頸飾，此指一件帶穗子的刺繡陳設品。

匠工可比。

每一枝花側，皆用古人題此花之舊句，或詩或歌不一，皆用黑絨繡出草字來，且字迹勾踢、轉折、輕重、連斷，皆與筆草無異，亦不比市繡字迹板強可恨。她不仗此技獲利，所以天下雖知，得者甚少，凡世宦富貴之家，無此物者甚多，當今便稱為「慧繡」。

……竟有世俗射利者，近日仿其針迹，愚人獲利。偏這慧娘命夭，十八歲便死了，如今竟不能再得一件的了。凡所有之家，縱有一兩件，皆珍藏不用。有那一干翰林文魔先生們，因深惜「慧繡」之佳，便說這「繡」字不能盡其妙，這樣筆迹說一「繡」字，反似乎唐突了，便大家商議了，將「繡」字字便隱去，換了一個「紋」字，所以如今都稱為「慧紋」。

……若有一件真「慧紋」之物，價則無限。賈府之榮，也只有兩三件，上年將那兩件已進了上，目下只剩這一副瓔珞[25]，一共十六扇，賈母愛如珍寶，不入在請客各色陳設之內，只留在自己這邊，高興擺酒時賞玩。又有各色舊窯小瓶中都點綴著「歲寒三友」、「玉堂富貴」等鮮花草。

……上面兩席是李嬸薛姨媽二位。賈母於東邊設一透雕夔龍護屏矮足短榻，靠背、引枕、皮褥俱全。榻之上一頭又設一個極輕巧洋漆描金小几，几上放著茶吊、茶碗、漱盂、洋巾之類，又有一個眼鏡匣子。

賈母歪在榻上，與眾人說笑一回，又自取眼鏡向戲臺上照一回，又向薛姨媽、李嬸笑說：「恕我老了骨頭疼放肆，容我歪著相陪罷。」又命琥珀坐在榻上，拿著美人拳[26]捶腿。

榻下並不擺席面，只有一張高几，卻設著瓔珞、花瓶、香爐等

25. **瓔珞**——原指珠玉穿成的頸飾，這裡是一件帶穗子的刺繡陳設品。

26. **美人拳**——一種木製小錘，外裹皮革，裝有彈性的長竹柄，用以捶打腰腿，代替拳頭。

物。外另設一精緻小高桌，設著酒杯匙箸，將自己這一席設於榻旁，命寶琴、湘雲、黛玉、寶玉四人坐著。每一饌一果來，先捧與賈母看了，喜則留在小桌上，嘗一嘗，仍撤了放在他四人席上，只算他四人是跟著賈母坐。

故下面方是邢夫人、王夫人之位，再下便是尤氏、李紈、鳳姐、賈蓉之妻；西邊一路便是寶釵、李紋、李綺、岫煙、迎春姊妹等。

……兩邊大梁上，掛著一對聯三聚五玻璃芙蓉彩穗燈。每一席前豎一柄漆幹倒垂荷葉，葉上有燭信，插著彩燭。這荷葉乃是鏨珐瑯的，活信可以扭轉，如今皆將荷葉扭轉向外，將燈影逼住，全向外照，看戲分外真切。

窗格、門戶一齊摘下，全掛彩穗各種宮燈。廊檐內外及兩邊遊廊罩棚，將各色羊角、玻璃、戳紗、料絲、或繡或畫、或堆或摳、或絹或紙，諸燈掛滿。廊上幾席，便是賈珍、賈璉、賈環、賈琮、賈蓉、賈芹、賈芸、賈菱、賈菖等。

……賈母也曾差人去請眾族中男女，奈他們或有年邁，懶於熱鬧的；或有家內沒有人，不便來的；或有疾病淹纏，欲來竟不能來的；或有一等妒富愧貧，不肯來的；甚至於有一等憎畏鳳姐之為人，而賭氣不來的；或有羞口羞腳，不慣見人，不敢來的。

因此族眾雖多，女客來者只不過賈菌之母婁氏帶了賈菌來了，男子只有賈芹、賈芸、賈菖、賈菱四個，現是在鳳姐麾下辦事的來了。當下人雖不全，在家庭間小宴中，數來也算是熱鬧的了。

……當下又有林之孝之妻，帶了六個媳婦，抬了三張炕桌，每一張上搭著一條紅氈，氈上放著選淨一般大、新出局的銅錢，用大紅彩繩串著，每二人搭一張，共三張。

林之孝家的指示：「將那兩張擺至薛姨媽、李嬸的席下，將一張送至賈母榻下來。賈母便說：「放在當地罷。」這媳婦們都素知規矩的，放下桌子，一並將錢都打開，將彩繩抽去，散堆在桌上。

此時，正唱《西樓・樓會》這齣將終，于叔夜因賭氣去了，那文豹便發科諢道：「你賭氣去了，恰好今日正月十五，榮國府中老祖宗家宴，待我騎了這馬，趕進去討些果子吃是要緊的。」說畢，引得賈母等都笑了。

薛姨媽等都說：「好個鬼頭孩子，可憐見的！」鳳姐便說：「這孩子才九歲了。」

賈母笑說：「難為他說得巧。」便說了一個「賞」字。早有三個媳婦已經手下預備下簸籮，聽見一個「賞」字，走上去，向桌上的散錢堆內，每人便撮了一簸籮，走出來，向戲臺說：「老祖宗、姨太太、親家太太賞文豹買果子吃的！」說著向臺上便一撒，只聽「豁啷啷」滿臺的錢響。

……賈珍、賈璉已命小廝們抬了大簸籮的錢來，暗暗的預備在那裡。聽見賈母一賞，要知端的，下回分解。

◎第五四回◎

史太君破陳腐舊套　王熙鳳效戲彩斑衣

⋯⋯卻說賈珍、賈璉暗暗預備下大簸籮的錢，聽見賈母說「賞」，他們也忙命小廝們快撒錢。只聽滿臺錢響，賈母大悅。

二人遂起身，小廝們忙將一把新暖銀壺遞在賈璉手內，隨了賈珍趨至裡面。賈珍先至李嬸席上，躬身取下杯來，回身，賈璉忙斟了一盞，然後便至薛姨媽席上，也斟了。二人忙起身笑說：「二位爺請坐著罷了，何必多禮。」於是除邢、王二夫人，滿席都離了席，俱垂手旁侍。

⋯⋯賈珍等至賈母榻前，因榻矮，二人便屈膝跪了。賈珍在先捧杯，賈璉在後捧壺。雖止二人奉酒，那賈環弟兄等，卻也是排班按序，一溜隨著他二人進來，見他二人跪下，也都一溜跪下。寶玉也忙跪下了。

史湘雲悄推他，笑道：「你這會子又幫著跪下作什麼？有這樣，你也去斟一巡酒豈不好？」

寶玉悄笑道：「再等一會子再斟去。」說著，等他二人斟完起來，方起來。又與邢夫人、王夫人斟過來了。

賈珍笑道：「妹妹們怎麼樣呢？」賈母等都說：「你們去罷，她們倒便宜些。」說了，賈珍等方退出。

……當下天未二鼓，戲演的是《八義》[1]中《觀燈》[2]八齣。正在熱鬧之際，寶玉因下席往外走。賈母因說：「你往哪裡去？外頭爆竹利害，仔細天上吊下火紙來燒了！」寶玉回說：「不往遠去，只出去就來。」賈母命婆子們好生跟著。

於是寶玉出來，只有麝月、秋紋並幾個小丫頭隨著。

1.《八義》—即《八義記》，以趙盾全家為屠岸賈所害，程嬰、公孫杵臼搭救趙氏孤兒的歷史故事為題材的劇作，其源可追溯至元代紀君祥《趙氏孤兒》雜劇、佚名《趙氏孤兒記》戲文。

2.《觀燈》—為《八義記》的折子戲。

賈母因說：「襲人怎麼不見？她如今也有些拿大了，單支使小女孩子出來。」

王夫人忙起身，笑回道：「她媽前日沒了，因有熱孝，不便前頭來。」

賈母聽了點頭，又笑道：「跟主子，卻講不起這孝與不孝。若是她還跟我，難道這會子也不在這裡不成？皆因我們太寬了，有人使，不查這些，竟成了例了。」

……鳳姐兒忙過來，笑回道：「今兒晚上她便沒孝，那園子裡也須得她看著，燈燭花炮最是耽險的。這裡一唱戲，園子裡的人誰不偷來瞧瞧。她還細心，各處照看照看。

「況且這一散後，寶兄弟回去睡覺，各色都是齊全的。若她再來了，眾人又不經心，散了回去，鋪蓋也是冷的，茶水也不齊備，各色都不便宜，所以我叫她不用來，只看屋子。散了又齊備，我們這裡也不耽心，又可以全她的禮，豈不三處有益。老祖宗要叫她，我叫她來就是了。」

賈母聽了這話，忙說：「妳這話很是，比我想得周到，快別叫她了。但只她媽幾時沒了，我怎麼不知道？」

鳳姐笑道：「前兒襲人去親自回老太太的，怎麼倒忘了？」

賈母想了一想，笑說：「想起來了。我的記性竟平常了。」

眾人都笑說：「老太太哪裡記得這些事。」

賈母因又嘆道：「我想著，她從小兒服侍了我一場，又服侍了雲兒一場，末後給了一個魔王寶玉，虧她魔了這幾年。她又不是咱們家根生土長的奴才，沒受過咱們什麼大恩典。她媽沒了，我想著要給她幾兩銀子發送，也就忘了。」

鳳姐兒道：「前兒太太賞了她四十兩銀子，也就是了。」

⋯⋯賈母聽說，點頭道：「這還罷了。正好鴛鴦的娘前兒也死了，我想她老子娘都在南邊，我也沒叫她家去走走守孝，如今叫她兩個一處作伴兒去。」又命婆子將些果子、菜饌、點心之類與她兩個吃去。琥珀笑說：「還等這會子呢，她早就去了。」說著，大家又吃酒看戲。

……且說寶玉一逕來至園中，眾婆子見他回房，便不跟去，只坐在園門內茶房裡烤火，和管茶的女人偷空飲酒鬥牌。寶玉至院中，雖是燈光燦爛，卻無人聲。麝月道：「她們都睡了不成？咱們悄悄的進去，嚇她們一跳。」於是大家躡足潛蹤的進了鏡壁一看，只見襲人和一人對面，都歪在地炕上，那一頭有兩三個老嬤嬤打盹。

……寶玉只當她兩個睡著了，才要進去，忽聽鴛鴦嘆了一聲，說道：「可知天下事難定。論理，妳單身在這裡，父母在外頭，每年他們東去西來，沒個定準，想來妳是再不能送終的了，偏生今年就死在這裡，妳倒出去送了終。」

襲人道：「正是。我也想不到能夠看父母回首[3]。太太又賞了四十兩銀子，這倒也算養我一場，我也不敢妄想了。」

寶玉聽了，忙轉身悄向麝月等道：「誰知她也來了。我這一進去，她又賭氣走了，不如咱們回去罷，讓她兩個清清靜靜的說一回。襲人正一個人悶著，幸而她來得好。」說著，仍悄悄的出來。

……寶玉便走過山石之後去站著撩衣，麝月、秋紋皆站住，背過臉去，口內笑說：「蹲下再解小衣，仔細風吹了肚子。」後面兩個小丫頭子知是小解，忙先出去茶房內預備水去了。

這裡寶玉剛轉過來，只見兩個媳婦子迎面來了，問：「是誰？」秋紋道：「寶玉在這裡，妳大呼小叫仔細嚇著罷。」

3. 回首——死亡的諱語。

那媳婦們忙笑道：「我們不知道，大節下來惹禍了。姑娘們可連日辛苦了！」說著，已到了跟前。

麝月等問：「手裡拿的是什麼？」

媳婦們道：「是老太太賞金、花二位姑娘吃的。」

秋紋笑道：「外頭唱的是《八義》，沒唱《混元盒》，那裡又跑出『金花娘娘』來了。」

寶玉笑命：「揭起來我瞧瞧。」秋紋、麝月忙上去將兩個盒子揭開。兩個媳婦忙蹲下身子，寶玉看了兩盒內，都是席上所有的上等果品菜饌，點了一點頭，邁步就走。

麝月二人忙胡亂擲了盒蓋，跟上來。寶玉笑道：「這兩個女人倒和氣，會說話，她們天天乏了，倒說妳們連日辛苦，倒不是那矜功自伐的。」

麝月道：「這好的也很好，那不知禮的也太不知禮。」

寶玉笑道：「妳們是明白人，耽待她們是粗笨可憐的人就完了。」一面說，一面來至園門。

…那幾個婆子雖吃酒鬥牌，卻不住出來打探，見寶玉來了，也都跟上了。來至花廳後廊上，只見那兩個小丫頭一個捧著小沐盆，一個搭著手巾，又拿著漚子[4]壺在那裡久等。

秋紋先忙伸手向盆內試了一試，說道：「妳越大越粗心了，哪裡弄的這冷水！」

小丫頭笑道：「姑娘瞧瞧這個天，我怕水冷，巴巴的倒的是滾水，這還冷了。」

…正說著，可巧見一個老婆子提著一壺滾水走來。小丫頭便說：「好奶奶，過來給我倒上些。」

那婆子道：「哥哥兒，這是老太太泡茶的，勸妳走了舀去罷，哪裡就走大了腳。」

4. 漚（音嘔）子——一種潤膚的油脂香蜜。

秋紋道：「憑妳是誰的，妳不給我？管把老太太茶吊子倒了洗手！」那婆子回頭見是秋紋，忙提起壺來就倒。

秋紋道：「夠了。妳這麼大年紀，也沒個見識，誰不知是老太太的水！要不著的人就敢要了？」

婆子笑道：「我眼花了，沒認出是姑娘來。」

……寶玉洗了手，那小丫頭子拿小壺倒了些漚子在他手內，寶玉漚了。秋紋、麝月也趁熱水洗了一回，漚了，跟進寶玉來。

……寶玉便要了一壺暖酒，也從李嬸薛姨媽斟起，二人也讓坐。

賈母便說：「他小，讓他斟去，大家倒要乾過這杯。」說著，便自己乾了。邢王二夫人也忙乾了，讓她二人。薛李也只得乾了。

賈母又命寶玉道：「連你姐姐妹妹一齊斟上，不許亂斟，都要叫她乾了。」寶玉聽說，答應著，一一按次斟了。

……至黛玉前，偏她不飲，拿起杯來，放在寶玉唇邊，寶玉一氣飲乾。黛玉笑說：「多謝。」寶玉替她斟上一杯。

……鳳姐兒便笑道：「寶玉，別喝冷酒，仔細手顫，明兒寫不得字，拉不得弓。」

寶玉忙道：「沒有吃冷酒。」

鳳姐兒笑道：「我知道沒有，不過白囑咐你。」然後寶玉將裡面斟完，只除賈蓉之妻是丫頭們斟的。復出至廊上，又與賈珍等斟了。坐了一回方進來，仍歸舊坐。

……一時上湯後，又接獻元宵來。賈母便命：「將戲暫歇歇，小孩子們可憐見的，也給他們些滾湯滾菜的吃了再唱。」又命將各色果子、元宵等物拿些與他們吃去。

……一時歇了戲，便有婆子帶了兩個門下常走的女先生進來，放兩張杌子在那一邊，命她坐了，將弦子、琵琶遞過去。

賈母便問李薛：「聽何書好？」她二人都回說：「不拘什麼都好。」

賈母便問：「近來可有添些什麼新書？」那兩個女先兒回說道：「倒有一段新書，是殘唐五代的故事。」

賈母問是何名，女先兒道：「叫做《鳳求鸞》。」

賈母道：「這個名字倒好，不知因什麼起的？妳先大概說說原故，若好再說。」

女先兒道：「這書上乃說殘唐之時，有一位鄉紳，本是金陵人氏，名喚王忠，曾做過兩朝宰輔。如今告老還家，膝下只有一位公子，名喚王熙鳳。」

…眾人聽了，笑將起來。賈母笑道：「這不重了我們鳳丫頭了？」媳婦忙上去推她，道：「這是二奶奶的名字，少混說！」

賈母笑道：「妳說，妳說。」

女先生忙笑著站起來說：「我們該死了！不知是奶奶的尊諱。」

鳳姐兒笑道：「怕什麼！妳們只管說罷，重名重姓的多著呢。」

…女先生又說道：「這年，王老爺打發了王公子上京趕考，那日遇見大雨，進到一個莊上避雨。誰知這莊上也有個鄉紳，姓李，與王老爺是世交，便留下這公子住在書房裡。這李鄉紳膝下無兒，只有一位千金小姐。這小姐芳名叫作雛鸞，琴棋書畫，無所不通。」

……賈母忙道：「怪道叫作《鳳求鸞》。不用說，我已猜著了，自然是這王熙鳳要求這雛鸞小姐為妻了。」

女先兒笑道：「老祖宗原來聽過這一回書。」

眾人都道：「老太太什麼沒聽過！便沒聽過，也猜著了。」

……賈母笑道：「這些書都是一個套子，左不過是些佳人才子，最沒趣兒。把人家女兒說得那樣壞，還說是『佳人』，編得連影兒也沒有了。開口都是書香門第，父親不是尚書，就是宰相。生一個小姐，必是愛如珍寶。這小姐必是通文知禮，無所不曉，竟是個絕代佳人。

「只一見了一個清俊的男人，不管是親是友，便想起終身大事來，父母也忘了，書禮也忘了，鬼不成鬼，賊不成賊，那一點兒是佳人？便是滿腹文章，做出這些事來，也算不得是佳人了。比如男人，滿腹文章去作賊，難道那王法就說他是才子，不入賊情一案了不成？可知那編書的是自己塞了自己的嘴。

「再者，既說是世宦書香大家小姐，都知禮讀書，連夫人都知書識禮，便是告老還家，自然這樣大家人口不少，奶母丫鬟、服侍小姐的人也不少，怎麼這些書上，凡有這樣的事，就只小姐和緊跟的一個丫鬟？你們白想想，那些人都是管什麼的？可是前言不答後語？」

眾人聽了，都笑說：「老太太這一說，是謊都批出來了。」

……賈母笑道：「這有個原故：編這樣書的，有一等妒人家富貴，或有求不遂心，所以編出來汙穢人家。再一等他自己看了這些書，看魔了，他也想一個佳人，所以編了出來取樂。何嘗他知道那世宦讀書家的道理！

「別說他那書上那些世宦書禮大家，如今眼下真的拿我們這中等人家說起，也沒有這樣的事，別說是那些大家子。可知是謅掉了下巴的話。所以我們從不許說這些書，連丫頭們也不懂這些話。這幾年我老了，她們姊妹們住得遠，我偶然悶了，說幾句聽聽，她們一來，就忙叫歇了。」

李薛二人都笑說：「這正是大家的規矩，連我們家也沒這些雜話給孩子們聽見。」

鳳姐兒走上來斟酒笑道：「罷，罷！酒冷了，老祖宗喝一口潤潤嗓子再掰謊。這一回就叫作《掰謊記》，就出在本朝本地本年本月本日本時，老祖宗一張口難說兩家話，花開兩朵，各表一枝，是真是謊且不表，再整那觀燈看戲的人。老祖宗且讓這二位親戚吃一杯酒，看兩齣戲之後，再從昨朝話言掰起如何？」

她一面斟酒，一面笑說，未曾說完，眾人俱已笑倒。兩個女先生也笑個不住，都說：「奶奶好剛口[5]。奶奶要一說書，真連我們吃飯的地方也沒了。」

薛姨媽笑道：「妳少興頭些！外頭有人，比不得往常。」

鳳姐兒笑道：「外頭的只有一位珍大爺。我們還是論哥哥妹妹，從小兒一處淘氣淘了這麼大。這幾年因做了親，我如今立了多少規矩了。便不是從小兒的兄妹，便以伯叔論，那《二十四孝》上『斑衣戲彩』，他們不能來『戲彩』，引老祖宗笑一笑，我這裡好容易引得老祖宗笑了一笑，多吃了一點東西，大家喜歡，都該謝我才是，難道反笑話我不成？」

賈母笑道：「可是這兩日我竟沒有痛痛的笑一場，倒是虧她才一路笑得我心裡痛快了些，我再吃一鍾酒。」

吃著酒，又命寶玉：「也敬你姐姐一杯。」

鳳姐兒笑道：「不用他敬，我討老祖宗的壽罷。」說著，便將賈母的杯拿起來，將半杯剩酒吃了，將杯遞與丫鬟，另將溫

5. **剛口**——說書藝人用語，意為言詞爽利動聽，這裡意近「口才」。

水浸的杯換了一個上來。

於是各席上的杯都撤去，另將溫水浸著待換的杯斟了新酒上來，然後歸坐。

……女先生回說：「老祖宗不聽這書，或者彈一套曲子聽聽罷。」

賈母便說道：「妳們兩個對一套《將軍令》罷。」二人聽說，忙和弦按調撥弄起來。

……賈母因問：「天有幾更了？」

眾婆子忙回：「三更了。」

賈母道：「怪道寒浸浸起來。」早有丫鬟拿了添換的衣裳送來。

王夫人起身笑說道：「老太太不如挪進暖閣裡地炕上倒也罷了。這二位親戚也不是外人，我們陪著就是了。」

賈母聽說，笑道：「既這樣說，不如大家都挪進去，豈不暖和？」

王夫人道：「恐裡頭坐不下。」

賈母笑道：「我有道理。如今也不用這些桌子，只用兩三張並起來，大家坐在一處擠著，又親香，又暖和。」

眾人都道：「這才有趣。」

說著，便起了席。眾媳婦忙撤去殘席，裡面直順併了三張大桌，另又添換了果饌擺好。

……賈母便說：「這都不要拘禮，只聽我分派妳們就坐才好。」說著，便讓薛李正面上坐，自己西向坐了，叫寶琴、黛玉、湘雲三人皆緊依左右坐下，向寶玉說：「你挨著你太太。」於是邢夫人王夫人之中夾著寶玉，寶釵等姊妹在西邊，挨次下去便是婁氏帶著賈菌，尤氏、李紈夾著賈蘭，下面橫頭便是賈蓉之妻。

賈母便說：「珍哥兒帶著你兄弟們去罷，我也就睡了。」

…賈珍忙答應，又都進來。賈母道：「快去罷！不用進來，才坐好了，又都起來。你快歇著，明日還有大事呢。」

賈珍忙答應了，又笑道：「留下蓉兒斟酒才是。」

賈母笑道：「正是忘了他。」賈珍答應了一個「是」，便轉身帶領賈璉等出來。

二人自是歡喜，便命人將賈琮賈璜各自送回家去，便邀了賈璉去追歡買笑，不在話下。

…這裡賈母笑道：「我正想著，雖然這些人取樂，竟沒一對雙全的，就忘了蓉兒。這可全了，蓉兒就合你媳婦坐在一處，倒也團圓了。」因有家人媳婦回說開戲，賈母笑道：「我們娘兒們正說得興頭，又要吵起來。況且那孩子們熬夜，怪冷的。

也罷，叫她們且歇歇，把咱們的女子們叫了來，就在這臺上唱兩齣給她們瞧瞧。」

媳婦們聽了，答應了出來，忙得一面著人往大觀園去傳人，一面二門口去傳小廝們伺候。小廝們忙至戲房，將班中所有的大人一概帶出，只留下小孩子們。

……一時，梨香院的教習，帶了文官等十二個人，從遊廊角門出來。婆子們抱著幾個軟包，因不及抬箱，估量著賈母愛聽的三五齣戲的彩衣包了來。婆子們帶了文官等進去見過賈母，只垂手站著。

……賈母笑道：「大正月裡，妳師父也不放妳們出來逛逛？妳們唱什麼？剛才八齣《八義》鬧得我頭疼，咱們清淡些好。妳瞧瞧，薛姨太太、這李親家太太，都是有戲的人家，不知聽過多少好戲的。這些姑娘都比咱們家姑娘見過好戲，聽過好曲子。如今這小戲子又是那有名玩戲家的班子，雖是小孩子，卻比大班還強。咱們好歹別落了褒貶！少不得弄個新樣兒的。叫芳官唱一齣《尋夢》，只提琴[6]至管簫合，笙笛一概不用。」

文官笑道：「這也是的，我們的戲自然不能入姨太太和親家太太姑娘們的眼，不過聽我們一個發脫口齒[7]，再聽一個喉嚨罷了。」

賈母笑道：「正是這話了。」李嬸薛姨媽喜得都笑道：「好個靈透孩子！她也跟著老太太打趣我們。」

……賈母笑道：「我們這原是隨便的玩意兒，又不出去做買賣，所以竟不大合時。」說著又道：「叫葵官唱一齣《惠明下書》，也不用抹臉。只用這兩齣，叫他們聽個疏異[8]罷了。」

6. **提琴**——這裡指胡琴。

7. **發脫口齒**——唱戲時的發聲吐字。

8. **疏異**——這裡指新鮮別致的意思。

若省一點力，我可不依。」

文官等聽了出來，忙去扮演上臺，先是《尋夢》，次是《下書》。

眾人都鴉雀無聞。

……薛姨媽因笑道：「實在戲也看過幾百班，從沒見用簫管的。」

賈母道：「也有，只是像方才《西樓・楚江情》一支，多有小生吹簫合的。這大套的實在少，這也在主人講究不講究罷了。這算什麼出奇？」

指湘雲道：「我像她這麼大的時節，她爺爺有一班小戲，偏有一個彈琴的湊了來，即如《西廂記》的《聽琴》，《玉簪記》的《琴挑》，《續琵琶》的《胡笳十八拍》，竟成了真的了。比這個更如何？」

眾人都道：「這更難得了。」賈母便命個媳婦來，吩咐文官等，叫她們吹一套《燈月圓》。媳婦領命而去。

……當下賈蓉夫妻二人捧酒一巡，鳳姐兒因見賈母十分高興，便笑道：「趁著女先兒們在這裡，不如叫她們擊鼓，咱們傳梅，行一個『春喜上眉梢』[9]的令，如何？」賈母笑道：「這是個好令，正對時對景。」忙命人取了一面黑漆銅釘花腔令鼓來，與女先兒們擊著，席上取了一枝紅梅。賈母笑道：「若到誰手裡住了，吃一杯，也要說個什麼才好。」鳳姐兒笑道：「依我說，誰像老祖宗要什麼有什麼呢。我們這不會的，豈不沒意思。依我說也要雅俗共賞，不如誰輸了，誰說個笑話罷。」

眾人聽了，都知道她素日善說笑話，最是她肚內有無限的新鮮趣談。今見如此說，不但在席的諸人喜歡，連地下服侍的老小人等無不喜歡。那小丫頭子們都忙出去找姊喚妹的，告訴她們：「快來聽，二奶奶又說笑話兒了。」眾丫頭子們便擠了一屋子。

9. 春喜上眉梢——即「擊鼓傳梅」的雅稱。

…於是戲完樂罷，賈母命將些湯點果菜與文官等吃去，便命響鼓。那女先兒們皆是慣的，或緊或慢，或如殘漏之滴，或如迸豆之疾，或如驚馬之亂馳，或如疾電之光而忽暗；其鼓聲慢，傳梅亦慢，鼓聲疾，傳梅亦疾。

恰恰至賈母手中，鼓聲忽住。大家呵呵一笑，賈蓉忙上來斟了一杯。眾人都笑道：「自然老太太先喜了，我們才托賴些喜。」

賈母笑道：「這酒也罷了，只是這笑話倒有些難說。」

眾人都說：「老太太的比鳳姐兒的還好還多，賞一個，我們也笑一笑兒。」

…賈母笑道：「並沒什麼新鮮發笑的，少不得老臉皮子厚的說一個罷了。」

因說道：「一家子養了十個兒子，娶了十房媳婦。惟有第十個媳婦伶俐，心巧嘴乖。公婆最疼，成日家說那九個不孝順。這九個媳婦委屈，便商議說：『咱們九個心裡孝順，只是不像那小蹄子嘴巧，所以公公婆婆老了，只說她好。這委屈向誰訴去？』

「大媳婦有主意，便說道：『咱們明兒到閻王廟去燒香，和閻王爺說去，問他一問，叫我們托生人，為什麼單單的給那小蹄子一張乖嘴，我們都是笨的？』眾人聽了，都喜歡，說這主意不錯。第二日，便都到閻王廟裡來燒了香，九個人都在供桌底下睡著了。九個魂專等閻王駕到，左等不來，右等也不到。正著急，只見孫行者駕著筋斗雲來了，看見九個魂，便要拿金箍棒打，唬得九個魂忙跪下央求。

「孫行者問原故，九個人忙細細的告訴了他。孫行者聽了，把腳一跺，嘆了一口氣道：『這原故幸虧遇見我，等著閻王來了，他也不得知道的。』九個人聽了，就求說：『大聖發個慈悲，我們就好了。』孫行者笑道：『這卻不難。那日妳們妯娌十個托生時，可巧我到閻王那裡去的，因為撒了泡尿在地下，妳那小嬸子便吃了。妳們如今要伶俐嘴乖，有的是尿，再撒泡妳們吃了就是了。』」說畢，大家都笑起來。

……鳳姐兒笑道：「好的，幸而我們都笨嘴笨腮的，不然，也就吃了猴兒尿了。」

尤氏、婁氏都笑向李紈道：「咱們這裡誰是吃過猴兒尿的，別裝沒事人兒。」

薛姨媽笑道：「笑話兒不在好歹，只要對景就發笑。」

……說著又擊起鼓來。小丫頭子們只要聽鳳姐兒的笑話，便悄悄的和女先兒說明，以咳嗽為記。須臾傳至兩遍，剛到了鳳姐兒手裡，小丫頭子們故意咳嗽，女先兒便住了。眾人齊笑道：「這可拿住她了。快吃了酒，說一個好的，別太逗得人笑得腸子疼。」

……鳳姐兒想了一想，笑道：「一家子也是過正月半，合家賞燈吃酒，真真的熱鬧非常，祖婆婆、太婆婆、婆婆、媳婦、孫子媳婦、重孫子媳婦、親孫子、姪孫子、重孫子、灰孫子、滴滴搭搭的孫子、孫女兒、姪孫女兒、外孫女兒、姨表孫女兒、姑表孫女兒……噯喲喲，真好熱鬧！」

眾人聽她說著，已經笑了，都說：「聽數貧嘴的，又不知編派哪一個呢？」

尤氏笑道：「妳要招我，我可撕妳的嘴！」

鳳姐兒起身拍手笑道：「人家費力說，妳們混，我就不說了。」

賈母笑道：「妳說，妳說，底下怎麼樣？」

…鳳姐兒想了一想，笑道：「底下就團團的坐了一屋子，吃了一夜酒，就散了。」

眾人見她正言厲色的說了，別無它話，都怔怔的還等下話，只覺冰冷無味。

…史湘雲看了她半日。鳳姐兒笑道：「再說一個過正月半的。幾個人抬著個房子大的炮仗往城外放去，引了上萬的人跟著瞧去。有一個性急的人等不得，便偷著拿香點著了。只聽『噗哧』一聲，眾人哄然一笑都散了。這抬炮仗的人抱怨賣炮仗的捍得不結實，沒等放，就散了。」

湘雲道：「難道他本人沒聽見響？」

鳳姐兒道：「這本人原是聾子。」

…眾人聽說，一回想，不覺一齊失聲都大笑起來。又想著先前那一個沒完的，問她：「先一個怎麼樣？也該說完。」鳳姐兒將桌子一拍，說道：「好囉唆！到了第二日是十六日，年也完了，節也完了，我看著人忙著收東西還鬧不清，哪裡還知道底下的事了。」眾人聽說，復又笑將起來。

……鳳姐兒笑道：「外頭已經四更，依我說，老祖宗也乏了，咱們也該『聾子放炮仗——散了』罷。」尤氏等用手帕子握著嘴，笑的前仰後合，指她說道：「這個東西真會數貧嘴。」賈母笑道：「真真這鳳丫頭越發貧嘴了。」一面說，一面吩咐道：「她提起炮仗來，咱們也把煙火放了，解解酒。」

……賈蓉聽了，忙出去，帶著小廝們就在院內安下屏架，將煙火設吊齊備。這煙火皆係各處進貢之物，雖不甚大，卻極精巧，各色故事俱全，夾著各色花炮。

……林黛玉稟氣柔弱，不禁畢駁之聲，賈母便摟她在懷中。薛姨媽摟著湘雲。湘雲笑道：「我不怕。」寶釵等笑道：「她專愛自己放大炮仗，還怕這個呢！」王夫人便將寶玉摟入懷內。鳳姐兒笑道：「我們是沒有人疼的了。」

尤氏笑道：「有我呢，我摟著妳。也不怕臊，妳這會子又撒嬌了，聽見放炮仗，吃了蜜蜂兒屎似的，今兒又輕狂起來。」鳳姐兒笑道：「等散了，咱們園子裡放去。我比小廝們還放得好呢。」

……說話之間，外面一色一色的放了，又放了許多的滿天星、九龍入雲、一聲雷、飛天十響之類的零碎小爆竹方罷。然後又命小戲子打了一回「蓮花落」[10]，撒了滿臺的錢，命那些孩子們滿臺搶錢取樂。

10. **蓮花落**——曲藝的一種，原為行乞賣唱者所唱，後出現專業藝人。演唱內容多為民間傳說，打竹板按節拍伴奏，因而說「打了一回蓮花落」。

……又上湯時，賈母說道：「夜長，覺得有些餓了。」
鳳姐兒忙回說：「有預備的鴨子肉粥。」
賈母道：「我吃些清淡的罷。」
鳳姐兒忙道：「也有棗兒熬的粳米粥，預備太太們吃齋的。」
賈母笑道：「不是油膩膩的，就是甜的。」
鳳姐兒又忙道：「還有杏仁茶，只怕也甜。」
賈母道：「倒是這個還罷了。」
說著，又命人撤去殘席，外面另設上各種精緻小菜。大家隨便隨意吃了些，用過漱口茶，方散。

……十七日一早，又過寧府行禮，伺候掩了宗祠，收過影像，方回來。此日便是薛姨媽家請吃年酒。
十八日便是賴大家，十九日便是寧府賴升家，二十日便是林之孝家，二十一日便是單大良家，二十二日便是吳新登家。這幾家，賈母也有去的，也有不去的，也有高興，直待眾人散了方回的，也有興盡，半日一時就來的。

凡諸親友來請，或來赴席的，賈母一概怕拘束不會，自有邢夫人、王夫人、鳳姐兒三人料理。

連寶玉只除王子騰家去了，餘者亦皆不會，只說賈母留下解悶。所以倒是家下人家來請，賈母可以自便之處，方高興去逛逛，閒言不提。

且說當下元宵已過——要知端的，下回分解。

◎第五五回◎

辱親女愚妾爭閑氣
欺幼主刁奴蓄險心

……且說元宵已過，只因當今以孝治天下，目下宮中有一位太妃欠安，故各嬪妃皆為之減膳謝妝，不獨不能省親，亦且將宴樂俱免。故榮府今歲元宵亦無燈謎之集。

……剛將年事忙過，鳳姐兒便小月[1]了，在家一月不能理事，天天兩三個太醫用藥。鳳姐兒自恃強壯，雖不出門，然籌畫計算，想起什麼事來，便命平兒去回王夫人，任人諫勸，她只不聽。

……王夫人便覺失了膀臂，一人能有許多的精神？凡有了大事，自己主張；將家中

1. 小月——即小產、流產。

瑣碎之事，一應都暫令李紈協理。李紈是個尚德不尚才的，未免逞縱了下人。王夫人便命探春合同李紈裁處，只說過了一月，鳳姐將息好了，仍交與她。

……誰知鳳姐稟賦氣血不足，兼年幼不知保養，平生爭強鬥智，心力更虧，故雖係小月，竟著實虧虛下來。一月之後，復添了下紅之症。她雖不肯說出來，眾人看她面目黃瘦，便知失於調養。

王夫人只令她好生服藥調養，不令她操心。她自己也怕成了大症，遺笑於人，便想偷空調養，恨不得一時復舊如常。誰知一直服藥調養到八九月間，才漸漸的起復過來，下紅也漸漸止了。此是後話。

……如今且說王夫人見她如此，探春與李紈暫難謝事，園中人多，又恐失於照管，因又特請了寶釵來，托她各處小心：「老婆子們不中用，得空兒吃酒鬭牌，白日裡睡覺，夜裡鬥牌，我都知道的。鳳丫頭在外頭，她們還有個懼怕，如今她們又該取便了。

「好孩子，妳還是個妥當人。妳兄弟妹妹們又小，我又沒工夫，妳替我辛苦兩天，照看照看。凡有想不到的事，妳來告訴我，別等老太太問出來，我沒話回。那些人不好了，妳只管說。她們不聽，妳來回我。別弄出大事來才好。」寶釵聽說，只得答應了。

……時屆孟春，黛玉又犯了嗽疾。湘雲亦因時氣所感，亦臥病於蘅蕪苑，一天醫藥不斷。

……探春同李紈相住間隔，二人近日同事，不比往年，來往回話人等亦甚不便，故二人議定：每日早晨皆到園門口南邊的三間小花廳上去會齊辦事；吃過早飯，於午錯[2]方回房。這三間廳，原係預備省親之時眾執事太監起坐之處，故省親之後，也用不著了，每日只有婆子們上夜。如今天已和暖，不用十分修飾，只不過略略的鋪陳了，便可她二人起坐。這廳上也有一匾，題著「輔仁諭德」[3]四字，家下俗呼皆只叫「議事廳」。如今她二人每日卯正至此，午正方散。凡一應執事媳婦等來往回話者，絡繹不絕。

……眾人先聽見李紈獨辦，各各心中暗喜，以為李紈素日原是個厚道多恩無罰的，自然比鳳姐兒好搪塞。便添了一個探春，也都想著不過是個未出閨閣的年輕小姐，且素日也最平和恬淡，因此都不在意，比鳳姐兒前更懈怠了許多。只三四日後，幾件事過手，漸覺探春精細處不讓鳳姐，只不過

2. 午錯——剛過午，午後。

3. 輔仁諭德——此匾意謂對己要常補仁愛之不足，對人應宣諭良好的德性。

是言語安靜、性情和順而已。

…可巧連日有王公侯伯世襲官員十幾處，皆係榮寧非親即友，或世交之家，或有升遷，或有黜降，或有婚喪紅白等事，王夫人賀弔迎送，應酬不暇，前邊更無人照管。她二人便一日皆在廳上起坐，寶釵便一日在上房監察，至王夫人回方散。每於夜間針線暇時，臨寢之先，坐了小轎，帶領園中上夜人等，各處巡察一次。

…她三人如此一理，更覺比鳳姐兒當權時倒更謹慎了些。因而裡外下人都暗中抱怨說：「剛剛的倒了一個『巡海夜叉』，又添了三個『鎮山太歲』[4]，索性連夜裡偷著吃酒玩的工夫都沒了。」

4. 巡海夜叉、鎮山太歲——指擔當巡邏和守衛職責的惡鬼凶神。

……這日王夫人正是往錦鄉侯府去赴席，李紈與探春早已梳洗，伺候出門去後，回至廳上坐了。剛吃茶時，只見吳新登的媳婦進來回說：「趙姨娘的兄弟趙國基昨日死了。昨日回過太太，太太說知道了，叫回姑娘奶奶來。」說畢，便垂手旁侍，再不言語。

……彼時來回話者不少，都打聽她二人辦事如何：若辦得妥當，大家則安個畏懼之心，若少有嫌隙不當之處，不但不畏服，一出二門還要編出許多笑話來取笑。

吳新登的媳婦心中已有主意，若是鳳姐前，她便早已獻勤，說出許多主意，又查出許多舊例來，任鳳姐兒揀擇施行；如今她藐視李紈老實，探春是年輕的姑娘，所以只說出這一句話來，試她二人有何主見。

…探春便問李紈，李紈想了一想，便道：「前兒襲人的媽死了，聽見說賞銀四十兩，這也賞她四十兩罷了。」

吳新登家的媳婦聽了，忙答應個「是」，接了對牌就走。

…探春道：「妳且回來。」吳新登家的只得回來。

探春道：「妳且別支銀子。我且問妳：那幾年老太太屋裡的幾位老姨奶奶，也有家裡的，也有外頭的，這有個分別。家裡的若死了人是賞多少？外頭的死了人是賞多少？妳且說兩個我們聽聽。」

一問，吳新登家的便都忘了，忙陪笑回說：「這也不是什麼大事，賞多賞少，誰還敢爭不成？」

探春笑道：「這話胡鬧。依我說，賞一百倒好。若不按例，別說妳們笑話，明兒也難見妳二奶奶。」

吳新登家的笑道：「既這麼說，我查舊帳去，此時卻記不得。」

……探春笑道：「妳辦事辦老了的，還記不得，倒來難我們。妳素日回妳二奶奶，也現查去？若有這道理，鳳姐姐還不算利害，也就是算寬厚了！還不快找了來我瞧。再遲一日，不說妳們粗心，反像我們沒主意了。」

吳新登家的滿面通紅，忙轉身出來。眾媳婦們都伸舌頭。這裡又回別的事。

……一時吳家的取了舊帳來。探春看時，兩個家裡的賞過皆是二十兩，兩個外頭的皆賞過四十兩。外還有兩個外頭的，一個賞過一百兩，一個賞過六十兩。這兩筆底下皆有原故：一個是隔省遷父母之柩，外賞六十兩，一個是現買葬地，外賞二十兩。探春便遞與李紈看了。

探春便說：「給她二十兩銀子。把這帳留下，我們細看看。」

吳新登家的去了。

……忽見趙姨娘進來，李紈、探春忙讓坐。趙姨娘開口便說道：「這屋裡的人都踩下我的頭去還罷了。姑娘妳也想一想，該替我出氣才是。」一面說，一面眼淚鼻涕哭起來。

探春忙道：「姨娘這話說誰？我竟不解。誰踩姨娘的頭？說出來，我替姨娘出氣。」

趙姨娘道：「姑娘現踩我，我告訴誰去？」

探春聽說，忙站起來說道：「我並不敢。」李紈也忙站起來勸。

……趙姨娘道：「妳們請坐下，聽我說。我這屋裡熬油似的熬了這麼大年紀，又有妳和妳兄弟，這會子連襲人都不如了，我還有什麼臉？連妳也沒臉面，別說我了！」

……探春笑道：「原來為這個。我說我並不敢犯法違理。」

一面便坐了，拿帳翻與趙姨娘看，又念與她聽，又說道：「這是祖宗手裡舊規矩，人人都依著，偏我改了不成？也不但襲人，將來環兒收了外頭的，自然也是同襲人一樣。這原不是什麼爭大爭小的事，講不到有臉沒臉的話上。

「她是太太的奴才，我是按著舊規矩辦。說辦的好，領祖宗的恩典、太太的恩典；若說辦的不均，那是她糊塗不知福，也只好憑她抱怨去。太太連房子賞了人，我有什麼有臉之處；一文不賞，我也沒什麼沒臉之處。

「依我說，太太不在家，姨娘安靜些養神罷了，何苦只要操心？太太滿心疼我，因姨娘每每生事，幾次寒心。我但凡是個男人，可以出得去，我必早走了，立一番事業，那時自有我一番道理。偏我是女孩兒家，一句多話也沒有我亂說的。

「太太滿心裡都知道。如今因看重我，才叫我照管家務，還沒有做一件好事，姨娘倒先來作踐我。倘或太太知道了，怕我為難，不叫我管，那才正經沒臉呢，連姨娘也真沒臉！」一面說，一面不禁滾下淚來。

……趙姨娘沒了別話答對，便說道：「太太疼妳，妳越發該拉扯拉扯我們。妳只顧討太太的疼，就把我們忘了。」

探春道：「我怎麼忘了？叫我怎麼拉扯？這也問妳們各人，哪一個主子不疼出力得用的人？哪一個好人用人拉扯的？」

李紈在旁只管勸說：「姨娘別生氣。也怨不得姑娘，她滿心裡要拉扯，口裡怎麼說得出來。」

……探春忙道：「這大嫂子也糊塗了。我拉扯誰？誰家姑娘們拉扯奴才了？她們的好歹，妳們該知道，與我什麼相干！」

趙姨娘氣得問道：「誰叫妳拉扯別人去了？妳不當家，我也不來問妳。妳如今現說一是一，說二是二。如今妳舅舅死了，妳多給了二三十兩銀子，難道太太就不依妳？分明太太是好太太，都是妳們尖酸刻薄，可惜太太有恩無處使。

「姑娘放心，這也使不著妳的銀子。明兒等出了閣，我還想妳額外照看趙家呢。如今沒有長羽毛，就忘了根本，只揀高枝兒飛去了！」

……探春沒聽完，已氣的臉白氣噎，抽抽咽咽的一面哭，一面問道：「誰是我舅舅？我舅舅年下才陞了九省檢點，哪裡又跑出一個舅舅來？我倒素習按理尊敬，越發敬出這些親戚來了。既這麼說，環兒出去為什麼趙國基又站起來，又跟他上學？為什麼不拿出舅舅的款來？

「何苦來，誰不知道我是姨娘養的！必要過兩三個月尋出由頭來，徹底來翻騰一陣，生怕人不知道，故意的表白表白。也不知誰給誰沒臉？幸虧我還明白，但凡糊塗不知理的，早急了！」李紈急得只管勸，趙姨娘只管還嘮叨。

…忽聽有人說：「二奶奶打發平姑娘說話來了。」趙姨娘聽說，方把口止住。只見平兒走進來，趙姨娘忙陪笑讓坐，又忙問：「妳奶奶好些？我正要瞧去，就只沒得空兒。」

…李紈見平兒進來，因問她：「來做什麼？」平兒笑道：「奶奶說，趙姨奶奶的兄弟沒了，恐怕奶奶和姑娘不知有舊例，若照常例，只得二十兩。如今請姑娘裁奪著，再添些也使得。」

…探春早已拭去淚痕，忙說道：「又好好的添什麼？誰又是二十四個月養下來的？不然也是那出兵放馬、背著主子逃出命來過的人不成？妳主子真個倒巧，叫我開了例，她做好人，拿著太太不心疼的錢，樂得做人情。」

「妳告訴她，我不敢添減，混出主意。她添她施恩，等她好了出來，愛怎麼添添去。」平兒一來時，已明白了對半，今聽這一番話，越發會意，見探春有怒色，便不敢以往日喜樂之時相待，只一邊垂手默侍。

…時值寶釵也從上房中來，探春等忙起身讓坐。未及開言，又有一個媳婦進來回事。

…因探春才哭了，便有三四個小丫鬟捧了沐盆、巾帕、靶鏡等物來。此時探春因盤膝坐在矮板榻上，那捧盆的丫鬟走至跟前，便雙膝跪下，高捧沐盆，那兩個小丫鬟也都在旁屈膝捧著巾帕並靶鏡脂粉之飾。

平兒見侍書不在這裡，便忙上來與探春挽袖卸鐲，又接過一條大手巾來，將探春面前衣襟掩了。探春方伸手向面盆中盥沐。

……那媳婦便回道：「回奶奶、姑娘，家學裡支環爺和蘭哥兒的一年公費。」

平兒先道：「妳忙什麼！妳睜著眼看見姑娘洗臉，妳不出去伺候著，倒先說話來。二奶奶跟前，妳也這麼沒眼色來著？姑娘雖然恩寬，我去回了二奶奶，只說妳們眼裡都沒姑娘，妳們都吃了虧，可別怨我！」

唬得那個媳婦忙陪笑說道：「我粗心了。」一面說，一面忙退出去。

……探春一面勻臉，一面向平兒冷笑道：「妳遲了一步，還有可笑的：連吳姐姐這麼個辦老了事的，也不查清楚了，就來混我們。幸虧我們問她，她竟有臉說忘了。我說她回妳主子事也忘了再找去？我料著妳那主子未必有耐性兒等她去找。」平兒忙笑道：「她有這一次，管包腿上的筋早折了兩根。姑娘別信她們。那是她們瞅著大奶奶是個菩薩，姑娘又是個靦腆小姐，固然是托懶來混。」說著，又向門外說道：「妳們只管撒野，等奶奶大安了，咱們再說。」門外的眾媳婦都笑道：「姑娘，妳是個最明白的人，俗語說，『一人作罪一人當』，我們並不敢欺蔽小姐。如今小姐是嬌客[5]，若認真惹惱了，死無葬身之地。」平兒冷笑道：「妳們明白就好了。」又陪笑向探春道：「姑娘知道二奶奶本來事多，哪裡照看得這些，保不住不忽略。俗語說，『旁觀者清』，這幾年姑娘冷眼看著，或有該添該減的去處，二奶奶沒行到，姑娘竟一添減：頭一件，於太太的事有益，第二件，也不枉姑娘待我們奶奶

5. **嬌客**——舊俗女婿或女兒都可稱嬌客，這裡指探春。

的情義了。」

……話未說完，寶釵李紈皆笑道：「好丫頭，真怨不得鳳丫頭偏疼她！本來無可添減的事，如今聽妳一說，倒要找出兩件來斟酌斟酌，不辜負妳這話。」

探春笑道：「我一肚子氣，沒人煞性子，正要拿她奶奶出氣去，偏她碰了來，說了這些話，叫我也沒了主意了。」

……一面說，一面叫進方才那媳婦來問：「環爺和蘭哥兒家學裡這一年的銀子，是做哪一項用的？」

那媳婦便回說：「一年學裡吃點心或者買紙筆，每位有八兩銀子的使用。」

探春道：「凡爺們的使用，都是各屋裡領了月錢的。環哥的是姨娘領二兩，寶玉的是老太太屋裡襲人領二兩，蘭哥兒的是大奶奶屋裡領。怎麼學裡每人又多這八兩？原來上學去的，是為這八兩銀子！從今兒起把這一項蠲了。平兒回去告訴妳奶奶，說我的話，把這一條務必免了。」

平兒笑道：「早就該免。舊年奶奶原說要免的，因年下忙，就忘了。」那個媳婦只得答應著去了。就有大觀園中媳婦捧了飯盒來。

……侍書、素雲早已抬過一張小飯桌來，平兒也忙著上菜。

探春笑道：「妳說完了話，幹妳的去罷，在這裡又忙什麼？」

平兒笑道：「我原沒事的，二奶奶打發了我來，一則說話，二則恐這裡人不方便，原是叫我幫著妹妹們服侍奶奶、姑娘的。」

探春因問：「寶姑娘的飯怎麼不端來一處吃？」

丫鬟們聽說，忙出至檐外，命媳婦去說：「寶姑娘如今在廳上一處吃，叫她們把飯送了這裡來。」

探春聽說，便高聲說道：「妳別混支使人！那都是辦大事的管家娘子們，妳們支使她要飯要茶的，連個高低都不知道！平兒這裡站著，妳叫叫去。」

⋯平兒忙答應了一聲出來。那些媳婦們都忙悄悄的拉住笑道：「哪裡用姑娘去叫，我們已有人叫去了。」

一面說，一面用手帕撣石磯上說：「姑娘站了半天乏了，這太陽影裡且歇歇。」平兒便坐下。

又有茶房裡的兩個婆子拿了個坐褥鋪下，說：「石頭冷，這是極乾淨的，姑娘將就坐一坐罷。」

平兒忙陪笑道：「多謝。」

一個又捧了一碗精緻新茶出來，也悄悄笑說：「這不是我們常用的茶，原是伺候姑娘們的，姑娘且潤一潤罷。」

……平兒忙欠身接了，因指眾媳婦悄悄說道：「妳們太鬧得不像了。她是個姑娘家，不肯發威動怒，這是她尊重，妳們就藐視欺負她。果然招她動了大氣，不過說她一個粗糙就完了，妳們就現吃不了的虧！她撒個嬌，太太也得讓她一二分，二奶奶也不敢怎樣。妳們就這麼大膽子小看她，可是雞蛋往石頭上碰。」

眾人都忙道：「我們何嘗敢大膽了，都是趙姨奶奶鬧的。」

……平兒也悄悄的說：「罷了，好奶奶們。『牆倒眾人推』，那趙姨奶奶原有些顛倒著三不著兩的，有了事就都就賴她。妳們素日那眼裡沒人，心術厲害，我這幾年難道還不知道？「二奶奶若是略差一點兒的，早被妳們這些奶奶治倒了。饒這麼著，得一點空兒，還要難她一難，好幾次沒落了妳們的口聲[6]。」

6. **口聲**——即口實、話柄。

眾人都道：「如何敢？」

平兒道：「妳們都怕她，惟我知道她心裡也就不算不怕妳們呢。前兒我們還議論到這裡，再不能依頭順尾的，必有兩場氣生。那三姑娘雖是個姑娘，妳們都橫看了她。二奶奶在這些大姑子、小姑子裡頭，也就只單畏她五分。妳們這會子倒不把她放在眼裡了！」

……正說著，只見秋紋走來，眾媳婦忙趕著問好，又說：「姑娘也且歇一歇，裡頭擺飯呢。等撤下飯桌子，再回話去。」

秋紋笑道：「我比不得妳們，我哪裡等得。」說著，便直要上廳去。

平兒忙叫：「快回來！」

秋紋回頭見了平兒，笑道：「妳又在這裡充什麼外圍的防護？」

一面回身便坐在平兒褥上。

……平兒悄問：「回什麼？」

秋紋道：「問一問寶玉的月銀，我們的月錢，多早晚才領。」

平兒道：「這什麼大事！妳快回去告訴襲人，說我的話，憑有什麼事，今兒都別回。若回一件，管駁一件；回一百件，管駁一百件。」

秋紋聽了，忙問：「這是為什麼了？」

……平兒與眾媳婦等都忙告訴她原故，又說：「正要找幾件厲害事與有體面的人來開例，作法子鎮壓，與眾人作榜樣呢。何苦妳們先來碰在這釘子上！

「妳這一去說了，她們若拿你們也作一二件榜樣，又礙著老太太、太太；若不拿著妳們作一二件，人家又說偏一個向一個，仗著老太太、太太威勢的就怕，也不敢動，只拿著軟的作鼻子頭[7]。妳聽聽罷，二奶奶的事，她還要駁兩件，才壓得眾人口聲呢。」

秋紋聽了，伸舌笑道：「幸而平姐姐在這裡，沒的臊一鼻子灰。我趕早知會她們去。」說著，便起身走了。

……接著寶釵的飯至，平兒忙進來服侍。那時趙姨娘已去，三人在板床上吃飯。寶釵面南，探春面西，李紈面東。眾媳婦皆在廊下靜候，裡頭只有她們緊跟常侍的丫鬟伺候，別人一概不敢擅入。

……這些媳婦們都悄悄的議論說：「大家省事罷，別安著沒良心的主意。連吳大娘才都討了沒意思，咱們又是什麼有臉的！」她們一邊悄議，等飯完回事。只覺裡面鴉雀無聲，並不聞碗

7. 鼻子頭——開頭第一個，指頭一例。

箸之聲。

……一時，只見一個丫鬟將簾櫳高揭，又有兩個將桌抬出。茶房內早有三個丫頭捧著三沐盆水，見飯桌已出，三人便進去了，一回又捧出沐盆並漱盂來，方有侍書、素雲、鶯兒三個每人用茶盤捧了三蓋碗茶進去。

一時等她三人出來，侍書命小丫頭子：「好生伺候著，我們吃了飯來換妳們，別又偷坐著去。」眾媳婦們方慢慢的一個一個的安分回事，不敢如先前輕慢疏忽了。

……探春氣方漸平，因向平兒道：「我有一件大事，早要和妳奶奶商議，如今可巧想起來。妳吃了飯快來。寶姑娘也在這裡，咱們四個人商議了，再細細問妳奶奶可行可止。」平兒答應回去。

……鳳姐因問：「為何去這一日？」平兒便笑著將方才的原故細細說與他聽了。鳳姐兒笑道：「好，好，好個三姑娘！我說她不錯。只可惜她命薄，沒托生在太太肚裡。」

平兒笑道：「奶奶也說糊塗話了。她便不是太太養的，難道誰敢小看她，不與別的一樣看了？」

……鳳姐兒嘆道：「妳哪裡知道，雖然庶出一樣，女兒卻比不得男人，將來攀親時，如今有一種輕狂人，先要打聽姑娘是正出庶出，多有為庶出不要的。殊不知別說庶出，便是我們的丫頭，比人家的小姐還強呢。將來不知哪個沒造化的，挑庶正誤了事呢；也不知哪個有造化的，不挑庶正的得了去。」

說著，又向平兒笑道：「妳知道我這幾年生了多少省儉的法子，一家子大約也沒個不背地裡恨我的。我如今也是騎上老虎了。雖然看破些，無奈一時也難寬放。二則家裡出去的多，進來的少；凡百大小事仍是照著老祖宗手裡的規矩，卻一年進的產業又不及先時。多省儉了，外人又笑話，老太太、太太也受委屈，家下人也抱怨刻薄；若不趁早兒料理省儉之計，再幾年就都賠盡了。」

平兒道：「可不是這話！將來還有三四位姑娘，還有兩三個小爺，一位老太太，這幾件大事未完呢。」

鳳姐兒笑道：「我也慮到這裡。倒也夠了：寶玉和林妹妹，他兩個一娶一嫁，可以使不著官中的錢，老太太自有梯己拿出來。二姑娘是大老爺那邊的，也不算。剩了三四個，滿破著每人花上一萬銀子。環哥娶親有限，花上三千兩銀子，不拘哪裡省一抿子[8]也就夠了。老太太的事出來，一應都是全了的，不過零星雜項，便費也滿破三五千兩。如今再儉省些，陸續也當就夠了。只怕如今平空再生出一兩件事來，可就了

8.一抿子——一點點，一小宗。抿子，原指刮刷頭髮的小刷子。

不得了。

「咱們且別慮後事，妳且吃了飯，快聽她們商議什麼。這正碰了我的機會，我正愁沒個膀臂。雖有個寶玉，他又不是這裡頭的貨，縱收伏了他，也不中用。大奶奶是個佛爺，也不中用。二姑娘更不中用，亦且不是這屋裡的人。四姑娘小呢。蘭小子更小。環兒更是個燎毛的小凍貓子，只等有熱灶火炕讓他鑽去罷。真真一個娘肚子裡跑出這樣天懸地隔的兩個人來，我想到這裡就不服。

「再者林丫頭和寶姑娘她兩個倒好，偏又都是親戚，又不好管咱家務事。況且一個是美人燈兒，風吹吹就壞了；一個是拿定了主意，『不干己事不張口，一問搖頭三不知』，也難十分去問她。倒只剩了三姑娘一個，心裡嘴裡都也來得，又是咱家的正人，太太又疼她，雖然面上淡淡的，皆因是趙姨娘那老東西鬧的，心裡卻是和寶玉一樣呢。比不得環兒，實在令人難疼，要依我的性子早攆出去了。

「如今她既有這主意，正該和她協同，大家做個膀臂，我也不孤不獨了。按正理，天理良心上論，咱們有她這一個人幫著，咱們也省些心，於太太的事也有些益。若按私心藏奸上論，我也太行毒了，也該抽頭退步，回頭看看了；再要窮追苦克，人恨極了，暗地裡笑裡藏刀，咱們兩個才四個眼睛，兩個心，一時不防，倒弄壞了。趁著緊溜之中，她出頭一料理，眾人就把往日咱們的恨暫可解了。

「還有一件，我雖知妳極明白，恐怕妳心裡挽不過來，如今囑咐妳：她雖是姑娘家，心裡卻事事明白，不過是言語謹慎。她又比我知書識字，更厲害一層了。如今俗語說，『擒賊必先擒王』，她如今要作法開端，一定是先拿我開端。倘或她要駁我的事，妳可別分辯，妳只越恭敬，越說駁得是才好。千萬別想著怕我沒臉，和她一強，就不好了。」

……平兒不等說完，便笑道：「妳太把人看糊塗了。我才已經行在先，這會子又反囑咐我。」

鳳姐兒笑道：「我是恐怕妳心裡眼裡只有了我，一概沒有別人之故，不得不囑咐；既已行在先，更比我明白了。妳又急了，滿口裡『妳』『我』起來。」

平兒道：「偏說『妳』！妳不依，這不是嘴巴子，再打一頓。難道這臉上還沒嘗過的不成！」

鳳姐兒笑道：「妳這小蹄子，要掂多少過子[9]才罷。看我病得這樣，還來慪我！過來坐下，橫豎沒人來，咱們一處吃飯是正經。」

……說著，豐兒等三四個小丫頭子進來放小炕桌。鳳姐只吃燕窩粥，兩碟子精緻小菜，每日份例菜已暫減去。豐兒便將平兒的四樣份例菜端至桌上，與平兒盛了飯來。平兒屈一膝於炕

9. 掂多少過子——翻過多少遍的意思。

沿之上，半身猶立於炕下，陪著鳳姐兒吃了飯，服侍漱盥。漱畢，囑咐了豐兒些話，方往探春處來。

……只見院中寂靜，人已散出。要知端的，下回分解。

◎第五六回◎ 敏探春興利除宿弊 時寶釵小惠全大體

…話說平兒陪著鳳姐兒吃了飯，服侍盥漱畢，方往探春處來。只見院中寂靜，只有丫鬟婆子諸內壼[1]近人在窗外聽候。

…平兒進入廳中，她姊妹三人正議論些家務，說的便是年內賴大家請吃酒，他家花園中事故。

見她來了，探春便命她腳踏上坐了，因說道：「我想的事不為別的，因想著我們一月有二兩月銀外，丫頭們又另有月錢。前兒又有人回，要我們一月所用的頭油脂粉，每人又是二兩。這又同才剛學裡的八兩一樣，重重疊疊，事雖小，錢有限，看起來也不妥當。妳奶奶怎麼就沒想到這個？」

……平兒笑道：「這有個原故：姑娘們所用的這些東西，自然是該有分例。每月買辦買了，令女人們各房交與我們收管，不過預備姑娘們使用就罷了；沒有個我們天天各人拿著錢找人買頭油又是脂粉去的理。所以外頭買辦總領了去，按月使女人按房交與我們的。

「姑娘們的每月這二兩，原不是為買這些的，原為的是一時當家的奶奶、太太或不在，或不得閒，姑娘們偶然一時可巧要幾個錢使，省得找人去。這是恐怕姑娘們受委屈，可知這個錢並不是買這個才有的。

「如今我冷眼看著，各房裡的我們的姊妹都是現拿錢買這些東西的竟有一半。我就疑惑，不是買辦脫了空，遲些日子，就是買的不是正經貨，弄些使不得的東西來搪塞。」

1. 內壼（音捆）——即內室。閫，通「閫」，宮中的間道，引申為內宮的代稱。

…探春、李紈都笑道：「妳也留心看出來了。脫空是沒有的，也不敢，只是遲些日子，催急了，不知哪裡弄些來，不過是個名兒，其實使不得，依然得現買。就用這二兩銀子，另叫別人的奶媽子的或是弟兄哥哥的兒子買了來，才使得。若使了官中的人，依然是那一樣的。不知他們是什麼法子，是鋪子裡壞了不要的，他們都弄了來，單預備給我們。」

…平兒笑道：「買辦買的是那樣的，他買了好的來，買辦豈肯和他善開交，又說他使壞心要奪這買辦了。所以他們也只得如此，寧可得罪了裡頭，不肯得罪了外頭辦事的人。姑娘們只使奶媽子們，他們也就不敢閒話了。」

…探春道：「因此我心中不自在。錢費兩起，東西又白丟一半，通算起來，反費了兩折子，不如竟把買辦的每月蠲了為是。

此是一件事。第二件，年裡往賴大家去，妳也去的，妳看他那小園子，比咱們這個如何？」

平兒笑道：「還沒有咱們這一半大，樹木花草也少多了。」

……探春道：「我因和他家女兒說閒話兒。誰知那麼個園子，除他們戴的花、吃的筍菜魚蝦之外，一年還有人包了去，年終足有二百兩銀子剩。從那日，我才知道，一個破荷葉，一根枯草根子，都是值錢的。」

……寶釵笑道：「真真膏粱紈褲之談。雖是千金小姐原不知這事，但妳們都念過書，識字的，竟沒看見朱夫子有一篇《不自棄》文不成？」

探春笑道：「雖也看過，那不過是勉人自勵，虛比浮詞，哪裡都真有的？」

寶釵道：「朱子都有虛比浮詞？那句句都是有的。妳才辦了兩天時事，就利欲薰心，把朱子都看虛浮了。妳再出去，見了那些利弊大事，越發把孔子也看虛了！」

探春笑道：「妳這樣一個通人[2]，竟沒看見《姬子》書？當日姬子有云：『登利祿之場，處運籌之界者，竊堯舜之詞，背孔孟之道。』」

寶釵笑道：「底下一句呢？」

探春笑道：「如今只斷章取義。念出底下一句，我自己罵我自己不成？」

……寶釵道：「天下沒有不可用的東西，既可用，便值錢。難為妳是個聰敏人，這些正事，大節目事竟沒經歷，也可惜遲了。」

李紈笑道：「叫了人家來，不說正事，妳們且對講學問！」

2. 通人——博古通今之人。

寶釵道：「學問中便是正事。此刻於小事上用學問一提，那小事越發作高一層了。不拿學問提著，便都流入市俗去了。」三人只是取笑之談，說笑了一回，便仍談正事。

探春因又接說道：「咱們這園子只算比他們的多一半，加一倍算，一年就有四百銀子的利息。若此時也出脫生發銀子，自然小器，不是咱們這樣人家的事。若派出兩個一定的人來，既有許多值錢之物，一味任人作踐，也似乎暴殄天物。「不如在園子裡所有的老媽媽中，揀出幾個本分老誠能知園圃事的，派准她們收拾料理，也不必要她們交租納稅，只問她們一年可以孝敬些什麼。一則園子有專定之人修理，花木自然一年好似一年的，也不用臨時忙亂。二則也不至作踐，白辜負了東西。三則老媽媽們也可借此小補，不枉年日子在園中辛苦。四則亦可以省了這些花兒匠、山子匠並打掃人等的工費。將此有餘以補不足，未為不可。」

……寶釵正在地下看壁上的字畫，聽如此說一則，便點一回頭，說完，便笑道：「善哉，三年之內無飢饉矣！」

李紈笑道：「好主意。這果一行，太太必喜歡。省錢事小，第一有人打掃，專司其職，又許她們去賣錢。使之以權，動之以利，再無不盡職的了。」

平兒道：「這件事須得姑娘說出來。我們奶奶雖有此心，也未必好出口。此刻姑娘們在園裡住著，不能多弄些玩意兒去陪襯，反叫人去監管修理，圖省錢，這話斷不好出口。」

……寶釵忙走過來，摸著她的臉笑道：「妳張開嘴，我瞧瞧妳的牙齒、舌頭是什麼作的。從早起來到這會子，妳說這些話，一套一個樣子，也不奉承三姑娘，也沒見妳說奶奶才短想不到，也並沒有三姑娘說一句妳就說一句是。橫豎三姑娘一套話出來，妳就有一套話進去。總是三姑娘想得到的，妳奶奶也想到了，只是必有個不可辦的原故。

「這會子又是因姑娘住的園子，不好因省錢令人去監管。妳們想想這話，若果真交與人弄錢去的，那人自然是一枝花也不許掐，一個果子也不許動了，姑娘們分中自然不敢，天天與小姑娘們就吵不清。她這遠愁近慮，不亢不卑，她奶奶便不是和咱們好，聽她這一番話，也必要自愧得變好了，不和也變和了。」

……探春笑道：「我早起一肚子氣，聽她來了，忽然想起她主子來，素日當家使出來的好撒野的人，我見了她更生了氣。誰知她來了，避貓鼠兒似的站了半日，怪可憐的。接著又說了那麼些話，不說她主子待我好，倒說『不枉姑娘待我們奶奶素日的情意了。』

「這一句話，不但沒了氣，我倒愧了，又傷起心來。我細想，我一個女孩兒家，自己還鬧得沒人疼沒人顧的，我哪裡還有好處去待人。」口內說到這裡，不免又流下淚來。

……李紈等見她說得懇切，又想她素日因趙姨娘每生誹謗，在王夫人跟前，亦為趙姨娘所累，亦都不免流下淚來，都忙勸道：「趁今日清淨，大家商議兩件興利剔弊的事，也不枉太太委託一場。又提這沒要緊的事做什麼？」

……平兒忙道：「我已明白了。姑娘竟說誰好，竟一派人就完了。」

探春道：「雖如此說，也須得回妳奶奶一聲。我們這裡搜剔小遺，已經不當。皆因妳奶奶是個明白人，我才這樣行，若是糊塗多蠱多妒[3]的，我也不肯，倒像抓她乖一般。豈可不商議了行。」

平兒笑道：「既這樣，我去告訴一聲。」說著去了，半日方回

3. 多蠱多妒——居心歹毒，多所猜疑和妒忌。

來，笑說：「我說是白走一趟，這樣好事，奶奶豈有不依的。」

……探春聽了，便和李紈命人將園中所有婆子的名單要來，大家參度，大概定了幾個。又將她們一齊傳來，李紈大概告訴與她們。眾人聽了，無不願意，也有說：「那一片竹子單交給我，一年工夫，明年又是一片。除了家裡吃的筍，一年還可交些錢糧。」

這一個說：「那一片稻地交給我，一年這些頑的大小雀鳥的糧食，不必動官中錢糧，我還可以交錢糧。」

……探春才要說話，人回：「大夫來了，進園瞧姑娘。」眾婆子只得去領大夫。

平兒忙說：「單妳們，有一百個也不成個體統，難道沒有兩個管事的頭腦帶進大夫來？」回事的那人說：「有，吳大娘和單大娘她兩個在西南角上聚錦門等著呢。」平兒聽說，方罷了。

……眾婆子去後，探春問寶釵如何。寶釵笑答道：「幸於始者怠於終，繕其辭者嗜其利。」[4]探春聽了，點頭稱讚，便向冊上指出幾個人來與她三人看。平兒忙去取筆硯來。她三人說道：「這一個老祝媽是個妥當的，況她老頭子和她兒子，代代都是管打掃竹子，如今竟把這所有的竹子交與她。這一個老田媽本是種莊稼的，稻香村一帶凡有菜蔬稻稗之類，雖是頑意兒，不必認真大治大耕，也須得她去，再一按時加些培植，豈不更好？」

……探春又笑道：「可惜蘅蕪苑和怡紅院這兩處大地方，竟沒有出利息之物！」

4.幸於始者怠於終，繕其辭者嗜其利——意指開頭因僥倖獲利而興頭很高的人，最終是會懈怠的；嘴上說得好聽的人，特別愛占便宜。

李紈忙笑道：「蘅蕪苑裡更利害！如今香料鋪並大市大廟賣的各處香料、香草兒，都不是這些東西？算起來，比別的利息更大。

「怡紅院別說別的，單只說春夏天一季玫瑰花，共下多少花？還有一帶籬笆上的薔薇、月季、寶相[5]、金銀藤，單這沒要緊的草花乾了，賣到茶葉鋪藥鋪去，也值幾個錢。」

探春笑道：「原來如此。只是弄香草的沒有在行的人。」

平兒忙笑道：「跟寶姑娘的鶯兒，她媽就是會弄這個的，上回她還採了些曬乾了辮成花籃葫蘆給我頑的，姑娘倒忘了不成？」

寶釵笑道：「我才贊妳，妳倒來捉弄我了。」

三人都詫異，都問：「這是為何？」

寶釵道：「斷斷使不得！妳們這裡多少得用的人，一個一個閒著沒事辦，這會子我又弄個人來，叫那起人連我也看小了。

5. **寶相**——花名，屬薔薇科。

「我倒替你們想出一個人來：怡紅院有個老葉媽，她就是茗煙的娘。那是個誠實老人家，她又和我們鶯兒的娘極好，不如把這事交與葉媽。她有不知的，不必咱們說，她就找鶯兒的娘去商議了。哪怕葉媽全不管，竟交與那一個，那是她們私情兒，有人說閒話，也就怨不到咱們身上了。如此一行，妳們辦得又至公，於事又甚妥。」

…李紈、平兒都道：「是極。」

探春笑道：「雖如此，只怕她們見利忘義。」

平兒笑道：「不相干，前兒鶯兒還認了葉媽做乾娘，請吃飯吃酒，兩家和厚的好的很呢。」探春聽了，方罷了。又共同斟酌出幾人來，俱是她四人素昔冷眼取中的，用筆圈出。

…一時，婆子們來回：「大夫已去。」將藥方送上去，三人看了，一面遣人送出去取藥，監派調服；一面探春與李紈明示諸人：某人管某處，按四季除家中定例用多少外，餘者任憑你們採取了去取利，年終算賬。

……探春笑道：「我又想起一件事：若年終算賬歸錢時，自然歸到賬房，仍是上頭又添一層管主，還在他們手心裡，又剝一層皮。這如今我們興出這事來派了妳們，已是跨過他們的頭去了，心裡有氣，只說不出來。妳們年終去歸賬，他還不捉弄妳們等什麼？

「再者，這一年間管什麼的，主子有一全分，他們就得半分。這是家裡的舊例，人所共知的，別的偷著的在外。如今這園子裡是我的新創，竟別入他們手，每年歸賬，竟歸到裡頭來才好。」

……寶釵笑道：「依我說，裡頭也不用歸賬，這個多了，那個少了，倒多了事。不如問她們誰領這一分的，她就攬一宗事去。不過是園裡的人的動用的東西。「我替妳們算出來了，有限的幾宗事：不過是頭油、胭粉、香、紙，每一位姑娘幾個丫頭，都是有定例的。再者，各處笤帚、撮簸、撣子並大小禽鳥、鹿、兔吃的糧食。不過這幾樣，都是她們包了去，不用賬房去領錢。妳算算，就省下多少來？」

平兒笑道：「這幾宗雖小，一年通共算了，也省得下四百兩銀子。」

……寶釵笑道：「卻又來，一年四百，二年八百兩，取租的錢，房子也能看得了幾間，薄地也可添幾畝。雖然還有敷餘的，但她們既辛苦鬧一年，也要叫她們剩些，粘補粘補自家。雖是興利節用為綱，然亦不可太嗇。縱再省上二三百銀子，失了大體統，也不像。

「所以如此一行，外頭賬房裡一年少出四五百銀子，也不覺得很艱嗇了，她們裡頭卻也得些小補。這些沒營生的媽媽們，也寬裕了；園子裡花木，也可以每年滋長蕃盛；妳們也得了可使之物。這庶幾不失大體。

「若一味要省時，哪裡不搜尋出幾個錢來。凡有些餘利的，一概入了官中，那時裡外怨聲載道，豈不失了妳們這樣人家的大體？如今這園裡幾十個老媽媽們，若只給了這個，那剩的也必抱怨不公。我才說的，她們只供給這幾樣，也未免太寬裕了。

「一年竟除了這個之外，她每人不論有餘無餘，只叫她拿出若干貫錢來，大家湊齊，單散與園中這些媽媽們。她們雖不料理這些，卻日夜也是在園中照看、當差之人，關門閉戶，起早睡晚，大雨大雪，姑娘們出入，抬轎子，撐船，拉冰床[6]。一應粗糙活計，都是她們的差使。一年在園裡辛苦到頭，這園內既有出息，也是分內該沾帶些的。「還有一句至小的話，索性說破了：妳們只管了自己寬裕，不分與她們些，她們雖不敢明怨，心裡卻都不服，只用假公濟私的，多摘妳們幾個果子，多掐幾枝花兒，妳們有冤還沒處訴。她們也沾帶了些利息，妳們有照顧不到的，她們就替妳照顧了。」

……眾婆子聽了這個議論，又去了賬房受轄制，又不與鳳姐兒去算賬，一年不過多拿出若干貫錢來，各各歡喜異常，都齊聲說：「願意。強如出去被他們揉搓著，還得拿出錢來呢。」那不得管的聽了每年終又無故得分錢，也都喜歡起來，口內說：「她們辛苦收拾，是該剩些錢粘補的。我們怎麼好『穩

6. 冰床—在冰上滑行用的小坐床。

坐吃三注』[7]的？」

……寶釵笑道：「媽媽們也別推辭了，這原是分內應當的。妳們只要日夜辛苦些，別躲懶縱放人吃酒賭錢就是了。不然，我也不該管這事。妳們一般聽見，姨娘親口囑咐我三五回，說大奶奶如今又不得閒兒，別的姑娘又小，托我照看照看。我若不依，分明是叫姨娘操心。妳們奶奶又多病多痛，家務也忙。我原是個閒人，便是個街坊鄰居，也要幫著些，何況是親姨娘托我。我免不得去小就大，講不起眾人嫌我。

「倘或我只顧了小分，沽名釣譽，那時酒醉賭博，生出事來，我怎麼見姨娘？妳們那時後悔也遲了，就連妳們素日的老臉也都丟了。這些姑娘小姐們，這麼一所大花園，都是妳們照看，皆因看得妳們是三四代的老媽媽，最是循規遵矩的，原該大家齊心顧些體統。妳們反縱放別人任意吃酒賭博，姨娘

7. **穩坐吃三注**——不費力氣而穩得多方錢財的意思。三注，指押在上門、下門和天門三個位置上的賭注。

聽見了，教訓一場猶可，倘若被那幾個管家娘子聽見了，她們也不用回姨娘，竟教導妳們一番。妳們這年老的，反受了年小的教訓，雖是她們是管家，管的著妳們，何如自己存些體統，她們如何得來作踐？

「所以我如今替妳們想出這個額外的進益來，也為大家齊心，把這園裡周全得謹謹慎慎，使那些有權執事的看見這般嚴肅謹慎，且不用她們操心，她們心裡豈不敬服。也不用替妳們籌畫進益，既能奪得她們之權，生妳們之利，豈不能行無為之治，分她們之憂？你們去細想想這話。」

……眾人聽了，都歡聲鼎沸說：「姑娘說得很是。從此姑娘、奶奶只管放心，姑娘、奶奶這樣疼顧我們，我們再要不體上情，天地也不容了！」

……剛說著，只見林之孝家的進來說：「江南甄府裡家眷昨日到京，今日進宮朝賀。此刻先遣人來送禮請安。」說著，便將禮單送上去。

探春接了，看道是：「上用的妝緞蟒緞十二匹，上用雜色緞十二匹，上用各色紗十二匹，上用宮綢十二匹，官用各色緞紗綢綾二十四匹。」

李紈也看過，說：「用上等封兒賞他。因又命人回了賈母。」

……賈母便命人叫李紈、探春、寶釵等也都過來，將禮物看了。李紈收過一邊，吩咐內庫上人說：「等太太回來看了再收。」

賈母因說：「這甄家又不與別家相同，上等賞封兒賞男人。怕展眼又打發女人來請安，預備下尺頭。」一語未完，果然人回：「甄府四個女人來請安。」賈母聽了，忙命人帶進來。

…那四個人都是四十往上的年紀，穿戴之物，皆比主子不甚差別。請安問好畢，賈母便命拿了四個腳踏來，她四人謝了坐，待寶釵等坐了，方都坐下。

賈母便問：「多早晚進京的？」

四人忙起身回說：「昨日進的京，今日太太帶了姑娘進宮請安去了，故令女人們來請安，問候姑娘們。」

賈母笑問道：「這些年沒進京，也不想到今年來。」

四人也都笑回道：「正是，今年是奉旨進京的。」

賈母問道：「家眷都來了？」

四人回說：「老太太和哥兒，兩位小姐並別位太太都沒來，就只太太帶了三姑娘來了。」

賈母道：「有了人家沒有？」

四人道：「尚沒有。」

賈母笑道：「妳們大姑娘和二姑娘這兩家，都和我們家甚好。」

四人笑道：「正是。每年姑娘們有信回去說，全虧府上照看。」

賈母笑道：「什麼照看，原是世交，又是老親，原應當的。妳們二姑娘更好，更不自尊自大，所以我們才走得親密。」

四人笑道：「這是老太太過謙了。」

賈母又問：「妳這哥兒也跟著妳們老太太？」

四人回說：「也是跟著老太太。」

賈母道：「幾歲了？」又問：「上學不曾？」

四人笑說：「今年十三歲。因長得齊整，老太太很疼，自幼淘氣異常，天天逃學，老爺、太太也不便十分管教。」

賈母笑道：「也不成了我們家的了！妳這哥兒叫什麼名字？」

四人道：「因老太太當作寶貝一樣，他又生得白，老太太便叫作寶玉。」

……賈母笑向李紈等道：「偏也叫作個寶玉。」

李紈等忙欠身笑道：「從古至今，同時隔代，重名的很多。」

四人也笑道：「起了這小名兒之後，我們上下都疑惑，不知哪位親友家也倒似曾有一個的。只是這十來年沒進京來，卻記不得真了。」

賈母笑道：「豈敢，就是我的孫子。人來！」眾媳婦、丫頭答應了一聲，走近幾步。

賈母笑道：「園裡把咱們的寶玉叫了來，給這四個管家娘子瞧瞧，比她們的寶玉如何？」

⋯⋯眾媳婦聽了，忙去了；半刻圍了寶玉進來。四人一見，忙起身笑道：「唬了我們一跳。若是我們不進府來，倘若別處遇見，還只當我們的寶玉後趕著也進了京了呢。」一面說，一面都上來拉他的手，問長問短。寶玉忙也笑問好。

賈母笑道：「比妳們的長得如何？」

李紈等笑道：「四位媽媽才一說，可知是模樣相仿了。」
賈母笑道：「哪有這樣巧事？大家子孩子們再養的得嬌嫩，除了臉上有殘疾，十分黑醜的，大概看去都是一樣的齊整。這也沒有什麼怪處。」
四人笑道：「如今看來，模樣是一樣。據老太太說，淘氣也一樣。我們看來，這位哥兒性情，卻比我們的好些。」
賈母忙問：「怎見得？」
四人笑道：「方才我們拉哥兒的手說話便知。我們那一個，只說我們糊塗，慢說拉手，他的東西，我們略動一動也不依。所使喚的人都是女孩子們。」
……四人未說完，李紈姊妹等禁不住都失聲笑出來。
賈母也笑道：「我們這會子也打發人去見了妳們寶玉，若拉他的手，他也自然勉強忍耐一時。可知妳我這樣人家的孩子們，憑他們有什麼刁鑽古怪的毛病兒，見了外人，必是要還出正經禮數來的。若他不還正經禮數，也斷不容他刁鑽去了。「就是大人溺愛的，是他一則生的得人意，二則見人禮數，竟比大人行出來的不錯，使人見了可愛可憐，背地裡所以才縱他一點子。若一味他只管沒裡沒外，不與大人爭光，憑他生得怎樣，也是該打死的。」

……四人聽了，都笑說：「老太太這話正是。雖然我們寶玉淘氣古怪，有時見了人客，規矩禮數，更比大人有。所以無人見了不愛，只說為什麼還打他。殊不知他在家裡無法無天，大人想不到的話偏會說，想不到的事他偏要行，所以老爺太太恨得無法。

「就是弄性，也是小孩子的常情，胡亂花費，這也是公子哥兒的常情，怕上學，也是小孩子的常情，都還治得過來。第一，天生下來這一種刁鑽古怪的脾氣，如何使得！」

……一語未了，人回：「太太回來了。」王夫人進來，問過安。她四人請了安，大概說了兩句。賈母便命歇歇去。王夫人親捧過茶，方退出。四人告辭了賈母，便往王夫人處來。說了一會家務，打發她們回去，不必細說。

……這裡賈母喜得逢人便告訴，也有一個寶玉，也卻一般行景。眾人都為天下之大，世宦之多，同名者也甚多，祖母溺愛孫兒者也多，古今所有常事耳，不是什麼罕事，故皆不介意。獨寶玉是個迂闊[8]呆公子的心性，自為是那四人承悅賈母之詞。

後至蘅蕪苑去看湘雲病去，史湘雲說他：「你放心鬧罷，先是『單絲不成線，獨樹不成林』，如今有了個對子，鬧急了，再

8. 迂闊——思想行為不切實際事理。

打狠了，你逃走到南京找那一個去。」

寶玉道：「哪裡的謊話，妳也信了，偏又有個寶玉？」

……湘雲道：「怎麼列國有個藺相如，漢朝又有個司馬相如呢？」

寶玉笑道：「這也罷了，偏又模樣兒也一樣，這是沒有的事。」

湘雲道：「怎麼匡人看見孔子，只當是陽虎[9]呢？」

寶玉笑道：「孔子陽虎雖同貌，卻不同姓，藺與司馬雖同名，而又不同貌，偏我和他就兩樣俱同不成？」

湘雲沒了話答對，因笑道：「你只會胡攪，我也不和你分證。有也罷，沒也罷，與我無干。」說著，便睡下了。

……寶玉心中便又疑惑起來：「若說必無，然亦似必有；若說必有，又並無目睹。」一心中悶悶，回至房中榻上默默盤算，不覺就忽忽的睡去，不覺竟到了一座花園之內。

9. 陽虎——即陽貨，春秋時魯國人，季孫氏家臣。據史記記載，孔子的相貌像陽虎。

寶玉詫異道：「除了我們大觀園，竟又有這一個園子？」

……正疑惑間，從那邊來了幾個女兒，都是丫鬟。寶玉又詫異道：「除了鴛鴦，襲人，平兒之外，也竟還有這一干人？」

只見那些丫鬟笑道：「寶玉怎麼跑到這裡來了？」

寶玉只當是說他，自己忙來陪笑，說道：「因我偶步到此，不知是哪位世交的花園。好姐姐們，帶我逛逛。」

眾丫鬟都笑道：「原來不是咱們家的寶玉。他生得倒也還乾淨，嘴兒也倒乖覺。」

……寶玉聽了忙道：「姐姐們，這裡也竟還有個寶玉？」

丫鬟們忙道：「『寶玉』二字，我們是奉老太太、太太之命，為保佑他延壽消災的。我們叫他，他聽見喜歡。你是哪裡遠方來的臭小廝，也亂叫起他來！仔細你的臭肉，打不爛你的！」

又一個丫鬟笑道：「咱們快走罷，別叫寶玉看見。」又說：「同這臭小廝說了話，把咱熏臭了！」說著，一逕去了。

…寶玉納悶道：「從來沒有人如此荼毒我，她們如何竟還這樣？真亦有我這樣一個人不成？」一面想，一面順步早到了一所院內。寶玉又詫異道：「除了怡紅院，也竟還有這麼一個院落？」忽上了臺磯，進入屋內，只見榻上有一個人臥著，那邊有幾個女孩兒做針線，也有嘻笑頑耍的。

…只見榻上那個少年嘆了一聲。一個丫鬟笑問道：「寶玉，你不睡又嘆什麼？想必為你妹妹病了，你又胡愁亂恨呢。」寶玉聽說，心下也便吃驚。只見榻上少年說道：「我聽見老太太說，長安都中也有個寶玉，和我一樣的性情，我只不信。我才作了一個夢，竟夢中到了都中一個花園子裡頭，遇見幾個姐姐，都叫我臭小廝，不理我。好容易找到他房裡頭，偏他睡覺，空有皮囊，真性不知哪裡去了。」

……寶玉聽說，忙說道：「我因找寶玉來到這裡。原來你就是寶玉！」榻上的忙下來拉住：「原來你就是寶玉！這可不是夢裡了？」

寶玉道：「這如何是夢？真而又真了。」

……一語未了，只見人來說：「老爺叫寶玉。」唬得二人皆慌了。一個寶玉就走，一個寶玉便忙叫：「寶玉快回來，快回來！」

……襲人在旁聽他夢中自喚，忙推醒他，笑問道：「寶玉在哪裡？」

此時寶玉雖醒，神意尚恍惚，因向門外指說：「才出去了。」

襲人笑道：「那是你夢迷了。你揉眼細瞧瞧，是鏡子裡照的你影兒。」

寶玉向前瞧了一瞧，原是那嵌的大鏡對面相照，自己也笑了。早有人捧過漱盂茶滷[10]來，漱了口。

麝月道：「怪道老太太常囑咐說，小人屋裡不可多有鏡子。小人魂不全，有鏡子，照多了，睡覺驚恐作胡夢。如今倒在大鏡子那裡安了一張床。有時放下鏡套還好；往前去，天熱困倦不定，哪裡想得到放它，比如方才就忘了。自然是先躺下照著影兒頑的，一時合上眼，自然是胡夢顛倒；不然，如何看著自己叫著自己的名字？不如明兒挪進床來是正經。」

一語未了，只見王夫人遣人來叫寶玉，不知有何話說，且聽下回分解。

10. 茶滷—用以漱口的濃釅茶汁。

◎第五七回◎

慧紫鵑情辭試忙玉
慈姨媽愛語慰痴顰

⋯話說寶玉聽王夫人喚他，忙至前邊來，原來是王夫人要帶他拜甄夫人去。寶玉自是歡喜，忙去換衣服，跟了王夫人到那裡。見其家中形景，自與榮寧不甚差別，或有一二稍盛者。細問，果有一寶玉。甄夫人留席，竟日方回，寶玉方信。因晚間回家來，王夫人又吩咐預備上等的席面，定名班大戲，請過甄夫人母女。

後二日，她母女便不作辭，回任去了，無話。

⋯⋯※⋯⋯※⋯⋯※⋯⋯

⋯這日寶玉因見湘雲漸愈，然後去看黛

玉。正值黛玉才歇午覺，寶玉不敢驚動，因紫鵑正在回廊上，手裡做針黹，便來問她：「昨日夜裡咳嗽可好了？」

紫鵑道：「好些了。」

寶玉笑道：「阿彌陀佛！寧可好了罷。」

紫鵑笑道：「你也念起佛來，真是新聞！」

寶玉笑道：「所謂『病篤亂投醫』了。」一面說，一面見她穿著彈墨綾薄綿襖，外面只穿著青緞夾背心，寶玉便伸手向他她身上摸了一摸，說道：「穿這樣單薄，還在風口裡坐著！看天風饞[1]，時氣又不好，妳再病了，越發難了。」

紫鵑便說道：「從此咱們只可說話，別動手動腳的。一年大二年小的，叫人看著不尊重。打緊的那起混帳行子們背地裡說你，你總不留心，還只管和小時一般行為，如何使得！姑娘常常吩咐我們，不叫和你說笑。你近來瞧她，遠著你還恐遠不及呢。」說著便起身，攜了針線進別房去了。

1. **風饞**——形容穿天的風對衣衫單薄者的侵襲，容易使人受寒致病。

……寶玉見了這般景況，心中忽澆了一盆冷水一般，只瞅著竹子發了一回呆。因祝媽正來挖筍修竿，便怔怔的走出來，一時魂魄失守，心無所知，隨便坐在一塊山石上出神，不覺滴下淚來。直呆了五六頓飯工夫，千思萬想，總不知如何是可。

……偶值雪雁從王夫人房中取了人參來，從此經過，忽扭項看見桃花樹下石上一人，手托著腮頰出神，不是別人，卻是寶玉。雪雁疑惑道：「怪冷的，他一個人在這裡作什麼？春天凡有殘疾的人都犯病，敢是他犯了呆病了？」一邊想，一邊便走過來，蹲下笑道：「你在這裡作什麼呢？」寶玉忽見了雪雁，便說道：「妳又作什麼來找我？妳難道不是女兒？她既防嫌，不許妳們理我，妳又來尋我，倘被人看見，豈不又生口舌？妳快家去罷了。」

……雪雁聽了，只當是他又受了黛玉的委屈，只得回至房中。黛玉未醒，將人參交與紫鵑。紫鵑因問她：「太太做什麼呢？」

雪雁道：「也歇中覺，所以等了這半日。姐姐妳聽笑話兒：我因等太太的工夫，和玉釧兒姐姐坐在下房裡說話兒，誰知趙姨奶奶招手兒叫我。我只當有什麼話說，原來她和太太告了假，出去給她兄弟伴宿坐夜，明兒送殯去，跟她的小丫頭子小吉祥兒沒衣裳，要借我的月白緞子襖兒。我想她們一般也有兩件子的，往髒地方兒去，恐怕弄髒了，自己的捨不得穿，故此借別人的。

「借我的弄髒了也是小事，只是我想，她素日有些什麼好處到咱們跟前！所以我說了：『我的衣裳簪環都是姑娘叫紫鵑姐姐收著呢。如今先得去告訴她，還得回姑娘呢。姑娘身上又病著，更費了大事，誤了妳老出門，不如再轉借罷。』」

……紫鵑笑道：「妳這個小東西倒也巧。妳不借給她，妳往我和姑娘身上推，叫人怨不著妳。她這會子就去了，還是等明日一早才去？」

雪雁道：「這會子就去的，只怕此時已去了。」紫鵑點點頭。

雪雁道：「姑娘還沒醒呢？是誰給了寶玉氣受？坐在那裡哭呢。」

紫鵑聽了，忙問：「在那裡？」

雪雁道：「在沁芳亭後頭桃花底下呢。」

……紫鵑聽說，忙放下針線，又囑咐雪雁：「好生聽叫。若問我，答應我就來。」說著，便出了瀟湘館，一逕來尋寶玉，走至寶玉跟前，含笑說道：「我不過說了那兩句話，為的是大家好，你就賭氣，跑了這風地裡來哭，作出病來唬我。」

寶玉忙笑道：「誰賭氣了！我因為聽妳說有理。我想妳們既這樣說，自然別人也是這樣說，將來漸漸的都不理我了，我所以想著自己傷心。」紫鵑也便挨他坐著。

寶玉笑道：「方才對面說話，妳尚走開，這會子如何又來挨我坐著？」

……紫鵑道：「你都忘了？幾日前，你們兄妹兩個正說話，趙姨娘一頭走了進來，我才聽見她不在家，所以我來問你。正是前日你和她才說了一句『燕窩』，就歇住了，總沒提起，我正想著問你。」

寶玉道：「也沒什麼要緊。不過我想著寶姐姐也是客中，既吃燕窩，又不可間斷，若只管和她要，也太托實[2]。雖不便和太太要，我已經在老太太跟前略露了個風聲，只怕老太太和鳳姐姐說了。我正要告訴她的，竟沒告訴完。如今我聽見一日給妳們一兩燕窩，這就是了。」

2. 托實—實心眼兒，有不識相的意思。

紫鵑道：「原來是你說了，這又多謝你費心。我們正疑惑，老太太怎麼忽然想起來叫人每一日送一兩燕窩來呢？這就是了。」

寶玉笑道：「這要天天吃慣了，吃上三二年就好了。」

……紫鵑道：「在這裡吃慣了，明年家去，哪裡有這閒錢吃這個。」

寶玉聽了，吃了一驚，忙問：「誰？往哪個家去？」

紫鵑道：「你妹妹回蘇州家去。」

寶玉笑道：「妳又說白話。蘇州雖是原籍，因沒了姑父姑母，無人照看，才就了來的。明年回去找誰？可見是扯謊。」

……紫鵑冷笑道：「你太看小了人。單你們賈家獨是大族人口多的；除了你家，別人只得一父一母，房族中真個再無人了不成？我們姑娘來時，原是老太太心疼她年小，雖有叔伯，不如親父母，故此接來住幾年。大了該出閣時，自然要送還林家的。終不成林家的女兒在你賈家一世不成？林家雖貧到沒飯吃，也是世代書宦之家，斷不肯將他家的人丟在親戚家，落人的恥笑。

「所以早則明年春天，遲則秋天。這裡縱不送去，林家亦必有人來接的。前日夜裡姑娘和我說了，叫我告訴你：將從前小時玩的東西，有她送你的，叫你都打點出來還她。她也將你送她的打疊了在那裡呢。」

寶玉聽了，便如頭頂上響了一個焦雷一般。紫鵑看他怎樣回答，只不作聲。

……忽見晴雯找來說：「老太太叫你呢，誰知道在這裡。」

紫鵑笑道：「他這裡問姑娘的病症。我告訴了他半日，他只不信。妳倒拉他去罷。」說著，自己便走回房去了。

……晴雯見他呆呆的，一頭熱汗，滿臉紫脹，忙拉他的手，一直到怡紅院中。襲人見了這般，慌起來，只說時氣所感，熱汗被風撲了。

無奈寶玉發熱事猶小可，更覺兩個眼珠兒直直的起來，口角邊津液流出，皆不知覺。給他個枕頭，他便睡下；扶他起來，他便坐著；倒了茶來，他便吃茶。眾人見他這般，一時忙亂起來，又不敢造次去回賈母，先便差人出去請李嬤嬤。

……一時李嬤嬤來了，看了半日，問他幾句話也無回答，用手向他脈門摸了摸，嘴唇人中上邊著力掐了兩下，掐得指印如許來深，竟也不覺疼。李嬤嬤只說了一聲「可了不得了」，「呀」的一聲，便摟著放聲大哭起來。

急得襲人忙拉她說：「妳老人家瞧瞧可怕不怕，且告訴我們，去回老太太、太太去。妳老人家怎麼先哭起來？」李嬤嬤捶床搗枕說：「這可不中用了！我白操了一世心了！」襲人等以她年老多知，所以請她來看；如今見她這般一說，都信以為實，也都哭起來。

……晴雯便告訴襲人，方才如此這般。襲人聽了，便忙到瀟湘館來，見紫鵑正服侍黛玉吃藥，也顧不得什麼，便走上來問紫鵑道：「妳才和我們寶玉說了些什麼？妳瞧瞧他去，妳回老太太去，我也不管了！」說著，便坐在椅上。

……黛玉忽見襲人滿面急怒，又有淚痕，舉止大變，便不免也慌了，忙問：「怎麼了？」

襲人定了一回，哭道：「不知紫鵑姑奶奶說了些什麼話，那個呆子眼也直了，手腳也冷了，話也不說了，李媽媽掐著也不疼了，已死了大半個了！連李媽媽都說不中用了，那裡放聲大哭。只怕這會子都死了！」

黛玉一聽此言，李媽媽乃是經過的老嫗，說不中用了，可知必不中用。「哇」的一聲，將腹中之藥一概嗆出，抖腸搜肺、熾胃扇肝的痛聲大嗽了幾陣，一時面紅髮亂，目腫筋浮，喘得抬不起頭來。

紫鵑忙上來捶背，黛玉伏枕喘息半晌，推紫鵑道：「妳不用捶，妳竟拿繩子來勒死我是正經！」

紫鵑哭道：「我並沒說什麼，不過是說了幾句頑話，他就認真了。」

襲人道：「妳還不知道他那傻子！每每頑話認了真。」

黛玉道：「妳說了什麼話？趁早兒去解說，他只怕就醒過來了。」紫鵑聽說，忙下了床，同襲人到了怡紅院。

……誰知賈母、王夫人等已都在那裡了。賈母一見了紫鵑，便眼內出火，罵道：「妳這小蹄子！和他說了什麼？」

紫鵑忙道：「並沒說什麼，不過說了幾句頑話。」誰知寶玉見了紫鵑，方「噯呀」了一聲，哭出來了。眾人一見，方都放下心來。

賈母便拉住紫鵑，只當她得罪了寶玉，所以拉紫鵑命他打。誰知寶玉一把拉住紫鵑，死也不放，說：「要去連我也帶了去。」眾人不解，細問起來，方知紫鵑說「要回蘇州去」一句頑話引出來的。

賈母流淚道：「我當有什麼要緊大事，原來是這句頑話。」又向紫鵑道：「妳這孩子，素日最是個伶俐聰敏的，妳又知道他有個呆根子，平白的哄他作什麼？」

薛姨媽勸道：「寶玉本來心實，可巧林姑娘又是從小兒來的，他姊妹兩個一處長了這麼大，比別的姊妹更不同。這會子熱刺刺的說一個去，別說他是個實心的傻孩子，便是冷心腸的大人，也要傷心。這並不是什麼大病，老太太和姨太太只管萬安，吃一兩劑藥就好了。」

……正說著，人回林之孝家的、單大良家的都來瞧哥兒來了。賈母道：「難為她們想著，叫她們來瞧瞧。」

寶玉聽了一個「林」字，便滿床鬧起來說：「了不得了！林家的人接她們來了，快打出去罷！」

賈母聽了，也忙說：「打出去罷。」

又忙安慰說：「那不是林家的人。林家的人都死絕了，沒人來接她的，你只管放心罷！」

寶玉哭道：「憑他是誰，除了林妹妹，都不許姓林的！」

賈母道：「沒姓林的來，凡姓林的，我都打走了。」

一面吩咐眾人：「以後別叫林之孝家的進園來，妳們也別說『林』字。好孩子們，妳們聽我這句話罷！」眾人忙答應，又不敢笑。

……一時寶玉又一眼看見了十錦格子上陳設的一只金西洋自行船，便指著亂叫說：「那不是接她們來的船來了？灣在那裡呢！」賈母忙命拿下來。襲人忙拿下來，寶玉伸手要，襲人遞過去，寶玉便掖在被中，笑道：「這可去不成了！」一面說，一面死拉著紫鵑不放。

……一時人回：「大夫來了。」

賈母忙命：「快請進來。」王夫人、薛姨媽、寶釵等暫避裡間。賈母便端坐在寶玉身旁，王太醫進來見許多的人，忙上去請了賈母的安，拿了寶玉的手，診了一回。那紫鵑少不得低了頭。

王大夫也不解何意，起身說道：「世兄這症乃是急痛迷心。古人曾云：『痰迷有別。有氣血虧柔，飲食不能熔化痰迷者，有怒惱中，痰裹而迷者；有急痛壅塞者。』此亦痰迷之症，係急痛所致，不過一時壅蔽，較諸痰迷似輕。」

……賈母道：「你只說怕不怕，誰同你背藥書呢！」

王太醫忙躬身笑說：「不妨，不妨。」

賈母道：「果真不妨？」

王太醫道：「實在不妨，都在晚生身上。」

賈母道：「既如此，請到外面坐，開藥方。若吃好了，我另外預備好謝禮，叫他親自捧了，送去磕頭；若耽誤了，打發人去拆了太醫院的大堂。」

王太醫只躬身笑說：「不敢，不敢。」他原聽了說「另具上等謝禮，命寶玉去磕頭」，故滿口說「不敢」，竟未聽見賈母後來說拆太醫院之戲語，猶說「不敢」，賈母與眾人反倒笑了。

……一時按方煎了藥來服下，果覺比先安靜。無奈寶玉只不肯放紫鵑，只說她去了，便是要回蘇州去了。賈母、王夫人無法，只得命紫鵑守著他，另將琥珀去服侍黛玉。

……黛玉不時遣雪雁來探消息，這邊事務盡知，自己心中暗嘆。幸喜眾人都知寶玉原有些呆氣，自幼是他二人親密，如今紫鵑之戲語亦是常情，寶玉之病亦非罕事，因不疑到別事去。

……晚間，寶玉稍安，賈母、王夫人等方回房去。一夜還遣人來問訊幾次。李奶母帶領宋嬤嬤等幾個年老人用心看守，紫鵑、襲人、晴雯等日夜相伴。有時寶玉睡去，必從夢中驚醒，不是哭了，說黛玉已去，便是有人來接。每一驚時，必得紫鵑安慰一番方罷。彼時賈母又命將祛邪守靈丹及開竅通神散各樣上方秘制諸藥，按方飲服。

……次日又服了王太醫藥，漸次好起來。寶玉心下明白，因恐紫鵑回去，故有時或作佯狂之態。紫鵑自那日也著實後悔，如今日夜辛苦，並沒有怨意。襲人等皆心安神定，因向紫鵑笑道：「都是妳鬧的，還得妳來治。也沒見我們這呆子，聽了風就是雨，往後怎麼好！」暫且按下。

……因此時湘雲之症已愈，天天過來瞧看，見寶玉明白了，便將他病中狂態形容了與他瞧，倒引得寶玉自己伏枕而笑。原來他起先那樣，竟是不知的；如今聽人說，還不信。無人時，紫鵑在側，寶玉又拉她的手，問道：「妳為什麼唬我？」

紫鵑道：「不過是哄你頑的，你就認真了。」

寶玉道：「妳說的那樣有情有理，如何是頑話？」

紫鵑笑道：「那些頑話都是我編的。林家實沒了人口，縱有，也是極遠的族中，也都不在蘇州住，各省流寓不定。縱有人來接，老太太也必不放去的。」

……寶玉道：「便老太太放去，我也不依。」

紫鵑笑道：「果真的你不依？只怕是口裡的話。你如今也大了，連親也定下了，過二三年再娶了親，你眼裡還有誰了？」

寶玉聽了，又驚問：「誰定了親？定了誰？」

紫鵑笑道：「年裡我就聽見老太太說，要定下琴姑娘呢。不然，那麼疼她？」

寶玉笑道：「人人只說我傻，妳比我更傻。不過是句頑話，她已經許給梅翰林家了。果然定下了她，我還是這個形景了？先是我發誓賭咒，砸這勞什子，妳都沒勸過說我瘋的？剛剛的這幾日才好了，妳又來慪我。」

一面說，一面咬牙切齒的，又說道：「我只願這會子立刻我死了，把心迸出來妳們瞧見了，然後連皮帶骨一概都化成一股灰；灰還有形跡，不如再化一股煙；煙還可凝聚，人還看見，須得一陣大亂風吹得四面八方都登時散了，這才好！」一面說，一面又滾下淚來。

⋮紫鵑忙上來握他的嘴，替他擦眼淚，又忙笑解釋道：「你不用著急。這原是我心裡著急，故來試你。」

寶玉聽了，更又詫異，問道：「妳又著什麼急？」

紫鵑笑道：「你知道，我並不是林家的人，我也和襲人、鴛鴦是一伙的，偏把我給了林姑娘使。偏生她又和我極好，比她蘇州帶來的還好十倍，一時一刻，我們兩個離不開。

「我如今心裡卻愁，她倘或要去了，我必要跟了她去的。我是合家在這裡，我若不去，辜負了我們素日的情腸，若去，又棄了本家。所以我疑惑，故設出這謊話來問你，誰知你就傻鬧起來。」

……寶玉笑道：「原來是妳愁這個，所以妳是傻子。從此後再別愁了。我只告訴妳一句躉話[3]：活著，咱們一處活著，不活著，咱們一處化灰化煙，如何？」紫鵑聽了，心下暗暗籌畫。

……忽有人回：「環爺、蘭哥兒問候。」

寶玉道：「就說難為他們，我才睡了，不必進來。」婆子答應去了。

紫鵑笑道：「你也好了，該放我回去瞧瞧我們那一個去了。」

寶玉道：「正是這話。我昨日就要叫妳去的，偏又忘了。我已經大好了，妳就去罷。」紫鵑聽說，方打疊鋪蓋妝奩之類。

寶玉笑道：「我看見妳文具裡頭有三兩面鏡子，妳把那面小菱花的給我留下罷。我擱在枕頭旁邊，睡著好照，明兒出門帶著也輕巧。」紫鵑聽說，只得與他留下，先命人將東西送過去，然後別了眾人，自回瀟湘館來。

3. 躉話——概括的話。

…林黛玉近日聞得寶玉如此形景，未免又添些病症，多哭幾場。今見紫鵑來了，問其原故，已知大愈，仍遣琥珀去服侍賈母。

夜間人定後，紫鵑已寬衣臥下之時，悄向黛玉笑道：「寶玉的心倒實，聽見咱們去，就那樣起來。」黛玉不答。

紫鵑停了半晌，自言自語的說道：「一動不如一靜。我們這裡就算好人家，別的都容易，最難得的是從小兒一處長大，脾氣情性都彼此知道的了。」

黛玉啐道：「妳這幾天還不乏，趁這會子不歇一歇，還嚼什麼蛆。」

…紫鵑笑道：「倒不是白嚼蛆，我倒是一片真心為姑娘。替妳愁了這幾年了，無父母無兄弟，誰是知疼著熱的人？趁早兒老太太還明白硬朗的時節，作定了大事要緊。俗語說，『老健春寒秋後熱』，倘或老太太一時有個好歹，那時雖也完事，只怕耽誤了時光，還不得趁心如意呢。

「公子王孫雖多，哪一個不是三房五妾，今兒朝東，明兒朝西？要一個天仙來，也不過三夜五夕，也丟在脖子後頭了，甚至於為妾為丫頭，反目成仇的。若娘家有人有勢的還好些，若是姑娘這樣的人，有老太太一日還好一日，若沒了老太太，也只是憑人去欺負了。所以說，早拿主意要緊。姑娘是個明白人，豈不聞俗語說：『萬兩黃金容易得，知心一個也難求』。」

……黛玉聽了，便說道：「這丫頭今兒不瘋了？怎麼去了幾日，忽然變了一個人？我明兒必回老太太，退回去，我不敢要妳了。」

紫鵑笑道：「我說的是好話，不過叫妳心裡留神，並沒叫妳去為非作歹，何苦回老太太，叫我吃了虧，又有何好處？」說著，竟自睡了。

……黛玉聽了這話，口內雖如此說，心內未嘗不傷感，待她睡了，便直泣了一夜，至天明方打了一個盹兒。次日勉強盥漱了，吃了些燕窩粥，便有賈母等親來看視了，又囑咐了許多話。

……※……※……※……

……目今是薛姨媽的生日，自賈母起，諸人皆有祝賀之禮。黛玉亦早備了兩色針線送去。是日也定了一班小戲請賈母王夫人等，獨有寶玉與黛玉二人不曾去得。至晚散時，賈母等順路又瞧他二人一遍，方回房去。次日，薛姨媽家又命薛蝌陪諸夥計吃了一天酒，連忙了三四天，方完備。

…因薛姨媽看見邢岫煙生得端雅穩重，且家道貧寒，是個釵荊裙布的女兒。便說與薛蟠為妻。因薛蟠素習行止浮奢，又恐糟蹋了人家的女兒。正在躊躇之際，忽想起薛蝌未娶，看他二人，恰是一對天生地設的夫妻，因謀之於鳳姐兒。鳳姐兒嘆道：「姑媽素知我們太太有些左性的，這事等我慢謀。」

…因賈母去瞧鳳姐兒時，鳳姐兒便和賈母說：「薛姑媽有件事求老祖宗，只是不好啟齒的。」賈母忙問何事，鳳姐兒便將求親一事說了。

賈母笑道：「這有什麼不好啟齒？這是極好的好事。等我和妳婆婆說了，怕她不依？」因回房來，即刻就命人來請邢夫人過來，硬作保山。

邢夫人想了一想：薛家根基不錯，且現今大富，薛蝌生得又好，且賈母硬作保山，將機就計便應了。賈母十分喜歡，忙命人請了薛姨媽來。

……二人見了，自然有許多謙辭。邢夫人即刻命人去告訴邢忠夫婦。他夫婦原是此來投靠邢夫人的，如何不依，早極口的說：「妙極！」

賈母笑道：「我最愛管個閒事，今兒又管成了一件事，不知得多少謝媒錢？」

薛姨媽笑道：「這是自然的。縱抬了十萬銀子來，只怕不希罕。但只一件，老太太既是主親，還得一位才好。」

賈母笑道：「別的沒有，我們家折腿爛手的人還有兩個。」說著，便命人去叫過尤氏婆媳二人來。賈母告訴她原故，彼此忙都道喜。

……賈母吩咐道：「咱們家的規矩，妳是盡知的，從沒有兩親家爭禮爭面的。如今妳算替我在當中料理，也不可太嗇，也不可太費，把他兩家的事周全了回我。」

尤氏忙答應了。薛姨媽喜之不盡，回家來忙命寫了請帖，補送過寧府。尤氏深知邢夫人情性，本不欲管，無奈賈母親囑咐，只得應了，惟有忖度邢夫人之意行事。薛姨媽是個無可無不可的人，倒還易說。這且不在話下。

……如今薛姨媽既定了邢岫煙為媳，合宅皆知。邢夫人本欲接出岫煙去住，賈母因說：「這又何妨，兩個孩子又不能見面，就是姨太太和她一個大姑，一個小姑，又何妨？況且都是女兒，正好親香[4]呢。」邢夫人方罷。

……蝌、岫二人，前次途中皆曾有一面之遇，大約二人心中也皆如意。只是邢岫煙未免比先時拘泥了些，不好與寶釵姊妹共

4. 親香——親熱的意思。

處閒語；又兼湘雲是個愛取戲的，更覺不好意思。幸她是個知書達禮的，雖有女兒身分，還不是那種佯羞詐愧、一味輕薄造作之輩。

……寶釵自見她時，見她家業貧寒，二則別人之父母皆年高有德之人，獨她父母偏是酒糟透之人，於女兒分中平常；邢夫人也不過是臉面之情，亦非真心疼愛；且岫煙為人雅重，迎春是個有氣的死人，連她自己尚未照管齊全，如何能照管到她身上！

凡閨閣中家常一應需用之物，或有虧乏，無人照管，她又不與人張口。寶釵倒暗中每相體貼接濟，也不敢與邢夫人知道，亦恐多心閒話之故耳。如今卻出人意料之外奇緣，作成這門親事。岫煙心中先取中寶釵，然後方取薛蝌。有時，岫煙仍與寶釵閒話，寶釵仍以姊妹相呼。

……這日，寶釵因來瞧黛玉，恰值岫煙也來瞧黛玉，二人在半路相遇。寶釵含笑喚她到跟前，二人同走至一塊石壁後，寶釵笑問她：「這天還冷得很，妳怎麼倒全換了夾的了？」岫煙見問，低頭不答。

寶釵便知道又有了原故，因又笑問道：「必定是這個月的月錢又沒得？鳳丫頭如今也這樣沒心沒計了。」

岫煙道：「她倒想著不錯日子給的，因姑媽打發人和我說，一個月用不了二兩銀子，叫我省一兩給爹媽送出去，要使什麼，橫豎有二姐姐的東西，能著些兒搭著就使了。姐姐想，二姐姐也是個老實人，也不大留心。我使她的東西，她雖不說什麼，她那些媽媽丫頭，哪一個是省事的，哪一個是嘴裡不尖的？

「我雖在那屋裡，卻不敢很使她們，過三天五天，我倒得拿出些錢來給他們打酒買點心吃才好。因此，一月二兩銀子還不夠使，如今又去了一兩。前兒我悄悄的把綿衣服叫人當了幾吊錢盤纏。」

……寶釵聽了，愁眉嘆道：「偏梅家又合家在任上，後年才進來。若是在這裡，琴兒過去了，好再商議妳這事。離了這裡就完了。如今不先完了他妹妹的事，也斷不敢先娶親的。如今倒是一件難事。再遲兩年，又怕妳熬煎出病來。

「等我和媽再商議，有人欺負妳，妳只管耐些煩兒，千萬別自己熬煎出病來。不如把那一兩銀子明兒也索性給了她們，倒都歇心。

「妳以後也不用白給那些人東西吃，她們尖刺讓她們去尖刺，很聽不過了，各人走開。倘或短了什麼，妳別存那小家兒女氣，只管找我去。並不是作親後方如此，妳一來時，咱們就好的。便怕人閒話，妳打發小丫頭悄悄的和我說去就是了。」岫煙低頭答應了。

……寶釵又指她裙上一個碧玉珮，問道：「這是誰給妳的？」

岫煙道：「這是三姐姐給的。」

寶釵點頭笑道：「她見人人皆有，獨妳一個沒有，怕人笑話，故此送妳一個。這是她聰明細緻之處。但還有一句話，妳也要知道：這些妝飾原出於大官富貴之家的小姐，妳看我從頭至腳，可有這些富麗閒妝？然七八年之先，我也是這樣來著，如今一時比不得一時了，所以我都自己該省的就省了。

「將來妳這一到了我們家，這些沒有用的東西，只怕還有一箱子。咱們如今比不得她們了，總要一色從實守分為主，不必比她們才是。」

岫煙笑道：「姐姐既這樣說，我回去摘了就是了。」

寶釵忙笑道：「妳也太聽說了。這是她好意送妳，妳不佩著，她豈不疑心。我不過是偶然提到這裡，以後知道就是了。」

……岫煙忙又答應，又問：「姐姐此時哪裡去？」

寶釵道：「我到瀟湘館去。妳且回去把那當票叫丫頭送來，我那裡悄悄的取出來，晚上再悄悄的送給妳去，早晚好穿，不然風扇了事大。但不知當在哪裡了？」

岫煙道：「叫作『恆舒典』，是鼓樓西大街的。」

寶釵笑道：「這鬧在一家去了。夥計們倘或知道了，好說『人沒過來，衣裳先過來』了。」岫煙聽說，便知是她家的本錢，也不覺紅了臉一笑，二人走開。

……寶釵就往瀟湘館來，正值她母親也來瞧黛玉，正說閒話呢。

寶釵笑道：「媽多早晚來的？我竟不知道。」

薛姨媽道：「我這幾天連日忙，總沒來瞧瞧寶玉和她。所以今兒瞧他二個，都也好了。」

黛玉忙讓寶釵坐了，因向寶釵道：「天下的事真是人想不到的，怎麼想得到姨媽和大舅母又作一門親家？」

薛姨媽道：「我的兒，妳們女孩家哪裡知道，自古道：『千里姻緣一線牽』。管姻緣的有一位月下老人，預先注定，暗裡只用一根紅絲把這兩個人的腳絆住，憑你兩家隔著海，隔著國，有世仇的，也終久有機會作了夫婦。

「這一件事都是出人意料之外，憑父母、本人都願意了，或是年年在一處的，以為是定了的親事，若月下老人不用紅線拴的，再不能到一處。比如妳姊妹兩個的婚姻，此刻也不知在眼前，也不知在山南海北呢。」

……寶釵道：「惟有媽，說動話就拉上我們。」

一面說，一面伏在她母親懷裡，笑說：「咱們走罷。」

黛玉笑道：「妳瞧！這麼大了，離了姨媽，她就是個最老道的，見了姨媽她就撒嬌兒。」

……薛姨媽用手摩弄著寶釵，嘆向黛玉道：「妳這姐姐就和鳳哥兒在老太太跟前一樣，有了正經事，就和她商量，沒了事，幸虧她開開我的心。我見了她這樣，有多少愁不散的？」

黛玉聽說，流淚嘆道：「她偏在這裡這樣，分明是氣我沒娘的人，故意來刺我的眼。」

寶釵笑道：「媽，瞧她輕狂，倒說我撒嬌兒！」

……薛姨媽道：「也怨不得她傷心，可憐沒父母，到底沒個親人。」又摩娑黛玉，笑道：「好孩子，別哭。妳見我疼妳姐姐，妳傷心了，妳不知我心裡更疼你呢！妳姐姐雖沒了父親，到底有我，有親哥哥，這就比妳強了。

「我每每和妳姐姐說，心裡很疼妳，只是外頭不好帶出來的。妳這裡人多口雜，說好話的人少，說歹話的人多，不說妳無依無靠，為人作人配人疼，只說我們看老太太疼妳了，我們也洑上水[5]去了。」

…黛玉笑道：「姨媽既這麼說，我明日就認姨媽做娘，姨媽若是棄嫌不認，便是假意疼我了。」

薛姨媽道：「妳不厭我，就認了才好。」

寶釵忙道：「認不得的！」

黛玉道：「怎麼認不得？」

寶釵笑問道：「我且問你，我哥哥還沒定親事，為什麼反將邢妹妹先說與我兄弟了，是什麼道理？」

黛玉道：「他不在家，或是屬相生日不對，所以先說與兄弟了。」

寶釵笑道：「非也。我哥哥已經相準了，只等來家就下定了，

5. 洑上水——洑，游泳。洑上水，游向上游，比喻巴結有權勢的人。

也不必提出人來，我方才說妳認不得娘，妳細想去。」說著，便和她母親擠眼兒發笑。

……黛玉聽了，便也一頭伏在薛姨媽身上，說道：「姨媽不打她，我不依！」

薛姨媽忙也摟她笑道：「妳別信妳姐姐的話，她是頑妳呢！」

寶釵笑道：「真個的，媽明兒和老太太求了她作媳婦，豈不比外頭尋的好？」

黛玉便夠上來要抓她，口內笑說：「妳越發瘋了。」薛姨媽忙也笑勸，用手分開方罷。

因又向寶釵道：「連邢女兒我還怕她哥哥糟蹋了她，所以給妳兄弟說了。別說這孩子，我也斷不肯給他。前兒老太太因要把妳妹妹說給寶玉，偏生又有了人家，不然倒是一門好親。「前兒我說定了邢女兒，老太太還取笑說：『我原要說她的人，誰知她的人沒到手，倒被她說了我們的一個去了。』雖是頑話，細想來，倒有些意思。

「我想寶琴雖有了人家，我雖沒人可給，難道一句話也不說？我想著，妳寶兄弟老太太那樣疼他，他又生的那樣，若要外頭說去，老太太斷不中意。不如竟把妳林妹妹定與他，豈不四角俱全[6]？」

6. **四角俱全**——完美無缺的意思。

……林黛玉先還怔怔的聽，後來見說到自己身上，便啐了寶釵一口，紅了臉，拉著寶釵笑道：「我只打妳！妳為什麼招出姨媽這些老沒正經的話來？」

寶釵笑道：「這可奇了！媽說妳，為什麼打我？」

……紫鵑忙也跑來，笑道：「姨太太既有這主意，為什麼不和太太說去？」

薛姨媽哈哈笑道：「妳這孩子，急什麼！想必催著妳姑娘出了閣，妳也要早些尋一個小女婿去了。」

紫鵑聽了，也紅了臉，笑道：「姨太太真個倚老賣老的起來。」

說著，便轉身去了。

……黛玉先罵：「又與妳這蹄子什麼相干？」

後來見了這樣，也笑起來說：「阿彌陀佛！該，該，該！也臊了一鼻子灰去了！」薛姨媽母女及屋內婆子丫鬟都笑起來。

婆子們因也笑道：「姨太太雖是頑話，卻倒也不差呢。到閒了時，和我們老太太一商議，姨太太竟做媒保成這門親事，是千妥萬妥的。」

薛姨媽道：「我一出這主意，老太太必喜歡的。」

……一語未了，忽見湘雲走來，手裡拿著一張當票，口內笑道：

「這是個賬篇子？」黛玉瞧了，也不認得。

地下婆子們都笑道：「這可是一件奇貨，這個乖可不是白教人的。」

寶釵忙一把接了，看時，就是岫煙才說的當票，忙折了起來。

薛姨媽忙說：「那必定是哪個媽媽的當票子失落了，回來急得她們找。哪裡得的？」

湘雲道：「什麼是當票子？」

眾人都笑道：「真真是個呆子，連個當票子也不知道。」

薛姨媽嘆道：「怨不得她，真真是侯門千金，而且又小，哪裡知道這個？哪裡去有這個？便是家下人有這個，她如何得見？別笑她是呆子，若給妳們家姑娘們看了，也都成了呆子。」

眾婆子笑道：「林姑娘方才也不認得，別說姑娘們。就如寶玉，他倒是外頭常走出去的，只怕也還沒見過呢。」薛姨媽忙將原故講明。

……湘雲、黛玉二人聽了，方笑道：「原來為此。人也太會想錢了，姨媽家的當鋪也有這個不成？」

眾人笑道：「這又呆了。『天下老鴰一般黑』，豈有兩樣的！」

薛姨媽因又問：「是哪裡拾的？」

湘雲方欲說時，寶釵忙說：「是一張死了沒用的，不知那年勾了賬的，香菱拿著哄她們玩的。」薛姨媽聽了此話是真，也就不問了。

一時人來回：「那府裡大奶奶過來，請姨太太說話呢。」薛姨媽起身去了。

……這裡屋內無人時，寶釵方問湘雲何處拾的。湘雲笑道：「我見妳令弟媳的丫頭篆兒，悄悄的遞與鶯兒。鶯兒便隨手夾在書裡，只當我沒看見。我等她們出去了，我偷著看，竟不認得。知道妳們都在這裡，所以拿來大家認認。」

黛玉忙問：「怎麼她也當衣裳不成？既當了，怎麼又給妳去？」寶釵見問，不好隱瞞她兩個，遂將方才之事都告訴了她二人。

……黛玉便說「兔死狐悲，物傷其類」，不免感嘆起來。史湘雲便動了氣，說：「等我問著二姐姐去！我罵那起老婆子丫頭一頓，給妳們出氣何如？」說著，便要走。寶釵忙一把拉住，笑道：「妳又發瘋了，還不給我坐著呢！」黛玉笑道：「妳要是個男人，出去打一個報不平兒。妳又充什麼荊軻聶政，真真好笑。」湘雲道：「既不叫我問她去，明兒也把她接到咱們苑裡一處住去，豈不好？」寶釵笑道：「明日再商量。」說著，人報：「三姑娘、四姑娘來了。」三人聽了，忙掩了口不提此事。要知端的，且聽下回分解。

◎第五八回◎

杏子陰假鳳泣虛凰
茜紗窗真情揆痴理

……話說她三人因見探春等進來，忙將此話掩住不提。探春等問候過，大家說笑了一會方散。

……誰知上回所表的那位老太妃已薨，凡誥命等皆入朝隨班按爵守制[1]。敕諭天下：凡有爵之家，一年內不得筵宴音樂，庶民皆三月不得婚嫁。賈母、邢、王、尤、許婆媳祖孫等，皆每日入朝隨祭，至未正以後方回。

在大內偏宮二十一日後，方請靈入先陵，地名曰孝慈縣。這陵離都來往得十來日之功，如今請靈至此，還要停放數日，方入地宮，故得一月光景。寧府賈珍夫妻二人，也少不得是要去的。

……兩府無人，因此大家計議，家內無主，便報了尤氏產育，將她騰挪出來，協理榮、寧兩處事體。因又托了薛姨媽在園內照管她姊妹、丫鬟。薛姨媽只得也挪進園來。因寶釵處有湘雲、香菱；李紈處目今李嬸母女雖去，然有時亦來住三五日不定，賈母又將寶琴送與她去照管；迎春處有岫煙；探春因家務冗雜，且不時有趙姨娘與賈環來嘈聒[2]，甚不方便；惜春處房屋狹小。況賈母又千叮嚀萬囑咐，托她照管林黛玉，薛姨媽素習也最憐愛她的，今既巧遇這事，便挪至瀟湘館來和黛玉同房，一應藥餌飲食十分經心。黛玉感戴不盡，以後便亦如寶釵之呼，連寶釵前亦直以姐姐呼之，寶琴前直以妹妹呼之，儼似同胞共出，較諸人更似親切。

1. 守制——按照居喪制度守喪。

2. 嘈聒——打擾，吵鬧。

……賈母見如此，也十分喜悅放心。薛姨媽只不過照管她姊妹，禁約得丫頭輩，一應家中大小事務，也不肯多口。尤氏雖天天過來，也不過應名點卯，亦不肯亂作威福，且她家內上下，也只剩她一個料理，再者，每日還要照管賈母王夫人的下處一應所需飲饌鋪設之物，所以也甚操勞。

……當下榮寧兩處主人既如此不暇，並兩處執事人等，或有人跟隨入朝的，或有朝外照理下處事務的，又有先踩踏下處的，也都各各忙亂。因此兩處下人無了正經頭緒，也都偷安，或乘隙結黨，與權暫執事者，竊弄威福。榮府只留得賴大並幾個管事照管外務。這賴大手下常用的幾個人已去，雖另委人，都是些生的，只覺不順手。且他們無知，或賺騙無節，或呈告無據，或舉荐無因，種種不善，在在生事，也難備述。

…又見各官宦家，凡養優伶男女者，一概蠲免遺發，尤氏等便議定，待王夫人回家回明，也欲遣發十二個女孩子，又說：「這些人原是買的，如今雖不學唱，盡可留著使喚，只令其教習們自去也罷了。」

王夫人因說：「這學戲的倒比不得使喚的，她們也是好人家的兒女，因無能賣了做這事，裝丑弄鬼的幾年，如今有這機會，不如給她們幾兩銀子盤費，各自去罷。

「當日祖宗手裡都是有這例的。咱們如今損陰壞德，而且還小器。如今雖有幾個老的還在，那是她們各有原故，不肯回去的，所以才留下使喚，大了配了咱們家的小廝們了。」

…尤氏道：「如今我們也去問她十二個，有願意回去的，就帶了信兒，叫上她父母來親自來領回去，給她們幾兩銀子盤纏方妥當。若不叫上她父母親人來，只怕有混帳人頂名冒領出去又轉賣了，豈不辜負了這恩典！若有不願意回去的，就留下。」

王夫人笑道：「這話妥當。」

尤氏等又遣人告訴了鳳姐兒。一面說與總理房中，每教習給銀八兩，令其自便。凡梨香院一應物件，查清註冊收明，派人上夜。

……將十二個女孩子叫來當面問，倒有一多半不願意回家的：也有說父母雖有，他只以賣我們為事，這一去還被他賣了；也有父母已亡，或被叔伯兄弟所賣的；也有說無人可投的；也有說戀恩不捨的。所願去者止四五人。

王夫人聽了，只得留下。將去者四五人皆令其乾娘領回家去，單等她親父母來領；將不願去者分散在園中使喚。

……賈母便留下文官自使，將正旦芳官指與寶玉，將小旦蕊官送了寶釵，將小生藕官指與了黛玉，將大花面葵官送了湘雲，將小花面豆官送了寶琴，將老外艾官送了探春，尤氏便討了老旦茄官去。當下各得其所，就如倦鳥出籠，每日園中遊戲。眾人皆知她們不能針黹，不慣使用，皆不大責備。其中或有一二個知事的，愁將來無應時之技，亦將本技丟開，便學起針黹紡績女工諸務。

……一日正是朝中大祭，賈母等五更便去了，先到下處用些點心小食，然後入朝。早膳已畢，方退至下處；用過早飯，略歇片刻，復入朝；待中晚二祭完畢，方出至下處歇息；用過晚飯方回家。

可巧這下處乃是一個大官的家廟，乃比丘尼焚修，房舍極多極淨。東西二院，榮府便賃了東院，北靜王府便賃了西院。太妃、少妃每日宴息，見賈母等在東院，彼此同出同入，都有照應。外面細事，不消細述。

※　※　※

且說大觀園中因賈母、王夫人天天不在家內，又送靈去一月方回，各丫鬟、婆子皆有閒空，多在園內遊玩。更又將梨香院內服侍的眾婆子一概撤回，並散在園內聽使，更覺園內人多了幾十個。

因文官等一干人或心性高傲，或倚勢凌下，或揀衣挑食，或口角鋒芒，大概不安分守理者多。因此眾婆子無不含怨，只是口中不敢與她們分證。如今散了學，大家稱了願，也有丟開手的，也有心地狹窄，猶懷舊怨的，因將眾人皆分在各房名下，不敢來廝侵。

……可巧這日乃是清明之日，賈璉已備下年例祭祀，帶領賈環、賈琮、賈蘭三人去往鐵檻寺祭柩燒紙。寧府賈蓉也同族中幾人各辦祭祀前往。

……因寶玉未大愈，故不曾去得。飯後發倦，襲人因說：「天氣甚好，你且出去逛逛，省得丟下粥碗就睡，存在心裡。」寶玉聽說，只得拄了一支杖，靸著鞋，步出院外。

……因近日將園中分與眾婆子料理，各司各業，皆在忙時，也有修竹的，也有剨樹[3]的，也有栽花的，也有種豆的，池中又有駕娘們行著船夾泥[4]種藕。香菱、湘雲、寶琴與些丫鬟等都坐在山石上，瞧她們取樂。寶玉也慢慢行來。湘雲見了他來，忙笑說：「快把這船打出去，她們是接林妹妹的。」眾人都笑起來。

3. 剨（音烏）樹——將樹木的舊枝砍去使其另發新枝。

4. 夾泥——即撈取河底的爛泥作肥料。

寶玉紅了臉，也笑道：「人家的病，誰是好意的！妳也形容著取笑兒。」湘雲笑道：「病也比人家另一樣，原招笑兒，反說起人來。」說著，寶玉便也坐下，看著眾人忙亂了一回。湘雲因說：「這裡有風，石頭上又冷，坐坐去罷。」

……寶玉也正要去瞧林黛玉，便起身拄拐，辭了她們，從沁芳橋一帶堤上走來。只見柳垂金線，桃吐丹霞，山石之後，一株大杏樹，花已全落，葉稠陰翠，上面已結了豆子大小的許多小杏。

寶玉因想道：「能病了幾天，竟把杏花辜負了！不覺倒『綠葉成蔭子滿枝』了！」因此，仰望杏子不捨。又想起邢岫煙已擇了夫婿一事，雖說是男女大事，不可不行，但未免又少了一個好女兒。不過兩年，便也要「綠葉成蔭子滿枝」了。再過幾日，這杏樹子落枝空，再幾年，岫煙也未免烏髮如銀，紅顏似槁了，因此，不免傷心，只管對杏流淚嘆息。

……正悲嘆時，忽有一個雀兒飛來落於枝上亂啼。寶玉又發了呆性，心下想道：「這雀兒必定是杏花正開時牠曾來過，今見無花空有子葉，故也亂啼。這聲韻必是啼哭之聲，可恨公冶長不在眼前，不能問他。但不知明年再發時，這個雀兒可還記得飛到這裡來與杏花一會了？」

……正胡思間，忽見一股火光從山石那邊發出，將雀兒驚飛。寶玉吃一大驚，又聽那邊有人喊道：「藕官，妳要死！怎弄些紙錢進來燒？我回去回奶奶們去，仔細妳的肉！」寶玉聽了，益發疑惑起來，忙轉過山石看時，只見藕官滿面淚痕，蹲在那裡，手裡還拿著火，守著些紙錢灰作悲。

寶玉忙問道：「妳與誰燒紙錢？快不要在這裡燒。妳或是為父母兄弟，妳告訴我名姓，外頭去叫小廝們打了包袱寫上名姓去燒。」藕官見了寶玉，只不作一聲。

……寶玉數問不答，忽見一婆子惡狠狠的走來拉藕官，口內說道：「我已經回了奶奶們了，奶奶們氣得了不得。」藕官聽了，終是孩氣，怕辱沒了沒臉，便不肯去。婆子道：「我說妳們別太興頭過餘了，如今還比得妳們在外頭隨心亂鬧呢！這是尺寸地方兒[5]。」指寶玉道：「連我們的爺還守規矩呢，妳是什麼阿物兒，跑來胡鬧！怕也不中用，跟我快走罷！」寶玉忙道：「她並沒燒紙錢，原是林妹妹叫她來燒那爛字紙的。妳沒看真，反錯告了她。」藕官正沒了主意，見了寶玉，也正添了畏懼；忽聽他反掩飾，

5. 尺寸地方兒——講分寸規矩的地方。這裡指貴族府第的內宅。

心內轉憂成喜，也便硬著口說道：「妳很看真是紙錢了麼？我燒的是林姑娘寫壞了的字紙！」

那婆子聽如此，亦發狠起來，便彎腰向紙灰中揀那不曾化盡的遺紙，揀了兩點在手內，說道：「妳還嘴硬？有據有證在這裡。我只和妳廳上講去！」說著，拉了袖子，就拽著要走。

……寶玉忙把藕官拉住，用拄杖敲開那婆子的手，說道：「妳只管拿了那個回去。實告訴妳：我昨夜做了一個夢，夢見杏花神和我要一挂白紙錢，不可叫本房人燒，要一個生人替我燒了，我的病就好的快。所以我請了這白錢，巴巴兒的和林姑娘煩了她來，替我燒了祝贊。

「原不許一個人知道的，所以我今日才能起來，偏妳看見了。我這會子又不好了，都是妳沖了！妳還要告她去？藕官，只管去，見了她們妳就照依我這話說。等老太太回來，我就說她故意來沖神祇，保祐我早死。」

……藕官聽了，越發得了主意，反倒拉著婆子要走。那婆子聽了這話，忙丟下紙錢陪笑，央告寶玉道：「我原不知道，二爺若回了老太太，我這老婆子豈不完了？我如今回奶奶們去，就說是爺祭神，我看錯了。」

寶玉道：「妳也不許再回去了，我便不說。」

婆子道：「我已經回了，叫我來帶她，我怎好不回去的？也罷，就說我已經叫到了，又被林姑娘叫了去了。」

寶玉想一想，方點頭應允。那婆子只得去了。

……這裡寶玉問她：「到底是為誰燒紙？我想來，若是為父母兄弟，妳們皆煩人外頭燒過了，這裡燒這幾張，必有私自的情理。」

藕官因方才護庇之情，感激於衷，便知他是自己一流的人物，便含淚說道：「我這事，除了你屋裡的芳官並寶姑娘的蕊官，並沒第三個人知道。今日被你遇見，又有這段意思，少不得也告訴了你，只不許再對人言講。」又哭道：「我也不便和你面說，你只回去背人悄問芳官就知道了。」說畢，佯常而去。

寶玉聽了，心下納悶，只得踱到瀟湘館，瞧黛玉越發瘦得可憐，問起來，比往日已算大愈了。黛玉見他也比先大瘦了，想起往日之事，不免流下淚來，些微談了談，便催寶玉去歇息調養。

寶玉只得回來。因記掛著要問芳官那原委，偏有湘雲、香菱來了，正和襲人、芳官說笑，不好叫她，恐人又盤詰[6]，只得耐著。

……一時，芳官又跟了她乾娘去洗頭。她乾娘偏又先叫了她親女兒洗過了後，才叫芳官洗。芳官見了這般，便說她偏心，「把妳女兒剩水給我洗。我一個月的月錢都是妳拿著，沾我的光不算，反倒給我剩東剩西的。」

她乾娘羞愧變成惱，便罵她：「不識抬舉的東西！怪不得人人都說戲子沒一個好纏的。憑妳甚麼好人，入了這一行，都弄壞了。這一點子屄崽子，也挑么挑六[7]，鹹屄淡話，咬群的騾子似的！」娘兒兩個吵起來。

……襲人忙打發人去說：「少亂嚷！瞅著老太太不在家，一個個連句安靜話也不說。」

6. 盤詰──反覆仔細的查問。

7. 挑么挑六──挑剔，找差錯。么、六是骰子的點。

晴雯因說：「都是芳官不省事，不知狂的什麼！也不過是會兩齣戲，倒像殺了賊王、擒了反叛來的！」

襲人道：「『一個巴掌拍不響』，老的也太不公些，小的也太可惡些。」

……寶玉道：「怨不得芳官。自古說：『物不平則鳴』。她少親失眷的，在這裡沒人照看，賺了她的錢。又作踐她，如何怪得。」

因又向襲人道：「她一月多少錢？以後不如妳收了過來照管她，豈不省事？」

襲人道：「我要照看她哪裡照看不了，又要她那幾個錢才照看她？沒的討人罵去！」

說著，便起身至那屋裡，取了一瓶花露油，並些雞卵、香皂、頭繩之類，叫一個婆子來送給芳官去，叫她另要水自洗，不要吵鬧了。

……她乾娘益發羞愧，便說芳官「沒良心，花掰[8]我克扣[9]妳的錢」，便向她身上拍了幾下，芳官便哭起來。

寶玉便走出，襲人忙勸：「作什麼？我去說她。」

晴雯忙先過來，指她乾娘說道：「妳老人家太不省事！妳不給她洗頭的東西，我們饒給她東西，妳不自臊，還有臉打她！她要還在學裡學藝，妳也敢打她不成？」

那婆子便說：「『一日叫娘，終身是母。』她排場我，我就打得！」

……襲人喚麝月道：「我不會和人拌嘴，晴雯性太急，妳快過去震嚇她兩句。」

麝月聽了，忙過來說道：「妳且別嚷。我且問妳，別說我們這一

8. **花掰**—胡編瞎說的意思。

9. **克扣**—扣減應該發給別人的財物而據為己有。

處，妳看滿園子裡，誰在主子屋裡教導過女兒的？便是妳的親女兒，既分了房，有了主子，自有主子打得罵得；再者，大些的姑娘姐姐們打得罵得，誰許妳老子娘又半中間管閒事了？都這樣管，又要叫她們跟著我們學什麼？越老越沒了規矩！

「妳見前兒墜兒的娘來吵，妳也來跟她學？妳們放心，因連日這個病那個病，老太太又不得閒心，所以我沒回。等兩日閒了，咱們痛回一回，大家把威風煞一煞兒才好！寶玉才好了些，連我們不敢大聲說話，妳反打得人狼號鬼叫的。上頭能出了幾日門，妳們就無法無天的，眼睛裡沒了我們，再兩天妳們就該打我們了！她不要你這乾娘，怕糞草埋了她不成？」

⋯寶玉恨得用拄杖敲著門檻子說道：「這些老婆子都是些鐵心

石頭腸子，也是件大奇的事。不能照看，反倒折挫，天長地久，如何是好！」

晴雯道：「什麼『如何是好』，都攆了出去，不要這些中看不中吃的！」

那婆子羞愧難當，一言不發。那芳官只穿著海棠紅的小棉襖，底下綠綢撒花夾褲，敞著褲腳，一頭烏油似的頭髮披在腦後，哭得淚人一般。

麝月笑道：「把個鶯鶯小姐，反弄成拷打的紅娘了！這會子又不妝扮了，還是這麼鬆怠怠的。」

寶玉道：「她這本來面目極好，倒別弄緊襯了。」晴雯過去拉了她，替她洗淨了髮，用手巾擰乾，鬆鬆的挽了一個慵妝髻[10]，命她穿了衣服，過這邊來了。

……接著司內廚的婆子來問：「晚飯有了，可送不送？」小丫頭

10. **慵妝髻**——蓬鬆而偏垂一邊的髮髻。

聽了，進來問襲人。

襲人笑道：「方才胡吵了一陣，也沒留心聽鐘幾下了。」

晴雯道：「那勞什子又不知怎麼了，又得去收拾。」說著，便拿過表來瞧了一瞧，說：「再略等半鍾茶的工夫就是了。」小丫頭去了。

麝月笑道：「提起淘氣，芳官也該打幾下。昨兒是她擺弄了那墜子，半日就壞了。」

……說話之間，便將食具打點現成。一時小丫頭子捧了盒子進來站住。晴雯、麝月揭開看時，還是這四樣小菜。

晴雯笑道：「已經好了，還不給兩樣清淡菜吃！這稀飯鹹菜鬧到多早晚？」一面擺好，一面又看那盒中，卻有一碗火腿鮮筍湯，忙端了放在寶玉跟前。

寶玉便就桌上喝了一口，說：「好燙！」

襲人笑道：「菩薩！能幾日不見葷，饞得這樣起來！」一面說，一面忙端起，輕輕用口吹。因見芳官在側，便遞與芳官，笑道：「妳也學著些服侍，別一味呆憨呆睡。口勁輕著些，別吹上唾沫星兒。」芳官依言果吹了幾口，甚妥。

……她乾娘也忙端飯，在門外伺候。向日芳官等一到時原從外邊認的，就同往梨香院去了。這干婆子原係榮府三等人物，不過令其與她們漿洗，皆不曾入內答應，故此不知內幃規矩。今亦托賴她們方入園中隨女歸房。這婆子先領過麝月的排場，方知了一二分，生恐不令芳官認她做乾娘，便有許多失利之處，故心中只要買轉他們。今見芳官吹湯，便忙跑進來笑道：「她不老成，仔細打了碗，讓我吹罷。」一面說，一面就接。

……晴雯忙喊：「快出去！妳讓她砸了碗，也輪不到妳吹！妳什麼空兒跑到這裡槅子來了？還不出去！」一面又罵小丫頭們：「瞎了眼的，她不知道，妳們也不說給她！」小丫頭們都說：「我們攆她，她不出去；說她，她又不信。如今帶累我們受氣，妳可信了？我們到的地方兒，有妳到的一半，一半是妳到不去的呢！何況又跑到我們到不去的地方還不算，又去伸手動嘴的。」一面說，一面推她出去。階下幾個等空盒傢伙的婆子見她出來，都笑道：「嫂子也沒用鏡子照一照，就進去了。」羞得那婆子又恨又氣，只得忍耐下去。

……芳官吹了幾口，寶玉笑道：「好了，仔細傷了氣。妳嘗一口，可好了？」芳官只當是頑話，只是笑看著襲人等。

襲人道：「妳就嘗一口何妨？」

晴雯笑道：「妳瞧我嘗。」說著就喝了一口。

芳官見如此，自己也便嘗了一口，說：「好了。」遞與寶玉。

寶玉喝了半碗，吃了幾片筍，又吃了半碗粥，就罷了。

……眾人揀收出去了。小丫頭捧了沐盆，盥漱已畢，襲人等出去吃飯。寶玉便使個眼色與芳官，芳官本自伶俐，又學幾年戲，何事不知？便裝說頭疼，不吃飯了。

襲人道：「既不吃飯，妳就在屋裡作伴兒，把這粥給妳留著，一時餓了再吃。」說著，都去了。

……這裡寶玉和她只二人，寶玉便將方才從火光發起，如何見了藕官，又如何謊言護庇，又如何藕官叫我問妳，從頭至尾，細細的告訴她一遍，又問她祭的果係何人。

芳官聽了，滿面含笑，又嘆一口氣，說道：「這事說來可笑又可嘆。」

寶玉聽了，忙問如何。芳官笑道：「你說她祭的是誰？祭的是死了的菂官。」

寶玉道：「這是友誼，也應當的。」

…芳官笑道：「哪裡是友誼？她竟是瘋傻的想頭，說她自己是小生，菂官是小旦，常做夫妻，雖說是假的，每日那些曲文排場，皆是真正溫存體貼之事，故此二人就瘋了，雖不做戲，尋常飲食起坐，兩個人竟是你恩我愛。菂官一死，她哭得死去活來，至今不忘，所以每節燒紙。

「後來補了蕊官，我們見她一般的溫柔體貼，也曾問她得新棄舊的。她說：『這又有個大道理。比如男子喪了妻，或有必當續弦者也必要續弦為是。便只是不把死的丟過不提，便是情深意重了。若一味因死的不續，孤守一世，妨了大節，也不是理，死者反不安了。』你說可是又瘋又呆？說來可是可笑？」

……寶玉聽說了這篇呆話，獨合了他的呆性，不覺又是歡喜，又是悲嘆，又稱奇道絕，說：「天既生這樣人，又何用我這鬚眉濁物玷辱世界。」因又忙拉芳官囑道：「既如此說，我也有一句話囑咐她，我若親對面與她講，未免不便，須得妳告訴她。」

芳官問何事。寶玉道：「以後斷不可燒紙錢。這紙錢原是後人異端，不是孔子遺訓。以後逢時按節，只備一個爐，到日隨便焚香，一心誠虔，就可感格[11]了。愚人原不知，無論神佛、死人，必要分出等例，各式各例的。殊不知只以『誠心』二字為主。即值倉皇流離之日，雖連香亦無，隨便有土有草，只以潔淨，便可為祭，不獨死者享祭，便是神鬼，也

11. **感格**——感動、感應的意思。格，感通。

來享的。

「妳瞧瞧我那案上，只設一爐，不論日期，時常焚香。她們皆不知原故，我心裡卻各有所因。隨便有新茶便供一鍾茶，有新水就供一盞水，或有鮮花，或有鮮果，甚至葷羹腥菜，只要心誠意潔，便是佛也都可來享，所以說只在敬，不在虛名。以後快命她不可再燒紙錢了。」

芳官聽了，便答應著。一時吃過飯，便有人回：「老太太、太太回來了。」要知端的，且聽下回分解。

◎第五九回◎

柳葉渚邊嗔鶯咤燕
絳雲軒裏召將飛符

……話說寶玉聽說賈母等回來，遂多添了一件衣服，拄杖前邊來，都見過了。賈母等因每日辛苦，都要早些歇息，一宿無話，次日五鼓，又往朝中去。

……離送靈日不遠，鴛鴦、琥珀、翡翠、玻璃四人，都忙著打點賈母之物；玉釧、彩雲、彩霞等皆打點王夫人之物，當面查點與跟隨的管事媳婦們。跟隨的一共大小六個丫鬟，十個老婆子媳婦，男人不算。連日收拾馱轎[1]器械。鴛鴦與玉釧兒皆不隨去，只看屋子。一面先幾日預發帳幔鋪陳之物，先有四五個媳婦並幾個男人領了出來，坐了幾輛車繞道先至下處，鋪陳安插等候。

……臨日，賈母帶著蓉妻坐一乘馱轎，王夫人在後亦坐一乘馱轎，賈珍騎馬，率了眾家丁衛護。又有幾輛大車與婆子丫鬟等坐，並放些隨換的衣包等件。是日，薛姨媽、尤氏率領諸人送至大門外方回。賈璉恐路上不便，一面打發了他父母起身，趕上賈母、王夫人馱轎，自己也隨後帶領家丁押後跟來。

……榮府內賴大添派人丁上夜，將兩處廳院都關了，一應出入人等皆走西邊小角門。日落時，便命關了儀門，不放人出入。園中前後東西角門亦皆關鎖，只留王夫人大房之後常係她姊妹出入之門，東邊通薛姨媽的角門，這兩門因在內院，不必關鎖。裡面鴛鴦和玉釧兒也各將上房關了，自領丫鬟婆子下

1. 馱轎──也叫騾馱轎，兩匹牲口抬著走的轎子，北方陸行交通工具。

房去安歇。每日林之孝之妻進來，帶領十來個婆子上夜，穿堂內又添了許多小廝們坐更打梆子，已安插得十分妥當。

※　※　※

一日清曉，寶釵春困已醒，搴[2]帷下榻，微覺輕寒，啟戶視之，見苑中土潤苔青，原來五更時落了幾點微雨。於是喚起湘雲等人來，一面梳洗，湘雲因說兩腮作癢，恐又犯了杏癍癬[3]，因問寶釵要些薔薇硝[4]擦。

寶釵道：「前兒剩的都給了妹子了。」

因說：「顰兒配了許多，我正要和她要些，因今年竟沒發癢，就忘了。」

因命鶯兒去取些來。鶯兒應了才去時，蕊官便說：「我同妳去，順便瞧瞧藕官。」說著，一逕同鶯兒出了蘅蕪苑。

2.搴（音牽）—撩。

3.杏癍癬—是春季常見的一種面部鱗屑性皮膚病，又名「春癬」，多見於兒童和青年，好發於面部，也可見於頸部、軀幹。

4.薔薇硝—一種對症的藥用化妝品，其成分可能由薔薇露和銀硝合成。

……二人你言我語，一面行走，一面說笑，不覺到了杏葉渚，順著柳堤走來。因見柳葉才吐淺碧，絲若垂金，鶯兒便笑道：「妳會拿著柳條子編東西不會？」

蕊官笑道：「編什麼東西？」

鶯兒道：「什麼編不得？玩的使的都可。等我摘些下來，帶著這葉子編一個花籃，採了各色花放在裡頭，才是好玩呢。」說著，且不去取硝，且伸手挽翠披金，採了許多的嫩條，命蕊官拿著。

……鶯兒一行走一行編花籃，隨路見花便採一二枝，編出一個玲瓏過梁[5]的籃子。枝上自有本來翠葉滿布，將花放上，卻也別致有趣。喜得蕊官笑道：「好姐姐，給了我罷！」

鶯兒道：「這一個咱們送林姑娘，回來咱們再多採些，編幾個大家頑。」說著，來至瀟湘館中。

5. 玲瓏過梁——是一種花籃的樣式。玲瓏，本是一種佩帶在胳膊上的玉飾的樣式。過梁應該是花籃的編法。

……黛玉也正晨妝，見了籃子，便笑說：「這個新鮮花籃是誰編的？」

鶯兒笑說：「我編了送姑娘頑的。」

黛玉接了笑道：「怪道人贊妳的手巧，這頑意兒卻也別致。」一面瞧了，一面便命紫鵑掛在那裡。

鶯兒又問候了薛姨媽，方和黛玉要硝。黛玉忙命紫鵑包了一包，遞與鶯兒。

黛玉又說道：「我好了，今日要出去逛逛。妳回去說與姐姐，不用過來問候媽了，也不敢勞她來瞧我，梳了頭，同媽都往妳那裡去，連飯也端了那裡去吃，大家熱鬧些。」

……鶯兒答應了出來，便到紫鵑房中找蕊官。只見蕊官與藕官二人正說得高興，不能相捨，因說道：「姑娘也去呢，藕官先同我們去等著豈不好？」

紫鵑聽如此說，便也說道：「這話倒是，她這裡淘氣得也可厭。」一面說，一面便將黛玉的匙箸用一塊洋巾包了，交與藕官道：「妳先帶了這個去，也算一趟差了。」

……藕官接了，笑嘻嘻同她二人出來，一逕順著柳堤走來。鶯兒便又採些柳條，索性坐在山石上編起來；又命蕊官先送了硝去再來。她二人只顧愛看她編，哪裡捨得去。鶯兒只顧催說：「妳們再不去，我也不編了。」藕官便說：「我同妳去了，再快回來。」二人方去了。

……這裡鶯兒正編，只見何婆的小女兒春燕走來，笑問：「姐姐織什麼呢？」正說著，蕊藕二人也到了。春燕便向藕官道：「前兒妳到底燒什麼紙？被我姨媽看見了，要告你，沒告成，倒被寶玉賴了她一大些不是，氣得她一五一十告訴我媽。妳們在外頭這二三年積了些什麼仇恨，如今還不解開？」

藕官冷笑道：「有什麼仇恨？她們不知足，反怨我們了。在外頭這兩年，別的東西不算，只算我們的米菜，不知賺了多少家去，合家子吃不了，還有每日買東買西賺的錢在外。逢我們使她們一使兒，就怨天怨地的。妳說說可有良心？」

⋯春燕笑道：「她是我的姨媽，也不好向著外人反說她的。怨不得寶玉說：『女孩兒未出嫁，是顆無價之寶珠；出了嫁，不知怎麼就變出許多的不好的毛病來，雖是顆珠子，卻沒有光彩寶色，是顆死珠了；再老了，更變得不是珠子，竟是魚眼睛了！分明一個人，怎麼變出三樣來？』這話雖是混話，倒也有些不差。

「別人不知道，只說我媽和姨媽，她老姊妹兩個如今越老了越把錢看得真了。先時老姐兒兩個在家，抱怨沒個差使，沒個進益，幸虧有了這園子，把我挑進來，可巧把我分到怡紅院。家裡省了我一個人的費用不算外，每月還有四五百錢的餘剩，這也還說不夠。後來老姊妹二人都派到梨香院去照看她們，藕官認了我姨媽，芳官認了我媽，這幾年著實寬裕了。如今挪進來也算撒開手了，還只無厭。妳說好笑不好笑？

「我姨媽剛和藕官吵了，接著我媽為洗頭就和芳官吵。芳官連要洗頭也不給她洗。昨日得月錢，推不去了，買了東西，先叫我洗。我想了一想：我自有錢，就沒錢要洗時，不管襲人、晴雯、麝月、哪一個跟前和她們說一聲，也都容易，何必借這個光兒？好沒意思。所以我不洗。她又叫我妹妹小鳩兒洗了才叫芳官，果然就吵起來。接著又要給寶玉吹湯，妳說可不笑死了人？

「我見她一進來，我就告訴那些規矩。她只不信，只要強作知道，足的討個沒趣兒。幸虧園裡的人多，沒人分記得清楚誰是誰的親故。若有人記得，只我們一家人吵，什麼意思呢？妳這會子又跑來弄這個。這一帶地上的東西，都是我姑媽管著，她一得了這地方，比得了永遠基業還利害，每日早起晚睡，自己辛苦了還不算，每日逼著我們來照看，生恐有人糟蹋，又怕誤了我的差使。如今進來了，老姑嫂兩個照看得謹謹慎慎，一根草也不許人動。妳還掐這些花兒，又折她的嫩樹，她們即刻就來，仔細她們抱怨。」

鶯兒道：「別人亂折亂掐使不得，獨我使得。自從分了地基之後，各房裡每日皆有份例，吃的不用算，單管花草頑玩意兒。誰管什麼，每日誰就把各房裡姑娘、丫頭戴的，必要各色送些折枝去，另外還有插瓶的。惟有我們說了：『一概不用送，等要什麼再和妳們要。』究竟總沒要過一次。我今便掐些，她們也不好意思說的。」

……一語未了，她姑媽果然拄了拐走來。鶯兒、春燕等忙讓坐。那婆子見採了許多嫩柳，又見藕官等都採了許多鮮花，心內便不受用，看著鶯兒編，又不好說什麼，便說春燕道：「我叫妳來照看照看，妳就貪住頑不去了。倘或叫起妳來，妳又說我使妳了，拿我做隱身符兒[6]，妳來樂！」

春燕道：「妳老又使我，又怕，這會子反說我。難道把我劈做八瓣子不成？」

……鶯兒笑道：「姑媽，妳別信小燕的話。這都是她摘下來的，煩我給她編，我攆她，她不去。」

春燕笑道：「妳可少頑兒，妳只顧頑兒，老人家就認真了。」

6. 隱身符兒——此處指擋箭牌。

那婆子本是愚頑之輩，兼之年近昏眊[7]，惟利是命，一概情面不管，正心疼肝斷，無計可施，聽鶯兒如此說，便以老賣老，拿起拄杖來向春燕身上擊了幾下，罵道：「小蹄子，我說著妳，妳還和我強嘴兒呢。妳媽恨得牙根癢癢，要撕妳的肉吃呢。妳還來和我強梆子似的[8]。」

打得春燕又愧又急，哭道：「鶯兒姐姐頑話，妳老就認真打我。我媽為什麼恨我？我又沒燒胡了洗臉水，有什麼不是？」

⋯⋯鶯兒本是頑話，忽見婆子認真動了氣，忙上去拉住笑道：「我才是頑話，妳老人家打她，我豈不愧？」

那婆子道：「姑娘，妳別管我們的事！難道為姑娘在這裡，不許我管孩子不成？」

鶯兒聽見這般蠢話，便賭氣紅了臉，撒了手，冷笑道：「妳老人家要管，哪一刻管不得，偏我說了一句頑話，就管她了。

7. 昏眊（音冒）——昏聵糊塗的老牛。

8. 強梆子似的——嘴硬得像梆子似的。

我看妳老管去！」說著便坐下，仍編柳籃子。

…偏又有春燕的娘出來找她，喊道：「妳不來舀水，在那裡做什麼呢？」

那婆子便接聲兒道：「妳來瞧瞧，妳的女兒連我也不服了！在那裡排揎[9]我呢。」那婆子一面走過來說：「姑奶奶，又怎麼了？我們丫頭眼裡沒娘罷了，連姑媽也沒了不成？」鶯兒見她娘來了，只得又說原故。

她姑媽哪裡容人說話，便將石上的花柳與她娘瞧道：「妳瞧瞧，妳女兒這麼大孩子頑的！她先領著人糟蹋我，我怎麼說人？」

…她娘也正為芳官之氣未平，又恨春燕不遂她的心，便走上來打耳刮子，罵道：「小娼婦，妳能上了幾年台盤？妳也跟那

9. 排揎——數落、斥責。

起輕狂浪小婦學，怎麼就管不得妳們了？乾的我管不得，妳是我屄裡掉出來的，難道也不敢管妳不成？既是妳們這起蹄子到得去的地方我到不去，妳就該死在那裡伺侯，又跑出來浪漢。」

一面又抓起柳條子來，直送到她臉上，問道：「這叫作什麼？這編的是妳娘的屄！」

鶯兒忙道：「那是我編的，妳老別指桑罵槐！」

那婆子深妒襲人晴雯一干人，已知凡房中大些的丫鬟都比她們有些體統權勢，凡見了這一干人，心中又畏又讓，未免又氣又恨，亦且遷怒於眾；復又看見了藕官，又是她令姊的冤家，四處湊成一股怨氣。

…那春燕啼哭著往怡紅院去了。她娘又恐問她為何哭，怕她又說出自己打她，又要受晴雯等的氣，不免著起急來，又忙喊道：「妳回來！我告訴妳再去。」春燕哪裡肯回來。急得她娘跑了去要拉她，春燕回頭看見，便也往前飛跑。她娘只顧趕她，不防腳下被青苔滑倒，引得鶯兒三個人反都笑了。

鶯兒賭氣將花柳皆擲於河中，自回房去。這裡把個婆子心疼得只念佛，又罵：「促狹小蹄子！糟蹋了花兒，雷也是要打的！」自己且掐花與各房送去，不提。

……卻說春燕一直跑入院中，頂頭遇見襲人往黛玉處去問安。春燕便一把抱住襲人說：「姑娘救我！我娘又打我呢。」襲人見她娘來了，不免生氣，便說道：「三日兩頭兒打了乾的打親的，還是買弄妳女兒多，還是認真不知王法？」

這婆子雖來了幾日，見襲人不言不語，是好性的，便說道：「姑娘妳不知道，別管我們閒事！都是妳們縱的，這會子還管什麼？」說著，便又趕著打。

……襲人氣得轉身進來，見麝月正在海棠下晾手巾，聽得如此喊鬧，便說：「姐姐別管，看她怎樣。」一面使眼色與春燕，春燕會意，便直奔了寶玉去。

眾人都笑說：「這可是從來沒有的事，今兒都鬧出來了。」

麝月向婆子道：「妳再略煞一煞氣兒，難道這些人的臉面，和妳討一個情，還討不下來不成？」那婆子見她女兒奔到寶玉身邊去，又見寶玉拉了春燕的手說：「妳別怕，有我呢！」

……春燕又一行哭，又一行說，把方才鶯兒等事都說出來。寶玉越發急起來，說：「妳只在這裡鬧也罷了，怎麼連親戚也都得罪起來？」

麝月又向婆子及眾人道：「怨不得這嫂子說我們管不著她們的

事，我們雖無知錯管了，如今請出一個管得著的人來管一管，嫂子就心服口服，也知道規矩了。」便回頭叫小丫頭子：「去把平兒給我們叫來！平兒不得閒，就把林大娘叫了來。」那小丫頭子應了就走。

眾媳婦上來笑說：「嫂子，快求姑娘們叫回那孩子罷。平姑娘來了，可就不好了。」

那婆子說道：「憑你哪個平姑娘來也憑個理，沒有個娘管女兒，大家管著娘的。」

眾人笑道：「妳當是哪個平姑娘？是二奶奶屋裡的平姑娘。她有情呢，說妳兩句，她一翻臉，嫂子妳吃不了兜著走！」

說話之間，只見那小丫頭子回來說：「平姑娘正有事，問我作什麼，我告訴了她，她說：『既這樣，且攆她出去，告訴了林大娘，在角門外打她四十板子就是了。』」

那婆子聽如此說，自不捨得出去，便又淚流滿面，央告襲人等說：「好容易我進來了，況且我是寡婦，家裡沒人，正好一心無掛的在裡頭服侍姑娘們。姑娘們也便宜，我家裡也省些攪過。我這一去，又要去自己生火過活，將來不免又沒了過活。」

……襲人見她如此說，早又心軟了，便說：「妳既要在這裡，又不守規矩，又不聽話，又亂打人，哪裡弄妳這個不曉事的來，天天鬥口，也叫人笑話，失了體統。」

晴雯等道：「理她呢！打發去了是正經，誰和她去對嘴對舌的！」

那婆子又央眾人道：「我雖錯了，姑娘們吩咐了，我以後改過。姑娘們哪不是行好積德。」

一面又央告春燕道：「原是我為打妳起的，究竟沒打成妳，我如今反受了罪。妳也替我說說！」寶玉見如此可憐，只得留下，吩咐她不可再鬧。那婆子走來，一一的謝過了下去。

……只見平兒走來，問係何事。襲人等忙說：「已完了，不必再提。」

平兒笑道：「『得饒人處且饒人』，得省的將就省些事也罷了。能去了幾日，只聽各處大小人兒都作起反來了，一處不了又一處，叫我不知管哪一處的是。」

襲人笑道：「我只說我們這裡反了，原來還有幾處。」

平兒笑道：「這算什麼！正和珍大奶奶算呢，這三四日的工夫，一共大小出來了八九件了。妳這裡是極小的，算不起數兒來，還有大的可氣可笑之事呢。」不知平兒說出何事，且聽下回分解。

◎第六〇回◎

茉莉粉替去薔薇硝
玫瑰露引來茯苓霜

……話說襲人因問平兒，何事這樣忙亂。平兒笑道：「都是世人想不到的，說來也好笑，等幾日告訴你，如今沒頭緒呢，且也不得閒兒。」

一語未了，只見李紈的丫鬟來了，說：「平姐姐可在這裡？奶奶等妳，妳怎麼不去了？」

平兒忙轉身出來，口內笑說：「來了，來了。」襲人等笑道：「她奶奶病了，她又成了香餑餑了，都搶不到手。」平兒去了，不提。

……這裡寶玉便叫春燕：「妳跟了妳媽去，到寶姑娘房裡給鶯兒幾句好話聽聽，也不可白得罪了她。」春燕答應了，和她媽出去。寶玉又隔窗說道：「不可當著寶姑娘說，仔細反叫鶯兒受教導。」

……娘兒兩個應了出來，一壁走著，一面說閒話兒。春燕因向她娘道：「我素日勸妳老人家再不信，何苦鬧出沒趣來才罷。」她娘笑道：「小蹄子，妳走罷！俗語道：『不經一事，不長一智。』我如今知道了。妳又該來支問著我。」春燕笑道：「媽，妳若安分守己，在這屋裡長久了，自有許多的好處。我且告訴妳句話，寶玉常說：將來這屋裡的人，無論家裡外頭的，一應我們這些人，他都要回太太全放出去，與本人父母自便呢。妳只說這一件，可好不好？」她娘聽說，喜得忙問：「這話果真？」春燕道：「誰可扯這謊作做什麼？」婆子聽了，便念佛不絕。

…當下來至蘅蕪苑中，正值寶釵、黛玉、薛姨媽等吃飯。鶯兒自去泡茶，春燕便和她媽一逕到鶯兒前，陪笑說：「方才言語冒撞了，姑娘莫嗔莫怪，特來陪罪」等語。鶯兒忙笑讓坐，又倒茶。她娘兒兩個說有事，便作辭回來。

…忽見蕊官趕出叫：「媽媽、姐姐，略站一站。」一面走上來，遞了一個紙包與她們，說是薔薇硝，帶與芳官去擦臉。

春燕笑道：「妳們也太小氣了，還怕那裡沒這個與她，巴巴的妳又弄一包給她去。」

蕊官道：「她是她的，我送的是我的。好姐姐，千萬帶回去罷！」春燕只得接了。

…娘兒兩個回來，正值賈環、賈琮二人來問候寶玉，也才進去。春燕便向她娘說：「只我進去罷，妳老不用去。」她娘聽了，自此便百依百隨的，不敢倔強了。

……春燕進來，寶玉知道回覆，便先點頭。春燕知意，便不再說一語，略站了一站，便轉身出來，使眼色與芳官。芳官出來，春燕方悄悄的說與她蕊官之事，並與了她硝。寶玉並無與琮、環可談之語，因笑問芳官：「手裡是什麼？」芳官便忙遞與寶玉瞧，又說：「是擦春癬的薔薇硝。」寶玉笑道：「難為她想得到。」

……賈環聽了，便伸著頭瞧了一瞧，又聞得一股清香，便彎著腰向靴筒內掏出一張紙來托著，笑說：「好哥哥，給我一半兒！」寶玉只得要與他。芳官心中因是蕊官之贈，不肯與別人，連忙攔住，笑說道：「別動這個，我另拿些來。」

寶玉會意，忙笑包上，說道：「快取來。」

……芳官接了這個，自去收好，便從奩中去尋自己常使的。啟奩看時，盒內已空，心中疑惑：「早間還剩了些，如何沒了？」因問人時，都說不知。

麝月便說：「這會子且忙著問這個！不過是這屋裡人一時短了使了。妳不管拿些什麼給他們，他們哪裡看得出來？快打發他們去了，咱們好吃飯。」

芳官聽了，便將些茉莉粉包了一包拿來。賈環見了，喜得就伸手來接。芳官便忙向炕上一擲。賈環只得向炕上拾了，揣在懷內，方作辭而去。

……原來賈政不在家，且王夫人等又不在家，賈環連日也便裝病逃學。如今得了硝，興興頭頭來找彩雲。正值彩雲和趙姨娘閒談，賈環嘻嘻向彩雲道：「我也得了一包好的，送妳擦臉。妳常說薔薇硝擦癬，比外頭的銀硝強。妳且看看，可是這個？」

彩雲打開一看，「嗤」的一聲笑了，說道：「你是和誰要來的？」賈環便將方才之事說了。

彩雲笑道：「這是她們在哄你這鄉老兒呢！這不是硝，這是茉莉粉。」

賈環看了一看，果然比先的帶些紅色，聞聞也是噴香，因笑道：「這也是好的，硝、粉一樣，留著擦罷，自是比外頭買的高便好。」彩雲只得收了。

…趙姨娘便說：「有好的給你？誰叫你要去了？怎怨她們耍你！依我，拿了去照臉摔給她去，趁著這會子撞屍的撞屍去了，挺床的挺床，吵一齣子，大家別心淨，也算是報仇。莫不是兩個月之後，還找出這個碴兒來問你不成？「便問你，你也有話說。寶玉是哥哥，不敢沖撞他罷了。難道他屋裡的貓兒狗兒也不敢去問問不成？」賈環聽說，便低了頭。彩雲忙說：「這又何苦生事！不管怎樣，忍耐些罷了。」

趙姨娘道：「妳快休管，橫豎與妳無干。趁著抓住了理，罵她那些浪淫婦們一頓，也是好的。」又指賈環道：「呸！你這下流沒剛性的，也只好受這些毛崽子的氣！平白我說你一句兒，或無心中錯拿了一件東西給你，你倒會扭頭暴筋，瞪著眼蹾摔[1]娘。這會子被那起屄崽子耍弄，倒就也罷了。你明兒還想這些家裡人怕你呢！你沒有屄本事，我也替你羞！」

賈環聽了，不免又愧又急，又不敢去，只摔手說道：「妳這麼

1. 蹾摔──摔手頓足，發脾氣。

會說，妳又不敢去。支使了我去鬧，他們倘或往學裡告去，我捱了打，妳敢自不疼呢？遭遭兒調唆了我去，鬧出事來，我捱了打罵，妳一般也低了頭。這會子又調唆我和毛丫頭們去鬧！妳不怕三姐姐？妳敢去，我就服妳！」

只這一句話，便戳了他娘的肺，便喊說：「我腸子裡爬出來的，我再怕不成？這屋裡越發有得說了。」一面說，一面拿了那包子，便飛也似的往園中去。彩雲死勸不住，只得躲入別房。賈環便也躲出儀門，自去玩耍。

……趙姨娘直進園子，正是一頭火，頂頭正遇見藕官的乾娘夏婆子走來。見趙姨娘氣恨恨的走來，因問：「姨奶奶哪去？」趙姨娘又說：「妳瞧瞧！這屋裡連三日兩日進來的唱戲的小粉頭們，都三般兩樣，掂人分兩放小菜碟兒[2]了。若是別一個，我還不惱，若叫這些小娼婦捉弄了，還成個什麼！」

2.小菜碟兒——比喻地位卑微、不受重視、可有可無的人。

夏婆子聽了，正中己懷，忙問因何。趙姨娘悉將芳官以粉作硝、輕侮賈環之事說了。

夏婆子道：「我的奶奶，妳今兒才知道，這算什麼事。連昨日這個地方，她們私自燒紙錢，寶玉還攔到頭裡。人家還沒拿進個什麼來，就說使不得，不乾不淨的東西忌諱，這燒紙倒不忌諱？妳老想一想，這屋裡除了太太，誰還大似妳？妳老自己撐不起來，但凡撐起來的，誰還不怕妳老人家？

「如今我想，趁著這幾個小粉頭兒都不是正頭貨，得罪了她們也有限的。快把這兩件事抓著理扎個筏子[3]，我在旁幫著作證據。妳老把威風抖一抖，以後也好爭別的理。便是奶奶姑娘們，也不好為那起小粉頭子說妳老的。」

趙姨娘聽了這話，益發有理，便說：「燒紙的事不知道，妳卻細細的告訴我。」

夏婆子便將前事一一的說了。又說：「妳只管說去。倘或鬧起

3. 扎個筏子——做個理由。

來，還有我們幫著妳呢。」趙姨娘聽了，越發得了意，仗著膽子，便一徑到了怡紅院中。

……可巧寶玉聽見黛玉在那裡，便往那裡去了。芳官正與襲人等吃飯，見趙姨娘來了，忙都起身笑讓：「姨奶奶吃飯，有什麼事這麼忙？」

趙姨娘也不答話，走上來，便將粉照著芳官臉上撒來，指著芳官罵道：「小淫婦！妳是我銀子錢買來學戲的，不過娼婦、粉頭[4]之流，我家裡下三等奴才也比妳高貴些，妳都會看人下菜碟兒！

「寶玉要給東西，妳攔在頭裡，莫不是要了妳的了？拿這個哄他，妳只當他不認得呢！好不好，他們是手足，都是一樣的主子，哪裡有妳小看他的！」

4. 粉頭——明清小說中的妓女。

……芳官哪裡禁得住這話，一行哭，一行說：「沒了硝，我才把這個給他的。若說沒了，又恐他不信，難道這不是好的？我便學戲，也沒往外頭去唱。我一個女孩兒家，知道什麼是『粉頭』『面頭』的！姨奶奶犯不著來罵我，我又不是姨奶奶家買的。『梅香拜把子，都是奴幾』[5]呢！」

襲人忙拉她說：「休胡說！」趙姨娘氣得上來便打了兩個耳刮子。

襲人等忙上來拉勸，說：「姨奶奶別和她小孩子一般見識，等我們說她。」

芳官捱了兩下打，哪裡肯依，便撞頭打滾，潑哭潑鬧起來。口內便說：「妳打得起我麼？妳照照那模樣兒再動手！我叫妳打了去，我還活著！」便撞在懷裡叫她打。

……眾人一面勸，一面拉她。晴雯悄拉襲人說：「別管她們，讓她

5. **梅香拜把子**——歇後語，意謂不管老幾，都是奴才輩的。梅香，婢女的代稱。幾，指次第、排行。

們鬧去，看怎麼開交！如今亂為王了，什麼妳也來打，我也來打，都這樣起來，還了得呢！」

……外面跟著趙姨娘來的一干的人聽見如此，心中各各稱願，都念佛說：「也有今日！」又有一干懷怨的老婆子，見打了芳官，也都稱願。

……當下藕官、蕊官等正在一處作耍，湘雲的大花面葵官，寶琴的豆官兩個聞了此信，慌忙找著她兩個說：「芳官被人欺侮，咱們也沒趣，須得大家破著大鬧一場，方爭過氣來。」四人終是小孩子心性，只顧她們情分上義憤，便不顧別的，一齊跑入怡紅院中。豆官先便一頭幾乎不曾將趙姨娘撞了一跌。那三個也便擁上來，放聲大哭，手撕頭撞，把個趙姨娘裹住。

晴雯等一面笑，一面假意去拉。急得襲人拉起這個，又跑了那個，口內只說：「妳們要死，有委曲只好說，這沒理的事如何使得！」

趙姨娘反沒了主意，只好亂罵。蕊官、藕官兩個一邊一個，抱住左右手；葵官、豆官前後頭頂住。四人只說：「妳只打死我們四個就罷！」芳官直挺挺躺在地下，哭得死過去。

……正沒開交，誰知晴雯早遣春燕回了探春。當下尤氏、李紈、探春三人帶著平兒與眾媳婦走來，將四個喝住。問起原故，趙姨娘便氣得瞪著眼，粗了筋，一五一十，說個不清。尤李兩個不答言，只喝禁她四人。

探春便嘆氣說：「這是什麼大事，姨娘也太肯動氣了！我正有一句話要請姨娘商議，怪道丫頭說不知在哪裡，原來在這裡生氣呢，快同我來。」

尤氏、李紈都笑說：「姨娘請到廳上來，咱們商量。」

……趙姨娘無法，只得同她三人出來，口內猶說長說短。

探春便說：「那些小丫頭子們原是些頑意兒，喜歡呢，和她說說笑笑，不喜歡便可以不理她。便她不好了，也如同貓兒狗兒抓咬了一下子，可恕就恕，不恕時，也只該叫了管家媳婦們去，說給她去責罰，何苦自己不尊重，大吆小喝，失了體統！

「妳瞧周姨娘，怎不見人欺她，她也不尋人去。我勸姨娘且回房去煞煞性兒，別聽那些混帳人的調唆，沒的惹人笑話，自己呆，白給人作粗活。心裡有二十分的氣，也忍耐這幾天，等太太回來，自然料理。」

一席話說得趙姨娘閉口無言，只得回房去了。

……這裡探春氣得和尤氏、李紈說：「這麼大年紀，行出來的事總不叫人敬服。這是什麼意思，也值得吵一吵，並不留體統，耳朵又軟，心裡又沒有計算。這又是那起沒臉面的奴才們的調唆的，作弄出個呆人，替她們出氣。」越想越氣，因命人查是誰調唆的。媳婦們只得答應著，出來相視而笑，都說是「大海裡哪裡尋針去？」只得將趙姨娘的人並園中人喚來盤詰，都說不知道。眾人沒法，只得回探春：「一時難查，慢慢訪查；凡有口舌不妥的，一總來回了責罰。」

……探春氣漸漸平服方罷。可巧艾官便悄悄的回探春說：「都是夏媽素日和我們不對，每每的造言生事。前兒賴藕官燒錢，幸虧是寶玉叫她燒的，寶玉自己應了，她才沒話。「今兒我與姑娘送手帕去，看見她和姨奶奶在一處說了半天，嘁嘁喳喳的，見了我才走開了。」探春聽了，雖知情弊，亦料定她們皆是一黨，本皆淘氣異常，便只答應，也不肯據此為實。

※　※　※

……誰知夏婆子的外孫女兒蟬姐兒，便是探春處當役的，時常與房中丫鬟們買東西呼喚人，眾女孩兒皆待她好。這日飯後，探春正上廳理事。翠墨在家看屋子，因命蟬姐兒出去叫小么兒買糕去。

蟬兒便說：「我才掃了個大院子，腰腿生疼的，妳叫個別的人去罷。」

翠墨笑說：「我又叫誰去？妳趁早兒去，我告訴妳一句好話，妳到後門順路告訴妳老娘防著些兒。」說著，便將艾官告她老娘的話告訴了她。

蟬姐兒聽了，忙接了錢道：「這個小蹄子也要捉弄人，等我告訴去。」說著，便起身出來。

……至後門邊，只見廚房內此刻手閒之時，都坐在階砌上說閒話呢，她老娘亦在內。蟬兒便命一個婆子出去買糕。她且一行罵，一行說，將方才之話告訴與夏婆子。夏婆子聽了，又氣又怕，便欲去艾官問她，又欲往探春前去訴冤。

蟬兒忙攔住說：「妳老人家去怎麼說呢？這話怎得知道的，可又叨登[6]不好了。說給妳老防著就是了，哪裡忙到這一時兒！」

……正說著，忽見芳官走來，扒著院門，笑向廚房中柳家媳婦說道：「柳嫂子，寶二爺說了：晚飯的素菜要一樣涼涼的、酸酸的東西，只別擱上香油弄膩了。」

6. 叨登——翻騰，重提舊事。

柳家的笑道：「知道。今兒怎遣妳來了，告訴這麼一句要緊話？妳不嫌髒，進來逛逛兒不是？」

……芳官才進來，忽有一個婆子手裡托了一碟糕來。芳官便戲道：「誰買的熱糕？我先嘗一塊兒。」

蟬兒一手接了，道：「這是人家買的，妳們還稀罕這個！」

柳家的見了，忙笑道：「芳姑娘，妳喜吃這個？我這裡有才買下給妳姐姐吃的，她不曾吃，還收在那裡，乾乾淨淨沒動呢。」說著，便拿了一碟出來，遞與芳官，又說：「妳等我進去替你頓口好茶來。」一面進去，現通開火頓茶。

芳官便拿著那糕，舉到蟬兒臉上，說：「稀罕吃妳那糕！這個不是糕不成？我不過說著頑罷了，妳給我磕個頭，我也不吃。」說著，便將手內的糕一塊一塊的掰了，擲著打雀兒玩，口內笑說：「柳嫂子，妳別心疼，我回來買二斤給妳。」

……小蟬氣得怔怔的，瞅著冷笑道：「雷公老爺也有眼睛，怎不打這作孽的？她還氣我呢。我可拿什麼比妳們，又有人進貢，又有人作乾奴才，溜妳們好上好兒，幫襯著說句話兒。」眾媳婦都說：「姑娘們，罷喲！天天見了就咕唧。」有幾個伶透的，見了她們對了口，怕又生事，都拿起腳來各自走開了。當下蟬兒也不敢十分說她，一面咕嘟著去了。

……這裡柳家的見人散了，忙出來和芳官說：「前兒那話兒說了不曾？」

芳官道：「說了。等一二日再提這事。偏那趙不死的又和我鬧了一場。前兒那玫瑰露姐姐吃了不曾？她到底可好些？」柳家的道：「可不都吃了。她愛得什麼似的，又不好問妳再要。」

芳官道：「不值什麼，等我再要些來給她就是了。」

……原來這柳家的有個女兒，今年才十六歲，雖是廚役之女，卻生得人物與平、襲、紫、鴛皆類。因她排行第五，因叫她作五兒。因素有弱疾，故沒得差。近因柳家的見寶玉房中的丫鬟差輕人多，且又聞得寶玉將來都要放她們，故如今要送她到那裡去應名兒。

正無頭路，可巧這柳家的是梨香院的差役，她最小意殷勤，服侍得芳官一干人比別的乾娘還好。芳官等亦待她們極好，如今便和芳官說了，央芳官去與寶玉說。寶玉雖是依允，只是近日病著，又見事多，尚未說得。

……前言少述，且說當下芳官回至怡紅院中，回覆了寶玉。寶玉正聽見趙姨娘廝吵，心中自是不悅，說又不是，不說又不是，只得等吵完了，打聽著探春勸了她去後，方從蘅蕪苑回來，勸了芳官一陣，大家安妥。今見她回來，又說還要些玫瑰露與柳五兒吃去。

寶玉忙道：「有的，我又不大吃，妳都給她去罷。」說著，命襲人取了出來，見瓶中亦不多，遂連瓶與了她。

……芳官便自攜了瓶與她去。正值柳家的帶進她女兒來散悶，在那邊犄角子上一帶地方兒逛了一回，便回到廚房內，正吃茶歇腳兒。見芳官拿了一個五寸來高的小玻璃瓶來，迎亮照看，裡面小半瓶胭脂一般的汁子，還道是寶玉吃的西洋葡萄酒。母女兩個忙說：「快拿旋子[7]燙滾水，妳且坐下。」

芳官笑道：「就剩了這些，連瓶子都給妳們罷。」

……五兒聽了，方知是玫瑰露，忙接了，謝了又謝。

芳官又問她：「好些？」

五兒道：「今兒精神些，進來逛逛。這後邊一帶，也沒什麼意

7. **旋子**——一種溫酒用的器皿，圓筒形，多用銅錫製成。

思，不過見是些大石頭、大樹和房子後牆，正經好景致也沒看見。」

芳官道：「妳為什麼不往前去？」

柳家的道：「我沒叫她往前去。姑娘們也不認得她，倘有不對眼的人看見了，又是一番口舌。明兒托妳攜帶她，有了房頭[8]，怕沒有人帶著她逛呢，只怕逛膩了的日子還有呢。」

芳官聽了，笑道：「怕什麼？有我呢。」

柳家的忙道：「噯喲喲，我的姑娘！我們的頭皮兒薄，比不得妳們。」說著，又倒了茶來。芳官哪裡吃這茶，只漱了一口，就走了。

柳家的說道：「我這裡占著手，五丫頭送送。」

……五兒便送出來，因見無人，又拉著芳官說道：「我的話到底說了沒有？」

8.房頭——義近「戶頭」，有了房頭即有了歸屬之意。

芳官笑道：「難道哄妳不成？我聽見屋裡正經還少兩個人的窩兒，並沒補上。一個是紅玉的，璉二奶奶要了去，還沒給人來，一個是墜兒的，也還沒補。如今要妳一個也不算過分。「皆因平兒每每的和襲人說，凡有動人動錢的事，得挨的且挨一日更好。如今三姑娘正要拿人扎筏子呢，連她屋裡的事都駁了兩三件，如今正要尋我們屋裡的事沒尋著，何苦來往網裡碰去！倘或說些話駁了，那時老了，倒難回轉。不如等冷一冷，老太太、太太心閒了，憑是天大的事，先和老的一說，沒有不成的。」

五兒道：「雖如此說，我卻性急等不得了。趁如今挑上來了，一則給我媽爭口氣，也不枉養我一場；二則我添了月錢，家裡又從容些；三則我的心開一開，只怕這病就好了。——便是請大夫、吃藥，也省了家裡的錢。」

芳官道：「我都知道了，妳只放心。」二人別過，芳官自去不提。

……單表五兒回來，與她娘深謝芳官之情。她娘因說：「再不承望得了這些東西，雖然是個珍貴物兒，卻是吃多了也最動熱。竟把這個倒些送個人去，也是大情。」

五兒問：「送誰？」

她娘道：「送妳舅舅的兒子，昨日熱病，也想這些東西吃。如今我倒半盞與他去。」五兒聽了，半日沒言語，隨她媽倒了半盞子去，將剩的連瓶放在家伙廚內。

五兒冷笑道：「依我說，竟不給他也罷了。倘或有人盤問起來，倒又是一場事了。」

她娘道：「哪裡怕起這些來，還了得了！我們辛辛苦苦的，裡頭賺些東西，也是應當的。難道是賊偷的不成？」說著，一逕去了。

直至外邊她哥哥家中，她姪子正躺著，一見了這個，她哥嫂姪男無不歡喜。現從井上取了涼水，和吃了一碗，心中一暢，頭目清涼。剩的半盞，用紙覆著，放在桌上。

……可巧又有家中幾個小廝，同她姪兒素日相好的，走來問候他的病。內中有一小伙名喚錢槐者，乃係趙姨娘之內姪。他父母現在庫上管賬，他本身又派跟賈環上學。因他有些錢勢，尚未娶親，素日看上了柳家的五兒標緻，和父母說了，欲娶她為妻。也曾央中保媒人再四求告。柳家父母卻也情願，爭奈五兒執意不從，雖未明言，卻行止中已帶出，父母未敢應允。近日又想往園內去，越發將此事丟開，只等三五年後放出來，自向外邊擇婿了。錢家見她如此，也就罷了。怎奈錢槐不得五兒，心中又氣又愧，發恨定要弄取成配，方了此願。今也同人來瞧望柳姪，不期柳家的在內。

……柳家的忽見一群人來了，內中有錢槐，便推說不得閒，起身走了。她哥嫂忙說：「姑媽怎麼不吃茶就走？倒難為姑媽記掛。」

柳家的因笑道：「只怕裡面傳飯，再閒了，出來瞧姪子罷。」她嫂子因向抽屜內取了一個紙包出來，拿在手內送了柳家的出來，至牆角邊，遞與柳家的，又笑道：「這是妳哥哥昨兒在門上該班兒，誰知這五日一班，竟偏冷淡，一個外財沒發。只有昨兒有粵東的官兒來拜，送了上頭兩小簍子茯苓霜。餘外給了門上人一簍作門禮，你哥哥分了這些。

「這地方千年松柏最多，所以單取了茯苓的精液和了藥，不知怎麼弄出這怪俊的白霜兒來。說第一用人乳和著，每日早起吃一鍾，最補人的，第二用牛奶子，萬不得，滾白水也好。

「我們想著，正宜外甥女兒吃。原是上半日打發小丫頭子送了家去的，她說鎖著門，連外甥女兒也進去了。本來我要瞧瞧她去，給她帶了去的，又想主子們不在家，各處嚴緊，我又沒甚麼差使，有要沒緊跑些什麼？況且這兩日風聲聞得裡頭家反宅亂的，倘或沾帶了倒值多的。姑娘來得正好，親自帶去罷。」

……柳氏道了生受[7]，作別回來。剛到了角門前，只見一個小么兒笑道：「妳老人家哪裡去了？裡頭三次兩趟叫人傳呢，我們三四個人都找妳老去了，還沒來。妳老人家卻從哪裡來了？這條路又不是家去的路，我倒疑心起來。」那柳家的笑罵道：「好猴兒崽子！……」要知端的，且聽下回分解。

7.生受—此指道謝語。

國家圖書館出版品預行編目(CIP)資料

紅樓夢/孫家琦編輯. — 第一版.
— 新北市 ： 人人，2015.04
冊 ； 公分. —(人人文庫)
ISBN 978-986-5903-88-6(卷4：平裝).
857.49 104005348

【人人文庫】

紅樓夢

卷4

第四六回至第六〇回

題字・篆刻／羅時僖
書系編輯／孫家琦
書籍裝幀／楊美智
發行人／周元白
出版者／人人出版股份有限公司
地址／23145新北市新店區寶橋路235巷6弄6號7樓
電話／(02)2918-3366(代表號)
傳真／(02)2914-0000
網址／www.jjp.com.tw
郵政劃撥帳號／16402311人人出版股份有限公司
製版印刷／長城製版印刷股份有限公司
電話／(02)2918-3366(代表號)
經銷商／聯合發行股份有限公司
電話／(02)2917-8022
第一版第一刷／2015年4月
定價／新台幣**200**元

※本書內頁紙張採敦榮紙業進口日本王子58g文庫紙